10
18

12, AVENUE D'ITALIE, PARIS XIIIᵉ

Sur l'auteur

Douglas Coupland est né en 1961, en Allemagne, sur une base de larmé e canadienne. Écrivain, plasticien, designer, il est l'auteur de plusieurs romans cultes, dont *Génération X*, *Microserfs*, *Girlfriend dans le coma* et *Hey, Nostradamus !*, élu meilleur roman de l'année 2004 par l'Association des auteurs canadiens. Douglas Coupland vit aujourd'hui à Vancouver, au Canada. Son dernier roman, *Eleanor Rigby*, a paru au Diable Vauvert en 2007.

DOUGLAS COUPLAND

HEY, NOSTRADAMUS !

Traduit de l'anglais
par Maryvonne Ssossé

10
18

« Domaine étranger »
dirigé par Jean-Claude Zylberstein

AU DIABLE VAUVERT

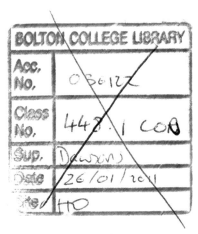

Titre original :
Hey, Nostradamus !

© Douglas Coupland, 2003.
© Éditions Au diable vauvert, 2006,
pour la traduction française.
ISBN 978-2-264-04465-5

Voici, je vous dis un mystère :
Nous ne nous endormirons pas tous,
mais nous serons tous changés :
en un instant, en un clin d'œil, à la dernière
trompette, car la trompette sonnera et les morts
seront ressuscités incorruptibles,
et nous, nous serons changés.
Cor. I 15 : 51-52

Première partie

1988 : Cheryl

À mon sens, un trait distinctif sépare l'humanité de ce qui compose le reste du monde – les spaghettis, les feuilles perforées, les créatures marines des profondeurs, les edelweiss et le mont McKinley –, seuls les êtres humains possèdent la capacité de commettre n'importe quel péché à n'importe quel moment. Ceux qui tentent de construire une existence bonne et juste se trouvent aussi loin de la grâce divine que l'Étrangleur de la Colline, ou qu'un être malfaisant qui tenterait d'empoisonner le puits d'un village. Les événements de la matinée ne font que confirmer mon opinion.

C'était un merveilleux matin d'automne. À l'ouest, le soleil enflammait les crêtes des montagnes d'un rose acidulé, et la ville n'avait pas encore généré sa couverture de smog quotidienne. Avant de partir pour le lycée dans ma petite Chevette blanche, je m'étais arrêtée dans le salon pour observer le port avec le télescope de mon père ; l'eau lisse comme du mercure reflétait la lune qui descendait sur l'horizon d'East Vancouver. En levant les yeux vers le vrai ciel, je vis qu'elle n'allait pas tarder à s'effacer devant le soleil.

Mes parents étaient déjà partis pour leur travail, et mon frère Chris s'entraînait avec son équipe de natation depuis des heures. Le silence de la maison n'était même pas rompu par le tic-tac d'une pendule. En ouvrant la porte d'entrée, je jetai un coup d'œil en arrière ; quelques gants et des lettres non ouvertes traînaient sur le bureau de l'entrée. Plus loin, des divans bon marché étaient disposés sur le tapis doré du salon, flanqués d'une table basse et d'une lampe que nous n'utilisions jamais parce que l'ampoule grillait chaque fois qu'elle était allumée. Une sensation agréable émanait de tout ce silence et ce calme ordonné, et je mesurai la chance d'avoir un bon foyer. Puis, je me retournai et sortis. J'étais un peu en retard, mais je n'étais pas pressée.

En principe, je partais par le garage mais, aujourd'hui, je voulais observer une petite touche de solennité. Ce matin serait le dernier où je pourrais poser un regard vraiment innocent sur ma maison – pas à cause de la manière dont tout allait se terminer, mais d'un autre drame mineur qui devait trouver sa conclusion aujourd'hui.

Je suis heureuse que la journée ait commencé de manière aussi ordinaire et paisible. L'air était assez frais pour transformer le souffle en vapeur légère et, devant la maison, la pelouse était craquante de gel, comme si chaque brin d'herbe avait été gainé de givre. Les geais de Steller, noir et bleu vif, échangeaient des cris rauques dans l'abreuvoir de l'avant-toit et semblaient mijoter quelque chose. Les feuilles des érables du Japon s'étaient transformées en éclats de vitraux. La beauté du monde me semblait insupportable ; et cette sensation se prolongea tout au long de la route qui descendait de la montagne jusqu'au lycée. Cet excès de splendeur me remplissait d'une délicieuse euphorie, l'intérieur de ma tête me picotait. C'était peut-être ainsi que vivaient les artistes, avec toutes les sensations fourmillant à l'intérieur de leur crâne comme s'il était caressé avec une plume de paon.

J'étais la dernière à me garer sur le parking du lycée. Peu importe la confiance en soi que l'on peut éprouver, c'est toujours inconfortable de penser qu'on est la dernière personne à arriver quelque part, quel que soit cet endroit.

Je portais quatre grands blocs-notes et quelques livres de cours. Quand j'essayai de claquer la portière de la Chevette, elle ne se referma pas correctement, je tentai de pousser avec ma hanche, mais cela ne marcha pas. Je ne parvins qu'à éparpiller mes livres sur le sol. Malgré tout, ça ne m'énerva pas plus que ça.

Quand j'entrai dans le bâtiment, tout le monde était déjà rentré et je retrouvai dans les couloirs la quiétude que j'avais quittée chez moi. *C'est le jour du silence.*

Avant d'entrer en classe, je devais passer à mon casier et, pendant que je composais la combinaison, Jason arriva derrière moi.

« Bouh.

— Ne fais pas ça, Jason. Tu ne devrais pas être en cours ?

— Je t'ai vue te garer, alors je suis sorti.

— Tu es sorti de la salle, comme ça ?

— Laisse tomber, Miss Collet monté. Tu avais l'air bizarre au téléphone hier soir.

— Ah, oui ?

— Seigneur, Cheryl… Cesse de te conduire comme tes copines sans cervelle.

— Tu as quelque chose à ajouter ?

— Oui. Tu es mon épouse, alors agis en conséquence.

— C'est-à-dire ?

— Écoute, Cheryl. Aux yeux de Dieu, toi et moi ne sommes plus des individus. Nous formons un tout, maintenant, d'accord ? En fait, si tu déconnes avec moi, alors tu déconnes avec toi-même. »

Et Jason avait raison. Depuis six semaines exactement, nous étions mariés. Personne d'autre ne le savait.

Si j'étais en retard ce matin, c'était parce que j'avais attendu d'être totalement seule à la maison pour utiliser un test de grossesse. Cette perspective n'avait éveillé aucune tension particulière – j'étais une femme mariée, et la honte n'avait pas sa place dans cette aventure. Cependant, il fallait regarder la situation en face, mes règles avaient trois semaines de retard.

Plutôt que d'utiliser la salle de bains que je partageais avec mon frère, j'avais préféré celle des invités. La pièce de l'étage me semblait un peu moins imprégnée par l'histoire familiale, un tantinet plus médicale – moins sourcilleuse, pour tout dire. Comparés au bleu et blanc scientifique de l'emballage du test, les accessoires couleur olive et le papier peint alu aux motifs de bambou brun semblaient dégager une atmosphère marécageuse, froide et humide. Il n'y a pas grand-chose à ajouter, excepté que, quinze minutes plus tard, j'étais officiellement enceinte, et en retard à mon cours de maths.

«Seigneur, Cheryl…

— Ne blasphème pas, Jason. Jure si tu veux, mais ne blasphème pas.

— Enceinte?»

J'étais sereine.

«Tu en es certaine?

— Je suis en retard pour mon cours de maths. Tu es heureux, au moins?»

Un élève passa près de nous, peut-être en route vers le bureau du principal.

Jason cillait comme s'il avait de la poussière dans les yeux. «Euh… Bien sûr… Je suis content.

— On en discutera pendant la pause.

— Je ne peux pas. Je dois aider l'entraîneur à préparer des trucs pour l'équipe première des juniors. Il y a des siècles que je lui ai promis. Alors, on se verra au déjeuner. À la cafet'. »

Je l'embrassai sur le front. C'était doux, ça me rappelait les bois du jeune renne apprivoisé que j'avais touchés une fois au zoo. « D'accord. On se verra là-bas. »

Il m'embrassa à son tour et je partis en cours de maths.

Je faisais partie de l'équipe de l'album de promotion, c'est donc un domaine que je connais bien. Le lycée de second cycle Delbrook est un établissement d'une capacité de mille cent six élèves, situé à environ cinq minutes de marche au nord de la Transcanadienne, au-dessus de la courbe vert algue du rivage de North Vancouver. Entre son ouverture à la rentrée

1962, et 1988, mon année de terminale, trente-quatre mille diplômés étaient sortis de ses murs. Pendant leurs années d'études, la plupart d'entre eux avaient été des gamins sympas, qui tondaient les pelouses, gardaient les enfants, se saoulaient le vendredi soir, cassaient une voiture ou crevaient d'un coup de poing le mur du sous-sol, sans vraiment comprendre les raisons de leurs actes mais avec la conviction qu'ils ne pouvaient y échapper. La majorité avait grandi dans ces maisons rectangulaires construites après-guerre que les agents immobiliers locaux promettaient à la démolition en 1988. Jolis terrains. Jolis arbres et vignes. Jolies vues.

À ma connaissance, Jason et moi étions les seuls élèves mariés qui aient jamais fréquenté Delbrook. Dans le coin, on se mariait plutôt sur le tard. Les gens du voisinage n'étaient pas plus mécréants que religieux. Cela dit, en Première, j'avais dressé un inventaire des vingt-six élèves de ma classe : cinq avortements, trois dealers de drogue, deux salopes intégrales et un délinquant juvénile convaincu. Le refus de vivre dans un monde qui pratique ce genre de morale a été un des principaux moteurs de ma conversion. Était-ce du snobisme ? De l'hypocrisie ? D'ailleurs, qui étais-je pour porter des jugements ? À la vérité, je voulais obtenir la même chose que tous les autres, mais en respectant les règles du jeu. D'une manière légale, et en accord avec la religion. Mais je cherchais aussi à me montrer plus maligne que tout le monde – et cela, c'était peut-être condamnable. J'ai eu un soupçon qui ne m'a pas quittée : celui d'avoir tout simplement utilisé le système pour arriver à mes fins. Y compris la religion. Ce fait annule-t-il toute la bonté qui peut exister en moi ?

Jason avait bien raison en m'appelant *Miss Collet monté*.

Le cours de maths était hanté par des x et des y, et en regardant ces deux petites lettres démoniaques qui me tourmentaient sans relâche avec leur besoin d'être en équilibre et égales l'une à l'autre j'avais l'impression d'être prisonnière d'un mauvais rêve monté en boucle. Elles devraient se marier, former une nouvelle lettre ensemble et mettre un terme à toute cette absurdité. Et pour finir, elles devraient avoir des enfants.

Je regardais par la fenêtre tout en pensant à mon futur bébé, tournant les pages de mon livre à l'oreille en même temps que les autres. Mon savoir sur la grossesse se limitant à ce que j'avais lu dans les magazines ou vu dans les dessins animés, seules de vagues images de tétées, de landaus et de travail douloureux m'apparaissaient. J'ignorais Lauren Hanley, installée à deux rangs de là, qui tenait un message qu'elle voulait manifestement me faire passer. Lauren était une des rares personnes de mon groupe *Jeunes et Vivants!* qui continuait à me parler après le début des rumeurs selon lesquelles Jason et moi l'avions fait.

Carol Schraeger me passa le message ; Lauren me suppliait de venir discuter avec elle pendant la pause. Et c'est ce que nous avons fait, devant son casier. Je sais que Lauren considérait cette rencontre comme un instant chargé de drame, et ma sérénité a dû la contrarier.

«Tout le monde se répand sur ton compte, Cheryl. Ta réputation est ternie. Il faut absolument que tu réagisses.»

Lauren était sans doute la colporteuse de ragots en chef, mais en tant que femme mariée, je n'avais aucun souci à me faire. « Peu importe ce que disent les gens, Lauren. Tu sais, ce qui me réconforte c'est de savoir que mes meilleures amies écrasent ces rumeurs dans l'œuf, n'est-ce pas ? »

Elle rougit. « Mais tout le monde sait parfaitement que ta Chevette était garée chez Jason tout le week-end où ses parents étaient partis dans l'Okanogan !

— Et alors ?

— Alors, vous auriez pu faire n'importe quoi pendant ce temps. Bien sûr, il ne s'est rien passé, mais imagine à quoi ça pouvait ressembler. »

À la vérité, Jason et moi avions effectivement vécu nombre de nouvelles expériences ce fameux week-end, mais je dois admettre que voir Lauren se tortiller devant mon absence de réponse avait été un moment très savoureux. De toute façon, j'étais bien trop préoccupée pour avoir une conversation quelconque. Je lui ai raconté que je devais aller à l'étude pour réviser des fiches destinées à un exposé oral consacré aux premiers trappeurs canadiens, prévu pour l'après-midi, et je partis.

En étude, je me suis installée à mon bureau, et j'ai écrit à longueur de page sur mon bloc-notes bleu les mots : DIEU N'EST NULLE PART/DIEU EST ICI MAINTENANT/DIEU N'EST NULLE PART/DIEU EST ICI MAINTENANT. Quand on a découvert ces phrases sur les feuilles imprégnées de mon sang qui s'évaporait, les gens en ont fait toute une histoire, et peu de temps avant que mon corps ne soit déposé sous la surface de la planète, ces mêmes mots ont été inscrits au feutre sur toute la surface de mon cercueil blanc. Mais pendant que je les écrivais, je n'aspirais qu'à m'éclaircir les idées, à ne penser à rien, à produire assez de silence pour arrêter le temps.

La sérénité, c'est ce que j'ai maintenant ici – peu importe où *ici* se trouve. Je ne fais plus partie du monde et je n'appartiens pas encore à ce qui suit. D'autres victimes de la fusillade sont avec moi, mais je ne peux pas dire où. Pour ce que ça vaut, je ne suis plus enceinte, mais je n'ai pas la moindre idée de ce que ça signifie. Où est mon bébé ? Qu'est-il devenu ? Comment a-t-il pu tout simplement disparaître ?

C'est calme ici – comme chez mes parents, c'est à cette sorte de paix que j'aspirais quand je recherchais le silence en écrivant dans mon classeur. Les seuls sons que j'entends ici sont des prières et des jurons ; ce sont les seuls bruits qui ont le pouvoir d'arriver jusqu'où je me trouve.

Cependant, je n'entends que les paroles – pas la voix de celui qui les prononce. J'aimerais avoir des nouvelles de Jason et de ma famille, mais je suis incapable de les reconnaître.

Cher Dieu,
Lave le sang de l'âme de ces jeunes gens. Arrache les souvenirs qu'ils gardent de notre vile humanité. Renvoie-les dans le Jardin d'Éden et fais-en des enfants, rends-leur leur innocence. Efface leurs souvenirs de cette dernière journée.

Puisque je n'allais jamais vieillir, j'étais heureuse de savoir que le monde continuerait à m'émerveiller à jamais ; je sens bien que j'étais sur le point de perdre cette faculté. J'aime le monde dans son immensité et sa beauté autant que dans sa modestie : les trente premières secondes de *Lovely Rita* des Beatles ; les pigeons perchés à intervalles réguliers sur les réverbères à l'entrée de Stanley Park ; les myrtilles de la première semaine de juin, encore orange vif et déjà bleu poudreux ; les descentes dans la poudreuse vers la gare intermédiaire du téléphérique de Grouse Mountain, chaque troisième semaine d'octobre ; les sandwiches au fromage grillé et les cris enamourés des corbeaux alignés sur les fils électriques au mois de mai. Le monde est un lieu magnifique et tellement plein de moments inattendus que j'en ai la gorge serrée, comme si je regardais une mariée descendre une allée – instants éternels et imprégnés d'amour, celui où l'on soulève un voile, où l'on prononce des vœux, le premier baiser des époux.

L'heure du déjeuner a sonné et les couloirs se sont remplis d'un tumulte ordonné. En temps normal, je ne serais pas allée à la cafétéria ; je faisais partie de la Bande Qui Déjeune Dehors – six filles de mon groupe *Jeunes et Vivants !* Nous partions au pied de la montagne et déjeunions dans un des fast-foods de salades, de frites et d'eau glacée. Une de nos règles voulait qu'à chaque repas nous confessions un péché au groupe. Je préparais toujours le mien à l'avance – rien de très grave, mais pas trop bénin non plus : j'avais volé un fard à joues au drugstore ou regardé les revues porno de mon frère. En fin de compte, c'était plus simple de se retrouver avec cinq autres personnes dans un box de snack que d'en côtoyer trois cents dans une cafétéria. Au fond, j'étais antisociale. Et si les gens savaient à quel point nos déjeuners étaient mornes, ils ne perdraient pas leur temps à nous traiter de bêcheuses. Aussi, en rentrant dans la cafétéria pour y retrouver Jason, j'ai été passablement surprise de découvrir la bande installée à une des tables centrales. « Que se passe-t-il ? »

Leurs visages me semblaient si… jeunes. Candides. Comme ceux des nouveau-nés. Cela dit, j'avais peut-être perdu ce qu'elles possédaient encore, cette aura de fruit encore trop vert pour être cueilli.

« Hier soir, mon père était bourré, il s'est pris un réverbère sur Marine Drive, expliqua Jaimie Kirkland. Et la Cabrio de Dee a une drôle d'odeur depuis qu'elle l'a prêtée à sa grand-mère. Alors, on a décidé de manger local, aujourd'hui.

— Tout le monde doit se sentir flatté. »

Je me suis assise. Les regards entendus rebondissaient de visage en visage comme des boules de billard, mais je fis celle qui n'avait rien remarqué. Lauren était la porte-parole désignée de l'équipe.

« Cheryl, je pense que nous devrions poursuivre notre conversation.

— Tu crois ?

— Oui, vraiment. »

J'examinais la vitrine de loin, essayant de choisir entre une portion de Jell-O et une salade de fruits.

« Il semblerait que tu aies quelque chose à nous confesser, Cheryl », renchérit Dee.

Cinq regards accusateurs me clouèrent à mon siège. « Confesser quoi ? »

C'était assez amusant de les forcer à nommer l'acte. « La fornication. Jason et toi », dit Lauren.

Je n'ai pas pu m'empêcher de glousser, je voyais leur vertu fondre comme la neige sur un capot de voiture. À cet instant, j'ai entendu le premier coup de feu.

Dès le premier moment de notre rencontre en cours de biologie pendant notre année de Seconde (favorisée, il est vrai, par quelques changements de place stratégiques de ma part), Jason et moi avions été attirés l'un vers l'autre. Ma famille venait de l'autre côté de la ville et s'était récemment installée dans le quartier. Et à moins que je n'en apprenne plus sur son univers, l'attirance que j'éprouvais pour Jason ne nous mènerait pas loin. Il m'avait séduite parce qu'il n'avait pas été touché par la vie. En même temps, je me disais que le sentiment qui me portait vers un personnage aussi sain était plutôt inhabituel chez une fille de mon âge. Pour la plupart, elles recherchent un type qui ait un peu côtoyé le péché, qui en sache juste un peu plus qu'elles sur la vie.

Jason semblait très impliqué dans *Jeunes et Vivants !*, ce qui ajoutait à son charme virginal. Plus tard, j'ai compris que cette participation enthousiaste était une illusion, entretenue par le fait que son frère, Kent, de deux ans son aîné, dirigeait plus ou moins la division régionale de *Jeunes et Vivants !* ; Jason s'était retrouvé embringué et entraîné dans le sillage de son aîné. Kent ressemblait à Jason, le rayonnement en moins. En sa compagnie, je n'avais jamais l'impression que la vie était pleine de merveilles et d'aventures ; Kent nous annonçait plutôt des existences aussi agréables et excitantes que le travail administratif chez un concessionnaire automobile, après la fin de nos études. Avec lui, il n'était question que de planification, d'organisation de la prochaine étape. Jason se fichait bien de projeter quoi que ce soit. J'ignore dans quelle proportion, mais notre relation représentait en partie un défi lancé à Kent par son frère, las de se voir imposer d'incessantes activités de groupe.

Craignant que les sermons du pasteur Fields sur la chasteté ne finissent par geler le sang dans les reins de Jason, je me mis à apporter des salades trois fois par semaine aux réunions de *Jeunes et Vivants!*, où nous chantions *Kumbaya*[1] en chœur, avant de nous organiser en cercles de prière – tout ça pour mettre le grappin sur Jason Klaasen, avec sa peau rosée d'une douceur de chamois.

Et je suis arrivée à mes fins. Nous étions devenus un tout à l'intérieur du groupe, et pour le reste du lycée, un couple séduisant, mais fade. Pas un jour ne se passait sans que Jason me demande de lui accorder quelque chose de plus qu'un baiser, mais je tenais bon. Ses convictions religieuses étaient juste assez sincères pour qu'il considère la perte de la virginité comme une transgression.

Le fait est qu'au cours de ma campagne de conquête de Jason, j'ai bel et bien découvert la religion ; rien dans mon éducation ne me disposait à cette conversion, et j'en fus la première surprise. Dans ma famille, on se disait croyant. Mais ils n'avaient pas véritablement la foi – ils ne manifestaient aucune crainte de Dieu. D'ailleurs, ils n'étaient pas tant antiDieu que

---

1. *Kumbaya* : standard des feux de camp chrétiens sur une mélodie de la région du Nigeria et de l'Angola, popularisé par le groupe bien-pensant Peter, Paul & Mary. (N.d.T.)

promonde. Dieu avait été simplement égaré en cours de route. Étaient-ils perdus ? Damnés ? Je l'ignorais. Mais si quelqu'un insinuait que c'était le cas, je m'en méfierais immédiatement. Maintenant, je flotte dans l'obscurité paisible, attendant de partir pour le prochain endroit, mais j'arriverai sans doute dans un lieu différent de celui où ira ma famille.

Mes parents ne savaient pas comment réagir à mon évolution. Ce n'était pas comme si j'étais une gamine à problèmes qui s'était convertie pour s'en sortir – en matière de délinquance, je n'ai pas dépassé les critères moyens des adolescentes, coups de fil farceurs ou vols à l'étalage.

Ils semblaient heureux pour moi, du style ça-vaut-mieux-plutôt-qu'elle-sorte-avec-toute-l'équipe-de-basket-ball, mais chaque fois que nous discutions du paradis ou de la vertu, ils paraissaient gênés, un peu tristes. Mon plus jeune frère, Chris, assista à quelques réunions de *Jeunes et Vivants !* mais préféra choisir une activité sportive. À la vérité, il ne me déplaisait pas d'avoir la religion pour moi seule.

> Cher Dieu,
> Je vais cesser de croire en toi jusqu'à ce que tu me dises quel bien pourrait apporter tout ce sang versé. Je ne peux y voir aucune signification, aucune preuve d'une logique divine.

Je peux parler de la tuerie avec le détachement qui m'est venu en arrivant dans ce nouveau lieu. Le monde se retire de moi, il perd sa capacité à infliger la souffrance.

D'abord, personne n'a crié. C'est peut-être l'élément le plus bizarre de tout l'événement. Nous avons tous cru que les premiers tirs faisaient partie d'une farce pour Halloween – la saison des pétards commence début octobre. Quand les détonations ont été plus fortes, ceux qui se trouvaient dans la cafétéria se sont tournés vers les six grandes portes en se disant qu'ils allaient assister à un sketch. Et puis ce gamin de Seconde, Mark Je-ne-sais-pas-quoi est entré en titubant avec un truc rouge et pourpre qui ressemblait à du mauvais maquillage tartiné sur la poitrine, et il y a eu quelques rires. Ensuite il s'est effondré comme un sac de linge sale, sa tête a heurté le coin d'un banc. On a entendu des hurlements, et trois élèves de Première ont débarqué dans la cafèt' en tenue de chasse au canard, bardés de bandes de munitions – des treillis militaires avec des motifs de camouflage, un tas de poches qui avaient l'air pleines – un d'entre eux a immédiatement tiré au plafond. Un des câbles d'une rampe de néons s'est brisé et tout le dispositif a dégringolé sur la table du dessous, écrabouillant le déjeuner des membres, assez peu populaires, des clubs de photo et d'échecs. Le deuxième type, qui portait des lunettes de soleil et un béret, a cueilli deux petits de Troisième et une fille qui se tenaient près des distributeurs automatiques. Les tirs mal contrôlés ont vaporisé une brume de sang sur les parpaings couleur ivoire des murs. Une dizaine d'élèves ont tenté de se précipiter vers les portes, mais les tireurs – les bébés-tireurs plutôt – se sont retournés et les ont arrosés avec des chevrotines ou des balles, enfin ce qu'on met d'habitude dans les fusils de guerre ou de chasse.

Deux d'entre eux ont quand même réussi à s'en tirer et j'ai entendu le bruit de leur course s'éloigner dans le couloir. Il n'y avait plus d'issue pour le reste d'entre nous, alors, nous nous sommes glissés sous les tables comme dans un vieil exercice d'alerte nucléaire des années soixante.

Pendant la période des vacances entre la Première et la Terminale, après avoir accroché Jason et effectué ma conversion, j'avais pris un job d'été dans un stand sur Ambleside Beach. La saison était chaude et sèche, je m'amusais bien avec mes collègues, deux filles osseuses et légèrement cinglées, qui se livraient à des imitations précises et féroces de nos clients. Elles ne fréquentaient pas Delbrook, nous n'avions donc aucune vieille querelle à vider, et j'en avais éprouvé un soulagement dont je me sentais coupable. En revanche, le groupe s'inquiétait de me savoir exposée en permanence à tous ces mètres carrés de peau à moitié dénudée, au soleil, à la fréquentation de gens qui n'appartenaient pas à *Jeunes et Vivants!* et risquaient de me ramener dans le monde. Comme si écouter hurler des bébés et chercher à tâtons le dernier Popsicle [1] aux fruits rouges au fond d'un congélateur pouvait mettre ma foi en péril ou m'entraîner dans la vie profane. Lauren, Dee et quelques autres membres de l'équipe venaient me rendre visite un peu trop souvent, et je crois que pas un soir à la fin de mon service je n'ai regagné ma voiture, sans trouver un *Jeune et Vivant!* qui m'attendait, armé d'une invitation enthousiaste pour un barbecue, une balade, ou une croisière spirituelle autour du port.

À la fin du mois d'août, Jason était dingue de moi. Le week-end, il quittait l'endroit où il travaillait plus

---

1. Popsicle : glace à l'eau autour d'un bâtonnet. (N.d.T.)

24

haut sur la côte comme surveillant dans une exploitation minière pour venir en ville. Je peux fournir un échantillon de nos conversations de l'époque :

« Cheryl, Dieu ne m'aurait pas permis de trouver cela tellement juste et bon, si ça ne l'était pas.

— Jason, peux-tu honnêtement envisager de garder la tête haute en annonçant à ta mère, au pasteur Fields ou au Seigneur, que tu forniques avec Cheryl Anway ? Le pourras-tu ? »

La réponse était non, bien évidemment. L'unique moyen d'obtenir ce qu'il désirait était le mariage. Un week-end, dans ma chambre, il m'avait dit que nous pourrions nous marier juste après notre diplôme. J'avais repoussé la main qui frôlait mon sein droit et répondu : « Dieu n'émet pas de cartes de crédit morales, Jason. Il n'est pas une banque. Tu ne peux pas emprunter maintenant et rembourser plus tard.

— Je n'ai plus la force de résister, Cheryl…

— Alors prie pour en recevoir plus. Dieu n'envoie jamais une tentation que tu ne sois pas assez fort pour surmonter. »

Bien sûr, je voulais la même chose que Jason, mais à mes propres conditions, qui correspondaient à celles de Dieu. Je ne savais plus très bien si je me servais de Dieu ou si c'est Lui qui m'utilisait, mais le résultat était le même. À la fin, nous serons jugés sur nos actes, non sur nos désirs. Nous sommes le résultat de la succession de nos décisions.

Que cela soit en mangeant des frites au White Spot avec la Bande, pendant un de nos déjeuners-confessions, ou au cours des séminaires du week-end de *Jeunes et Vivants!* dans la Salle du Royaume, je n'ai jamais avoué, ou laissé deviné, à quel point j'avais besoin de Jason. Le simple fait de penser à lui me grisait, et tous les trucs des adolescentes venaient avec : les abeilles qui avaient besoin des fleurs ; l'envie de se dissoudre comme le sucre dans le thé.

Bien sûr, au lycée, tous les autres baisaient comme des lapins. Rien ne leur était interdit, alors pourquoi pas ? C'est évidemment une erreur de prendre les enfants pour des anges. Et pendant que de perpétuelles émanations sexuelles imprégnaient l'école comme un relent de vestiaire, je résistais à mes instincts tout en me demandant pourquoi Dieu avait fait des adolescents des êtres aussi désespérés. Pourquoi pouvions-nous voir Archie, Betty ou Veronica, avoir des rendez-vous au milk-bar, mais jamais les regarder baiser dans la cave du père d'Archie au sol couvert de taches de graisse, de crachats et de sperme ? Deux poids, deux mesures. Mais on ne peut pas faire l'un sans impliquer l'autre. Je suis une vraie grenouille de bénitier.

Cher Seigneur,
Protège tes enfants, pendant qu'ils… Seigneur donne-leur… Désolée. Je ne peux pas prier pour l'instant.

Cher Dieu,
Le plus dur, c'est que je ne peux tout simplement pas croire à ce qui s'est passé. Pourquoi fais-Tu que certains événements semblent réels, et d'autres pas ? As-Tu un nom pour cela ? Et voudrais-Tu rendre tout cela réel, s'il Te plaît ?

Comme j'ai dit, le silence.

Aux premiers moments de l'attaque, je me souviens d'avoir vu brièvement un morceau de ciel par la fenêtre, la lumière était vive et claire.

Puis un des garçons a pointé son fusil dans cette direction et a stoppé mon évasion. Je n'y connais rien en armes. Mais peu importent les modèles, elles transpiraient la puissance, et quand ils ont fait monter les munitions dans la culasse, elles ont fait le bruit d'objets industriels, de machines destinées à aplatir quelque chose.

On a tous plongé sous les tables – *ta-ta-ta-ta*.

Ne me tirez pas dessus – je ne fais pas de bruit! Regardez! Regardez comme! Je! Suis! Sage!

Tirez sur quelqu'un d'autre! Me tirer dessus? Non! Pas question!

J'aurais pu me lever, hurler, faire diversion et sauver une centaine de vies, ou nous organiser pour soulever la table, nous en servir à la fois de bouclier et de bélier pour foncer sur les tireurs. Mais je suis restée là, assise comme une petite brebis docile, et c'est le seul moment de ma vie qui me dégoûte. Mon péché fut le silence. J'ai failli et j'ai regardé les trois paires de boots de travail ocre arpenter la pièce, jouant avec nous comme si nous étions des bactéries sous une loupe.

Je reconnus tous les garçons – travailler sur l'album de la promotion présente un certain avantage pour ce genre de choses. Mitchell Van Waters. Je me souvenais l'avoir vu au fumoir du parking avec ses copains tireurs de Première, Jeremy Kyriakis et Duncan Boyle.

Je regardais Mitchell, Jeremy et Duncan aller de table en table. Hormis les treillis de combat, ils ressemblaient à n'importe quel gamin qui tond la pelouse ou s'entraîne au basket dans la cour de la maison voisine. Leur physique n'avait rien de remarquable, sinon que Mitchell était plutôt maigre et que Duncan avait une petite tache de vin couleur porto à la lisière des cheveux – je connais ces détails grâce à un cours d'initiation à la maquette et à la mise en pages où j'ai travaillé entre autres sur leurs photos.

Tout en se déplaçant de table en table, ils se parlaient – mais la majeure partie de ce qu'ils disaient m'échappait. Ils tiraient sur certaines tables et épargnaient d'autres. Alors qu'ils se rapprochaient de nous, Lauren se mit à jouer les mortes, yeux ouverts, corps relâché, et j'avais envie de lui flanquer un bon coup de poing, mais j'étais surtout furieuse après moi, essentiellement parce que j'avais peur. On nous avait enfoncé dans le crâne qu'en éprouvant de la crainte, on refusait sa confiance à Dieu. Celui qui a pondu ce beau raisonnement ne s'est jamais retrouvé sous une table de cafétéria avec le sang d'une autre personne dégoulinant sur la jambe.

Une des contradictions de l'esprit humain est la suivante : Dieu refuse de considérer une personne à travers sa relation individuelle avec Lui, alors que les hommes se prennent pour des modèles de créativité et d'originalité. *J'écris des chansons sur les chevaux ; tu fabriques des tapisseries en forme de chouette ; il se coiffe comme ce type de la télé ; elle connaît la capitale de tous les pays du monde.* Étant bien entendu que la singularité est une théorie arrogante de l'humanité, Jason était unique, et c'est ce qui le rendait séduisant. À mes yeux. D'abord, il était génial avec les voix – celles qu'il imitait ou inventait. Comme les filles de mon boulot d'été, quiconque pouvait imiter les autres me laissait béate d'admiration. Une seule bière suffisait à Jason pour être meilleur que les types qui passent sur les chaînes câblées. Il utilisait ses voix comme un ventriloque ses poupées, pour dire des choses que sa timidité l'empêchait d'exprimer. Dans une situation ennuyeuse dont il était impossible de s'échapper – dîners dans ma famille ou soirées jeu organisées par la femme du pasteur Fields, impliquant noms inscrits sur des petits papiers et bandeaux sur les yeux –, Jason prenait son personnage de chat, M. Non, un chat tout à fait ordinaire, si l'on exceptait le boîtier de Médiamétrie fixé à son petit téléviseur noir et blanc. M. Non détestait tout et manifestait son déplaisir en émettant un petit *méé-ou* grinçant presque inaudible. Il fallait sans doute l'avoir vécu pour apprécier, mais M. Non avait le pouvoir de transformer les heures les plus fastidieuses en moments réjouissants.

Jason pouvait aussi agiter les oreilles, les articulations de ses coudes étaient incroyablement souples. D'ailleurs, certaines de ses contorsions étaient si atroces à voir que je le suppliais de cesser. Il m'avait aussi offert dix-sept roses pour mon dix-septième anniversaire. Combien de garçons de votre connaissance seraient susceptibles d'avoir une idée aussi délicate?

Quand Jason m'avait fait sa demande, par une pluvieuse après-midi d'août, sur le parking de White Spot, dans la Buick de son père, au-dessus d'un cheeseburger et d'un soda à l'orange, j'avais été ébahie. D'abord parce qu'il m'avait posé la question, mais surtout à cause du plan secret qu'il avait concocté. Un projet si insensé qu'il aurait fallu avoir l'âme totalement engourdie pour refuser. En résumé, nous allions nous envoler vers Las Vegas avec l'argent économisé sur sa paye de l'été. Il avait sorti de fausses cartes d'identité, une bouteille de Champale[1], et le plus mince des anneaux d'or ; à peine assez de matière pour conserver sa propre forme. «Cette bague sera l'auréole de ton doigt. À partir d'aujourd'hui, nous ne projetons plus deux ombres mais une seule.

— On part avec de faux papiers ? répondis-je.

— C'est en cas de besoin. Je ne sais pas quel est l'âge légal là-bas. »

J'avais examiné les cartes, elles avaient l'air authentiques et portaient nos vrais noms, seules les dates de naissance avaient changé. Nous les avons effectivement utilisées, l'âge légal était de dix-huit ans.

Jason me demanda si je voulais fuguer avec lui : «Tu ne regretteras pas le grand mariage à l'église et tout le tralala ?

— Jason, le mariage est le mariage. Si c'était aussi simple que pousser un bouton sur le tableau de bord de cette voiture, je le ferais tout de suite. »

Je n'ai pas encore mentionné l'aspect sexuel de toute l'opération. Le Sexe – enfin – dégagé de toute culpabilité, sans crainte du châtiment. Si j'éprouvais des appréhensions, c'était en pensant que Jason pouvait prendre peur et se confier à ses copains ou au pasteur Fields. Après lui avoir bien expliqué que toute indiscrétion représenterait une rupture de contrat, je lui avais fait promettre, en évoquant l'enfer, que cela resterait notre secret. Peu de temps auparavant, en parcourant un livre d'inspiration religieuse destiné pour l'essentiel aux

---

1. Champale : marque de bière. (N.d.T.)

garçons, j'avais soigneusement corné le chapitre qui recommandait aux lecteurs de ne faire confiance à personne. Tôt ou tard, les amis finissaient toujours par devenir des traîtres, car chacun avait quelqu'un à qui il ne cachait rien et cette personne n'était pas toujours celle qu'on pensait. Les gens étaient bavards. Quelle espèce de parano avait pu écrire une chose pareille ? Peu importe, puisqu'il m'avait apporté d'indiscutables arguments pour soutenir mon point de vue.

Le plus important était que nous allions nous marier à Las Vegas, la dernière semaine d'août. J'avais préparé le terrain à la maison en disant à mes parents que je devais participer à une retraite chorale plus haut sur la côte ; Lauren et l'équipe de *Jeunes et Vivants !* étaient persuadées que je me rendais à Seattle avec ma famille. Jason avait fait la même chose de son côté. Nous étions parés.

Cher Dieu,

J'essaie de penser à autre chose qu'au massacre, mais je ne sais pas si c'est possible. J'arrive à oublier peut-être une ou deux minutes, et puis ça me revient en mémoire. J'essaie de trouver une consolation en regardant les écureuils qui amassent déjà de la nourriture pour l'hiver devant la maison – et puis, je me surprends à penser à la brièveté de leurs existences, si courtes que leurs rêves ne peuvent être que le miroir de leur vie diurne. Dans ce cas, j'imagine qu'un écureuil ne voit pas la différence entre le sommeil et l'état de veille. C'est peut-être la même chose lorsqu'on meurt jeune. Le rêve d'un enfant reproduit certainement la réalité – et dans une certaine mesure, c'est aussi le cas pour les adolescents. Comme je l'ai dit, je cherche un peu de réconfort.

Seigneur,

Je sais bien que je n'ai pas l'autocollant des poissons ou ce que je suis censé avoir collé sur le pare-chocs de ma voiture comme tous ces gamins prétentieux qui se prennent pour des petits saints, mais ça m'étonnerait qu'ils disposent d'une ligne à haut débit pour entrer en contact directement avec Vous, alors, je me dis que Vous n'avez pas de problème d'ouïe. La question que je souhaiterais Vous adresser est simple. Allez-Vous oui ou non torturer les sales enfoirés qui sont responsables de ce massacre, ou est-ce le genre de boulot réservé au diable, à qui Vous l'avez sous-traité ? Est-ce que, d'ici sur Terre, je peux aider à les faire souffrir d'une manière ou d'une autre ? Il Vous suffit de me faire signe, je suis prêt.

Je trouve étrange que Jason et moi ayons spontané-ment envisagé notre mariage comme un événement secret. Il ne s'agissait pas de honte ou de crainte, après tout nous avions dix-huit ans (enfin presque), et la loi était claire. Du moment que nos impôts étaient payés et que nous produisions quelques bébés en cours de route, aux yeux du fisc et du Seigneur, nous pouvions donc y aller comme des lapins toute la journée. Quand les projets se dessinent avec une telle évidence, la vie peut sembler parfois fort simple.

Ce mariage n'appartenait qu'à nous, comme si nous étions les deux seuls clients d'un hôtel de luxe, et c'était l'aspect le plus plaisant de l'aventure. Nous aurions pu bien sûr nous fiancer et attendre d'obtenir notre diplôme avant de franchir le pas, mais l'événe-ment aurait pris une autre dimension – il s'agirait toujours de nous marier, bien sûr, mais tout serait différent. Les cadeaux, des sermons sur le sexe et des intrusions intempestives. Quel intérêt ? De toute façon, je n'avais pas planifié mon avenir après le lycée. Mes copines voulaient toutes partir pour Hawaï ou la Californie, conduire des voitures de sport, et si j'avais correctement lu entre les lignes de leurs questionnaires pour l'album de la promo, certaines avaient vécu toute une série de relations monogamiques avec des types de *Jeunes et Vivants !* qui ne s'étaient pas forcément soldées par un mariage. Je m'imaginais plutôt dans une maison, avec un ou deux gamins, à siroter un bouillon de poulet à 3 heures de l'après-midi en regardant les nuages se dérouler dans le ciel entre l'île de Vancouver et la côte, debout devant l'évier de la cuisine.

Quel que soit son choix de carrière, j'étais certaine que les revenus de Jason suffiraient à nous faire vivre tous – un parti pris plutôt impopulaire parmi les filles de mon âge. Une fois, Jason m'avait interrogée d'un air maussade sur mes ambitions professionnelles. Dès qu'il avait compris que je n'en avais pas, son soulagement avait été manifeste. Sa famille – encore plus dévote que Vous – méprisait les filles qui travaillaient. En fait, si jamais je prenais un boulot, ce serait seulement pour les embêter, ses parents – son père, surtout. C'était un homme au cœur aride, un cul serré qui mettait à rude épreuve la charité de chacun et se servait de la religion comme d'un paravent pour justifier ses traits de caractère indésirables. Son avarice devenait de la frugalité ; son manque de curiosité envers le monde et son mépris des idées nouvelles étaient baptisés sens de la tradition.

Quant à la mère de Jason, les rares fois où je l'ai rencontrée, elle était légèrement ivre, je ne vois pas d'autre terme pour désigner son état. Elle n'appréciait probablement pas la tournure qu'avait prise sa vie. Mais je n'ai aucun droit de la juger. En tout cas, la manière dont ils avaient réussi à procréer un garçon aussi adorable que Jason se rangeait parmi les plus profonds des mystères divins.

À défaut d'autre chose, le récit minutieux des événements de la cafétéria me permet de comprendre combien je suis détachée du monde, de découvrir à quelle vitesse il s'éloigne de moi. Je continuerai donc pour cette raison.

Après la première dizaine de détonations, l'alarme incendie se déclencha. Mitchell Van Waters passa les portes de la cafétéria en jurant et tira dans le couloir ; la sonnerie s'arrêta net. Jeremy Kyriakis descendit la cloche de la grande salle en trois coups de feu, après quoi une pluie de particules dégringola du plafond en crépitant dans le silence. De sous les tables, nous pouvions encore entendre d'autres sonneries d'alarme dans les profondeurs du bâtiment, elles résonneraient bien après le coucher du soleil car la Gendarmerie royale n'avait pas débranché l'alarme centrale, de peur que des bombes artisanales aient été déposées dans le lycée – des engins fabriqués à partir de benzène et de nettoyant en poudre pour piscine. Attendez un peu – d'où est-ce que je connais cette combinaison ? Oh, oui, de la contribution de Mitchell Van Waters à l'expo sciences : "Explosions pas chères." C'était dans l'album de promo, l'année dernière.

Retour à la cafétéria.

Retour à moi et à trois cents autres élèves planqués sous les tables, morts, jouant les morts, recroquevillés en petite boule. Retour à six chaussures de chantier qui arpentent le lino ciré couleur mastic, au bruit des ambulances et des véhicules de patrouille de la Gendarmerie royale qui hurlaient en approchant du lycée, pas assez nombreux, un peu trop tard.

J'ai commencé à faire des paris dans ma tête. Trois cents personnes divisées entre trois tireurs font cent victimes par tireur. S'ils devaient nous tuer tous, cela prendrait un peu de temps, alors je me suis dit que mes chances de m'en sortir étaient meilleures que je ne l'avais d'abord imaginé. En revanche, notre position géographique n'était pas des plus favorables : au milieu de la salle, au centre visuel et architectural, point nodal de toute ambition sociale dans un lycée, objet du désir de chacun. Les gens enviaient-ils les membres de *Jeunes et Vivants*!? Pourtant, nous étions pratiquement invisibles au sein de lycée. Certains pouvaient nous trouver élitistes et étroits d'esprit, et pour être honnête, ce n'était pas faux pour les autres. Mais pas moi. Quand je me déplaçais dans les couloirs, j'arborais en général un sourire calme et pondéré. Pas pour me faire des amis ou éviter les inimitiés, mais parce que c'était plus simple, et que ça me dispensait de communiquer. Un sourire neutre a l'effet d'un feu vert à une intersection – agréable sur le moment, mais rapidement oublié.

Cher Seigneur,

Si Tu as organisé un massacre juste pour faire douter les gens, alors Tu devrais envisager de T'y prendre différemment. Une tuerie dans un lycée ? Des gamins avec des sandwiches épicés et des canettes de soda à l'orange ? Comment aurais-Tu pu orchestrer un truc pareil ? Un carnage dans une café-

téria de lycée ne peut qu'indiquer Ton absence –
pour une raison quelconque, d'une manière ou
d'une autre, Tu as choisi d'être absent de cette salle.
De l'abandonner, en fait.

Cheryl – la jolie fille qui a été la dernière à être
tuée – l'avait écrit sur son classeur, n'est-ce pas ? "DIEU
N'EST NULLE PART." Peut-être avait-elle raison.

Cher Dieu,

Je suis à bout de prières, alors il ne reste plus que
la parole. J'ai du mal à croire que d'autres gens
éprouvent des émotions aussi intenses que les
miennes, et se sentent aussi mal. Mais alors, si
nous sommes tous dans un état aussi désastreux
que le mien, j'ai peur que le monde s'effondre, et
je me demande ce qu'il va devenir. Un zoo.

La plupart du temps, je ne vois personne. Je ne
peux pas dormir, ni manger. La télé est nulle. Le
lycée est fermé depuis un moment. J'ai fumé de
l'herbe et ce n'était pas une bonne idée. Je me balade
dans une espèce de brouillard et je ressens le contraire
de l'effet de la drogue. Parce que c'est censé vous permettre d'aller mieux, mais je vais de plus en plus mal.

L'autre jour, j'étais au centre commercial, et tout
d'un coup, j'ai commencé à me donner des coups
sur la tête, parce que je pensais que ça aurait pu
faire disparaître ce que je ressentais. En fait, tout
le monde me regardait comme s'ils savaient ce que
je faisais, et personne ne s'est affolé.

De toute façon, voilà où j'en suis, maintenant.
Je ne sais pas si c'est une prière. Je ne sais pas ce
que c'est.

Jusqu'à présent, je n'ai pas donné beaucoup de précisions sur ma vie et ses détails, mais vous devez avoir glané quelques informations sur la personne que j'étais – Cheryl Anway. Les journaux ont tapissé le monde de ma dernière photo d'album de promo, et si vous l'avez vue, alors vous savez que j'étais le cliché de la fille d'à côté : des cheveux blond foncé avec une coupe qui paraîtra sans doute ridicule aux élèves de l'avenir, pas de boutons – combien de fois était-ce réellement arrivé ? Sur la photo, j'avais l'air plus âgée que mes dix-sept ans. Je souriais comme j'avais l'habitude de le faire quand je croisais les gens dans les couloirs sans avoir à leur adresser la parole.

La légende de la photo dit un truc du style *Cheryl, bonne élève, amicale et populaire* – et voilà tout. Dix-sept années gâchées. Ou est-ce simplement mon cœur égoïste qui applique les standards du monde à une âme éternelle ? C'est ça. Mais à dix-sept ans, personne n'a jamais fait quoi que ce soit, n'est-ce pas ? Jeanne d'Arc ? Anne Frank ? Et peut-être quelques musiciens et des actrices. J'aimerais bien apprendre de Dieu pourquoi nous ne réalisons rien avant d'avoir au moins vingt ans ? Pourquoi toute cette attente ? Je crois que nous devrions naître à dix ans et en avoir vingt au bout d'une année, il faudrait nous dispenser de la corvée de grandir, comme les chiens. Dès la naissance, nous devrions savoir courir.

Chris et moi avions un chien, un épagneul baptisé Sterling. Nous l'adorions, mais lui adorait le chewing-gum. Quand nous partions en balade, il passait son temps à renifler les détritus sur le trottoir. Il était drôle et mignon, mais pendant mon année de Troisième, il avait mangé quelque chose qui n'était pas du chewing-gum, et en était mort deux heures plus tard. Nous l'avions enterré dans le jardin derrière la maison, sous le buisson d'hamamélis. J'avais mis une croix sur sa tombe, que ma mère avait enlevée après ma conversion. Je l'avais retrouvée dans l'abri de jardin entre un sac de fertilisant 5-20-20 et un stock de pots à semis en plastique noir, mais je n'avais pas osé en parler.

Je ne m'inquiète pas trop pour Sterling, il est au paradis. Les animaux ne quittent jamais Dieu – il n'y a que les gens pour faire ça. Les bêtes ont bien de la chance.

Mon père travaille au service des hypothèques de la Canadian Trust, et ma mère est technicienne dans un laboratoire médical. Ils aiment leur boulot. Chris est le petit frère de base, quoique moins morveux et pestouille que ceux de mes amies.

À Noël, nous échangions de vilains pull-overs, que nous portions ensuite comme une plaisanterie familiale. Nous faisions donc partie de ces familles affublées de pulls affreux que vous croisez parfois au centre commercial.

Nous nous entendions bien – du moins c'était vrai jusqu'à ces derniers temps. C'est comme si nous avions décidé de partager un bonheur superficiel, sans pour autant être proches les uns des autres, et c'était un bon arrangement. J'en suis moins sûre maintenant, je crois que cette absence d'intimité nous a affaiblis.

Cher Dieu,
Je prie pour les âmes des trois tueurs, mais je ne sais pas si c'est bien ou mal.

Il m'a toujours semblé que les gens qui découvraient la religion gagnaient et perdaient quelque chose tout à la fois. Vus de l'extérieur, ils manifestaient plus de calme, de confiance et de détermination. En revanche, du côté des pertes, ils montraient une certaine réticence à fréquenter des âmes qui n'avaient pas été touchées par la grâce. Il est aussi difficile de croiser le regard d'un converti que celui d'un cheval. Ces gens étaient vivants, ils respiraient, mais ne seraient plus jamais présents à cent pour cent dans le monde. Délaissant la vie quotidienne, ils avaient rejoint le royaume du temps éternel. Le pasteur Fields, Dee ou Lauren m'auraient sauté dessus s'ils avaient surpris mes paroles. J'entends déjà Dee : « Cheryl, tu viens de souiller ton auréole. Repens-toi sur-le-champ. »

L'existence des nouveaux croyants est parfois teintée de condescendance et d'une certaine forme de malveillance qui interposent un filtre d'intolérance entre eux et les faibles ou les égarés. Ils sont inflexibles quand ils devraient être à l'écoute des autres, énoncent des jugements catégoriques au lieu de faire preuve de compassion.

Reg, le père de Jason, avait l'habitude de dire : « Aime ce qu'aime Dieu, et déteste ce qu'Il déteste. » Mais ça sonnait plutôt comme : « Aime ce qu'aime Reg, et déteste ce qu'il déteste. » Je ne pense pas qu'il ait réussi à transmettre cette philosophie à Jason, trop doux, trop indulgent, pour adopter cette devise calculatrice. Comme ma mère me l'a toujours dit : « Crois-moi Cheryl, tu vivras le plus clair de ton temps dans la vieillesse, pas dans la jeunesse. Les règles changent en cours de route et les premières choses à disparaître sont justement celles que tu crois éternelles. »

En 1988, se marier dans le Nevada n'avait rien de compliqué. Le dernier vendredi avant la rentrée, Jason et moi étions arrivés à l'aéroport en taxi, à midi. La liste des départs nous apprit qu'un vol décollait pour Las Vegas quarante minutes plus tard. Après avoir acheté nos billets – en liquide – nous étions passés au service de l'Immigration américaine, ensuite direction la porte d'embarquement, et nous étions partis. Ils ne nous avaient même pas demandé nos papiers. Avec chacun un sac de sport pour tout bagage, nous avions l'impression d'être des bandits en cavale. Je prenais l'avion pour la première fois, tout paraissait nouveau et chargé de mystère… Les cartes plastifiées des consignes de sécurité, le décollage, le repas – aussi mauvais qu'ils le disaient dans les blagues à la télé, et la fumée de cigarette ; quelque chose attirait les fumeurs à Las Vegas. Tout cela m'enivrait comme un parfum puissant, et j'essayais de me convaincre que chaque moment de ma vie serait aussi fertile en découvertes que ce vol. Une vie extraordinaire m'attendait.

Nos vêtements nous donnaient une allure conservatrice – chemise et cravate pour Jason, et robe d'institutrice pour moi. L'hôtesse nous avait demandé la raison de notre voyage, et nous lui avions expliqué. Dix minutes plus tard, le commandant de bord avait annoncé à tout le monde le but de notre voyage et notre numéro de siège. Les autres passagers avaient applaudi, et j'avais rougi comme si j'avais la fièvre, mais soudain nous avions eu l'impression d'avoir des liens de parenté avec tous ces étrangers. À l'aéroport, les hommes avaient donné une claque dans le dos de Jason en disant « Ha, ha, ha. » Une femme me murmura : « Chérie, peu importe ce que tu es en train de faire, mais dès qu'il te fait comprendre qu'il en veut, tu lui donnes. Que tu sois en train de changer une couche, ou de nettoyer les gouttières, tu lui donnes, pronto. Sinon, tu le perdras. »

Dehors, il faisait plus de trente-huit degrés, mon premier contact avec la vraie chaleur. Pour Jason aussi. Mes poumons ne s'étaient jamais sentis aussi purs. Dans le taxi qui nous emmenait au Caesars Palace, je contemplais le désert – le vrai – et j'essayais de replacer toutes les paraboles dont j'avais entendu parler dans ce néant exotique et stérile. Je n'aurais pas pu tenir plus de cinq minutes dans ce four, et je m'étais émerveillée de ce que les événements de la Bible aient vraiment pu se dérouler dans un tel environnement. Ils avaient sans doute un autre climat à l'époque, des arbres, des rivières et de l'ombre. Oh Seigneur, comme ce désert était rude. J'avais demandé au chauffeur de s'arrêter un instant près d'un terrain vague entre l'aéroport et le Strip. De l'autre côté d'une barrière en parpaings, on voyait quelques appartements de location, des détritus et la vieille peau d'un serpent abandonné après la mue. En descendant de la voiture, j'avais l'impression de flotter au-dessus des cailloux aigus et des petites plantes irascibles. Las Vegas devrait paraître neuve, mais semblait avoir des milliers d'années. Jason m'avait rejointe, et nous nous étions tous les deux agenouillés pour prier. Le temps s'était écoulé ; j'éprouvais un léger vertige. Le taxi avait klaxonné. Nous étions repartis pour le Caesars Palace.

J'ai compris que nous étions fichues quand Dee renversa une canette de jus de pomme. CLANG. Les trois garçons étaient de l'autre côté de la salle, hurlant des fragments de slogans absurdes qui illustraient sans doute leurs idées indigentes, mais à ce moment-là, le clang. Les trois têtes ont pivoté vers nous dans un geste primitif, et leur regard s'est fixé sur notre groupe – on aurait dit des crocodiles convergeant vers un même point dans un documentaire à la télé. Dee piailla.

« Oh, mais que vois-je ? Ne serait-ce pas la Bande Qui Déjeune Dehors, venue s'encanailler avec nous, les damnés du purgatoire, le lycée du District 44 ? » dit Duncan Boyle.

En écoutant les inflexions de sa voix, il m'avait suffi d'une seconde pour savoir qu'il aurait pu chanter s'il avait voulu. Je peux toujours dire si les gens sont doués ou non pour le chant.

Juste à ce moment, pour on ne sait quelle raison, les diffuseurs du système d'incendie du plafond se sont déclenchés, attirant l'attention des garçons qui levèrent la tête. L'eau arrosait les tables, les cartons de lait et les sacs en papier à moitié pleins avec le bruit de la pluie sur un toit. Puis elle se mit à ruisseler sur les tablettes en stratifié et goutta sur mon jean et mes avant-bras. J'avais froid et je frissonnais, Lauren tremblait aussi. Je passai mon bras autour d'elle et je la serrai contre moi, ses dents claquaient comme des maracas. Il y eut de nouvelles détonations – je me dis qu'ils tiraient sur nous, mais Mitchell Van Waters visait un des diffuseurs, et il finit par faire sauter un gros tuyau qui déversa l'eau par seaux.

On entendit un bruit à l'extérieur du bâtiment, et Boyle hurla « Les fenêtres ! »

Mitchell et lui firent exploser quatre grands panneaux de verre en face de nous.

«C'est un flic que je viens de voir? demanda Duncan.

— Qu'est-ce que tu crois? dit Mitchell, fou de rage. Recharge!»

Les armes émirent de nouveaux bruits métalliques et Mitchell réduisit en miettes les dernières fenêtres. Maintenant, le lycée ressemblait à une boîte à bijoux incrustée de flics et de tireurs embusqués. Le temps qu'il leur restait avec leurs victimes s'amenuisait.

Seigneur,

Je sais que la foi n'est pas l'état naturel du cœur humain, mais pourquoi rends-Tu si difficile de croire en toi? Nous as-Tu trouvés si profondément plongés dans la léthargie de North Van qu'un tel traitement de choc ait été nécessaire? Il existe des milliers de banlieues comme la nôtre. Alors pourquoi nous? Et pourquoi maintenant? Tu fais augmenter le coût de la foi et tu dilues sa plausibilité. Tu trouves ça malin?

Cher Dieu,

Je continue à imaginer ce que ces gamins ont pu ressentir, coincés sous leurs tables, du coup je suis encore plus furieux contre Toi. Ça me rend dingue.

Cher Dieu,

J'ai déjà prié, et me voilà de nouveau, je frappe encore à Ta porte, mais je crois que ça pourrait être la dernière fois.

Cher Dieu,

C'est la première fois que je prie parce que je n'ai pas été élevé dans ce genre de truc, mais voilà, je prie en me disant qu'il y a peut-être quelque chose là-dedans. Je perds peut-être mon temps. Tu me le diras. Envoie-moi un signe. Ça ne doit pas être la première fois qu'on te demande ça. Des preuves, des preuves, des preuves. Parce que, pour moi, ce massacre au lycée pourrait être une preuve de Ton existence, mais a de meilleures chances d'être une preuve de ton inexistence. Tu vois, si j'essayais de recruter des adeptes, je ne me servirais pas d'une tuerie de lycéens pour le faire. Cela dit, c'est exactement là que ça m'a amené, après tout. À la prière.

Juste pour que tu le saches, j'absorbe mon premier verre d'alcool en même temps que je fais ma première prière – de la liqueur d'abricot, j'ai pris juste un doigt de la bouteille de mon père. Ça a un goût de pénicilline et j'aime ça.

Je n'ai jamais parlé à personne de cet instant de mon année de Première où je me suis convertie. C'était l'automne, j'étais toute seule derrière la maison, assise entre deux buissons de myrtilles qui avaient survécu au développement urbain qui avait colonisé les pentes. Les yeux fermés, je faisais face à la montagne, et tout à coup – ping! – une sensation de chaleur sur mes paupières, mon nez envahi par l'odeur du cèdre sec et des branches de sapin. Je ne m'étais jamais attendue à des anges et des trompettes, et d'ailleurs, aucun ne se montra. Mais cette expérience m'avait donné l'impression d'être particulière, pourtant, rien ne rend quelqu'un moins spécial qu'une conversion – ça vous... *universalise*, au contraire.

De toute façon, jusqu'à quel point une personne peut-elle être vraiment singulière? On a un nom et des ancêtres. Une histoire médicale, professionnelle, notre cursus scolaire, nos relations avec nos proches et nos amis. Ensuite, il n'y a plus grand-chose. Du moins dans mon cas. Au moment de ma mort, mon curriculum vitæ comprenait essentiellement l'école, le sport, quelques boulots d'été, et mon engagement dans *Jeunes et Vivants!* Ma mort fut le seul aspect remarquable de mon existence. Je fourrage dans mes souvenirs, histoire de trouver de petits détails qui me permettraient de me distinguer des autres. Et cependant… cependant j'étais moi – personne ne voyait le monde de la même manière, ou ne ressentait les mêmes choses que moi. J'étais Cheryl Anway : il fallait bien que ça compte pour quelque chose.

Après ma conversion, je me suis interrogée et j'ai connu des moments peu agréables. Je me demandais pourquoi le seul but de cette religion était d'aller au paradis, ce qui me paraissait fort égoïste. La Bande Qui Déjeune Dehors parlait du paradis de la même façon que d'une couleur de cheveux, et je voyais une sorte de contradiction spirituelle interne à vivre une existence pieuse dans un cabriolet Volkswagen couleur bordeaux. Une fois, par plaisanterie, Jason avait prétendu qu'en lisant attentivement le Livre des Révélations, on pouvait retrouver le passage où il était dit que Dee Carswell comptant le nombre de calories d'une boîte de sauce italienne était un des signes de l'arrivée imminente de l'apocalypse. Par ailleurs, nous possédions tous la faculté de glisser à n'importe quel moment dans le plus grand des péchés et l'obscurité éternelle. J'imagine que c'est une des raisons qui me poussaient à rester en réserve du monde – je n'accordais vraiment ma confiance à personne, sachant à quel point nous étions tous au bord de l'abîme. Rectification : j'avais confiance en Jason.

Quand j'étais la proie du doute, par un mouvement de surcompensation, j'essayais d'en débattre avec ceux qui se trouvaient autour de moi, généralement ma famille. Mais quand ils sentaient, même de loin, que nous allions aborder le sujet de la religion, ils se contentaient d'acquiescer poliment ou se verrouillaient. Je ne peux pas imaginer ce qu'ils disaient de moi en mon absence. En conclusion, il vaut peut-être mieux garder ses doutes pour soi. Les formuler à haute voix n'aboutissait qu'à les dévaloriser, les réduire à un paquet de mots qu'on retrouvait dans la bouche de n'importe qui.

Avant que Jason et moi entrions dans le hall glacial du Caesars Palace en ce jour de vents brûlants, traversé par les rayons X de la lumière solaire, je ne crois pas avoir compris la notion de débauche. L'atmosphère avait un relent acide, alcool et fumée bleue des cigarettes américaines. Une femme déguisée en centurion avec des seins en forme de ballons et un maquillage de scène nous avait proposé à boire. Elle m'évoquait un shaker fantaisie. Le fait est que nous avions accepté, et Jason avait commandé deux gin-fizz – d'où il sortait ça ? Les boissons étaient arrivées peu de temps après, et nous étions restés plantés là, comme deux bûches, observant le passage furtif des représentants de l'espèce la plus désespérée de joueurs – nous étions tout de même au milieu d'un désert en plein mois d'août –, abasourdis par le concert de claquements et de sonneries des machines à sous. C'était la première fois que je me retrouvais en présence de tant d'âmes en équilibre précaire au bord de l'abîme, prêtes à plonger dans un immense péché. Quelle hypocrite ! Comme si nous n'étions pas tous susceptibles de succomber à toutes sortes de tentations.

Jason et moi étions montés dans notre chambre : une pièce miteuse aux murs jaunâtres. Je n'arrivais pas à comprendre qu'un endroit aussi sensationnel propose des chambres aussi moches, mais il m'avait expliqué que l'idée était de pousser les gens à passer plus de temps dans les casinos.

Derrière la porte fermée, la situation était devenue légèrement inconfortable. Jusque-là, je m'étais plutôt sentie en excursion. Nous avions fini par comprendre que nos vêtements étaient bien trop chauds pour le climat, même avec l'air conditionné. Jason avait abandonné sa cravate, et j'avais remplacé ma robe couvrante – exposer sa peau est un péché – par une jupe et une veste, les seuls vêtements de rechange que j'avais apportés. Le genre de truc qu'on mettrait pour aller travailler un mercredi matin.

Puis, alors que nous étions assis au bord du lit, Jason m'avait demandé si je voulais toujours me marier, et j'avais répondu oui – quand il avait changé de pantalon, j'avais eu un petit aperçu de son derrière nu par la mince fente entre les gonds de la porte de la salle de bains.

Plus tôt que je ne l'aurais souhaité, nous avions passé la porte, aussi naturellement que si le but était de s'empiffrer de crevettes au buffet à volonté, ou de passer quelques heures devant les machines à sous avec les retraités. Nous étions seuls dans l'ascenseur, et en avions profité pour échanger un baiser, avant de sortir dans le hall d'un pas mal assuré, submergés par une grosse vague de bruit et de débauche.

Dehors, le soleil était sur le point de se coucher. Un cendrier motorisé nous avait chargés. Le chauffeur était un gros type avec un accent de la côte Est, et un unique cheveu sur le front, comme Charlie Brown. Il avait claqué le volant avec enthousiasme quand nous lui avions demandé de nous déposer devant une chapelle et avait tenu à se présenter. Nous avions donc demandé à Evan, puisque tel était son nom, d'être notre témoin. D'accord, il ferait ça pour nous. Bien sûr, je savais que j'allais me marier mais, pour la première fois de la journée, j'avais eu l'impression d'être une future épouse.

Les chapelles occupaient de minuscules bâtiments, et nous avions essayé d'en trouver une qui n'ait abrité le mariage d'aucune star, comme si l'aura de la célébrité aurait pu d'une certaine manière ternir la dimension sacrée d'une union à Las Vegas. Je ne sais pas ce que nous avions à l'esprit. Evan finit par choisir l'endroit à notre place, principalement parce que le prix du service comprenait un plateau-repas et du vin mousseux.

Au moment des formalités administratives, nos faux papiers avaient parfaitement joué leur rôle. À travers le petit vitrail de l'entrée, le soleil ressemblait à une mandarine juteuse posée sur l'horizon. En quelques minutes, un homme au bronzage irréel, souligné encore par sa tenue de rayonne blanche, nous avait déclarés légalement mariés, avec autant d'aisance que s'il nous avait offert de signer pour un appartement en propriété partagée.

«Eh bien, ce n'est pas comme si nous étions entourés de deux cent cinquante de nos proches, n'est-ce pas? avait commenté Jason en se dirigeant vers la porte.

— Un mariage civil. Que dirait ton papa?» lui avais-je répondu, un peu grise.

Nous étions sortis, abandonnant Evan à son plateau-repas, pour errer tous les deux dans l'atmosphère torride, où les relents de gaz d'échappement et de détritus se mêlaient à l'odeur des mufliers, avec la sensation d'être minuscules au milieu des casinos, ce qui ne nous avait pas empêché de rêver à l'avenir sous les lumières fausses ou naturelles qui illuminaient le ciel, et de penser au sexe.

J'espérais que la destruction des fenêtres et l'arrosage des diffuseurs auraient distrait les trois garçons, mais il se passa tout autre chose. Ils ont commencé à se disputer. Mitchell était furieux contre Jeremy qu'il accusait de gâcher des munitions qui auraient pu être utilisées avec plus d'efficacité pour «descendre ces frimeurs débiles qui s'éclataient à prendre la tête à tous ceux qui n'avaient pas un maillot avec un numéro dans le dos». Sur ce, Mitchell a lâché une rafale vers un groupe de jeunes élèves tassés les uns contre les autres à l'autre bout de la salle – une équipe junior, me semble-t-il, mais je n'en suis pas certaine parce que les tables et les chaises m'empêchaient de voir. Je ne sais pas non plus s'il avait fait un tir groupé ou les avait arrosés, mais je me souviens parfaitement du sang dilué dans l'eau qui s'écoulait en suivant la pente légère du linoléum, du coin où ils se trouvaient vers la rangée de distributeurs automatiques. Les machines ont émis un grésillement électrique avant de s'éteindre. Des cris et des gémissements se sont élevés du groupe, suivis du silence. «Vous nous prenez pour des bouffons? hurla Mitchell. Nous savons que, pour la plupart, vous n'êtes ni morts ni blessés. Duncan, on va jeter un œil pour voir qui fait semblant.

— Ça me dit pas trop. Je le sentirais peut-être plus, si Jeremy se bougeait un peu le cul et faisait sa part du boulot.»

Ils se tournèrent tous deux vers Jeremy, le plus discret des trois. «C'est quoi le problème? demanda Mitchell. Tu as brusquement décidé de te convertir au sport? Ouais, c'est sûr que tu vas avoir la cote avec Bande Qui Déjeune Dehors. Un tueur avec l'âme d'un champion.

— Ta gueule, Mitchell, rétorqua Jeremy. Comme si personne n'avait remarqué que tous tes tirs manquaient leur cible. D'ailleurs, c'est pour ça que tu as descendu les fenêtres. T'étais sûr de ne pas les rater.»

Mitchell s'énerva encore plus. «Tu sais quoi? Je suis sûr que tu essaies de te défiler. Mais c'est un peu trop tard pour te retirer de la partie, tu vois.

— Et si je voulais laisser tomber?

— Regarde ça – Mitchell leva son arme et tua un type appelé Clay, dont le casier était à quatre places du mien. T'as vu? Rien de plus facile que de descendre quelqu'un. Duncan, à ton avis, c'est quoi le score de Jeremy en ce moment?»

Duncan calcula. «Quatre, sûr, et cinq probables.»

Mitchell se tourna vers Jeremy. «Ah! Et tu t'attends à ce qu'on te pardonne?

— Je me casse.

— C'est quoi, cette histoire ? Un scénario façon Hitler dans son bunker ?

— Appelle ça comme tu veux. »

Jeremy laissa tomber ses armes.

« Exécution », dit Mitchell.

C'était prodigieux d'être marié. L'attente, les supplications ignorées et le plaisir différé avaient pris toute leur valeur ; et vous savez, ça n'avait rien à voir avec un film de conseils d'hygiène comme on pouvait en voir en cours – là, c'est moi qui vous parle. J'étais moi. Nous étions nous. C'était réel, fou, et ça restera le meilleur souvenir de mon existence d'être vivant – une nuit d'abandon total au seizième étage du Caesars Palace.

Je ne crois pas que nous ayons échangé plus de trois phrases cette nuit ; la peau de Jason, fraîche et douce comme de jeunes bois, vidait les mots de leur sens. À 6 heures du matin, nous étions dans le taxi qui nous ramenait à l'aéroport. Pendant le vol vers le nord, nous n'avions pas beaucoup parlé non plus. Je me sentais mariée. Et j'adorais cette sensation, c'est pourquoi je gardais le silence, occupée à évaluer la véritable nature de ce nouvel état planant : le sexe, sans doute, mais il y avait encore autre chose.

Bien sûr, la Bande Qui Déjeune Dehors et tous les *Jeunes et Vivants !* avaient remarqué qu'il y avait anguille sous roche. De toute évidence, nous ne prêtions plus autant d'attention au groupe. Les petites confessions éculées au-dessus des frites des déjeuners me paraissaient si dépourvues d'intérêt qu'elles en devenaient à peine écoutables ; les métaphores du pasteur Fields sur les équipes de sport et ses appels à la chasteté semblaient tout aussi puérils à Jason. Nous savions ce que nous avions et aussi que ce n'était pas suffisant. Nous en voulions plus. Puis il y eut cette dispute sur la manière de mettre nos familles au courant. Jason imaginait un dîner formel dans un bon restaurant au cours duquel nous annoncerions la nouvelle, entre le plat principal et le dessert. Mais je lui avais dit que je ne voulais pas que notre mariage soit traité comme une girl sortant d'un gâteau-surprise. Je ne sais pas exactement si le projet de Jason découlait de sa conception de la maturité, ou s'il aspirait à un scandale public tel un génie criminel. Parce qu'il avait son côté exhibitionniste : à Las Vegas, il avait refusé de fermer les rideaux, et il essayait toujours de m'espionner quand j'enfilais des jeans dans la cabine d'essayage chez Bootlegger. Mais c'était pas mon truc.

Alors, c'est vrai, nous nous sommes disputés au téléphone à ce sujet la veille du jour où j'ai fait mon test de grossesse. Jason m'en voulait de traîner les pieds pour annoncer le mariage, et moi je lui reprochais de vouloir être un – je ne sais pas – un frimeur.

Je ne suis pas allée plus loin dans ma vie, et mon bébé non plus. Je ne pense pas avoir dissimulé quoi que ce soit, et il ne reste pas grand-chose à dire. Tout est entre les mains de Dieu. Si je n'étais pas remplaçable, je n'étais pas non plus indispensable. C'était mon heure.

Cher Dieu,

Il y a tant de haine en moi que je me fais peur. Existe-t-il un mot pour décrire l'envie de tuer des gens qui sont déjà morts ? Parce que c'est ça qui est dans mon cœur. Je me souviens d'un jour de l'année dernière où j'ai accompagné mon père dans le jardin. Nous avons soulevé une feuille de contreplaqué qui était restée dans l'herbe tout l'hiver. Dessous, il y avait des milliers de vers, de mille-pattes, de scarabées, et un serpent, tout le monde mangeait ou était mangé, et c'est comme ça dans mon cœur, la haine et les insectes grossissent. Ils deviennent de plus en plus noirs avec le temps. Je veux tuer les tueurs, et je n'arrive pas à croire que ça soit un péché.

Seigneur,
Mon fils m'a décrit le mélange de sang et d'eau répandu sur le sol de la cafétéria, comme une couche de vernis Varathane. Il m'a parlé des empreintes laissées par des pieds nus ou chaussés qui sont passés en courant dans le sang, et les traces des corps qui ont rampé ou ont été traînés par des amis. Je sais qu'il ne m'a pas tout raconté – un père sent ces choses-là – mais que peut-il y avoir de plus horrible… ? Oh, mon Dieu, cela n'est pas une prière.

Je ne peux m'empêcher de me demander si les autres filles pensaient que je m'étais servie de Dieu comme d'un prétexte pour conquérir Jason, ou si je les confondais dans un même sentiment. Effectivement, je n'aimais peut-être pas réellement Jason ; il était tout à fait possible qu'il ne s'agisse que d'une amourette, ou de cette sorte de besoin animal qu'éprouvent tous les adolescents.

Écoutez-moi ! Cheryl la pragmatique, toujours prête à couvrir ses arrières, même après la mort. Cela dit, j'avais réfléchi à ces questions quand j'étais en vie :

j'aimais Jason, mais ce que je ressentais pour Dieu était entièrement différent. Ils étaient bien séparés dans mon esprit.

Mitchell leva son arme vers moi dans le bruit des sirènes et des hélicoptères à l'extérieur, des sonneries d'alarme dans tout le lycée, et de l'eau qui jaillissait de la conduite rompue. En même temps, Duncan le pressait de tuer Jeremy et l'espoir revint dans mon camp – à cet instant, je crus que j'allais survivre. Et puis Jeremy dit : «Vas-y, Mitchell, descends-moi… Rien à foutre. »

Mitchell avait l'air court-circuité. Le scénario lui échappait. Il se tourna légèrement vers sa gauche, baissa les yeux sur la Bande et moi, puis saisit son arme de l'autre main, pressa la détente et m'atteignit au côté gauche. Décidément, il n'était pas bon tireur. À cinq pas, j'aurais dû être tuée sur le coup. Honnêtement, ça ne faisait pas très mal – je parle de la balle, bien sûr –, et je ne suis pas morte tout de suite non plus. Lauren, qu'elle soit bénie, s'écarta de moi d'un bond et me laissa étalée par terre sur mon bloc-notes que le jet d'eau avait fait tomber de la table. De ma nouvelle position, j'avais un bien meilleur point de vue sur les événements. «Eh bien, Jeremy, bel étalon, ça te fait une fille de moins à impressionner, dit Mitchell.

— Mon Dieu, je me repens pour mes péchés, dit Jeremy. Pardonne-moi pour tout ce que j'ai fait.

— Quoi ! » hurlèrent Duncan et Mitchell à l'unisson.

Ils se tournèrent vers Jeremy et le criblèrent d'assez de balles pour le faire mourir dix fois. Puis j'entendis la voix de Jason qui venait des portes de la cafétéria – un truc du genre : *Lâchez vos armes.*

« Tu dois sûrement plaisanter, dit Mitchell.

— Ça n'a rien d'une plaisanterie. »

Mitchell tira sur Jason et le loupa, puis je vis quelque chose qui ressemblait à un morceau de l'argile grise qu'on utilise au cours d'art graphique voler à travers les airs et s'écraser avec tant de force sur la tempe de Mitchell que son crâne implosa.

C'est alors que les gars du club photo ont levé leur table en guise de bouclier et ont foncé sur le dernier tueur survivant, Duncan Boyle. Le plateau stratifié était couvert de sachets en papier et de quelques gâteaux épars collés par le sang. Ils ont chargé Duncan et l'ont coincé contre un pan libre du mur en parpaings. J'ai vu son fusil tomber, il a glissé à terre, et puis les types du club photo l'ont coincé sous la table retournée, et se sont mis à sauter dessus comme sur une presse en poussant des cris de victoire. D'autres sont venus les rejoindre, et la table s'est transformée en jeu meurtrier. Tous ces gamins, filles et garçons, qui un quart d'heure auparavant déjeunaient paisiblement d'oranges ou de sandwiches au beurre de cacahuète, étaient devenus des sauvages, des tueurs sans merci. Le sang de Duncan giclait de sous le plateau.

Lauren appela à l'aide, Jason arriva et souleva la table sous laquelle je me trouvais comme un ouragan arrache un toit. Je sais qu'il m'a parlé, malheureusement, je n'entendais déjà plus. Il a essayé de me relever, mais j'avais le cou flasque, et tout ce que je pouvais voir, c'était des enfants, écrasant d'autres enfants à l'autre bout de la salle. Et puis, il y a eu ça.

Admettre l'existence de Dieu revient à accepter le malheur inhérent à la condition humaine. Il me semble avoir consenti à cette souffrance, au moment où j'ai accueilli Dieu, même si jusqu'aux événements de la cafétéria, elle n'avait pas pris beaucoup de place dans ma vie. J'ai peut-être l'air d'une adolescente aussi stupide que les autres, mais toute la différence était là – Dieu, le chagrin et son acceptation.

Et maintenant, je ne suis ni morte ni vivante, ni éveillée ni endormie, et je vais bientôt partir pour le prochain endroit, mais mon Jason continuera son existence parmi les vivants.

Oh, Jason. Dans son cœur, il sait que je vais au moins essayer de le regarder de l'au-delà, quelle qu'en soit sa nature. Et dans son cœur, je crois qu'il apprend maintenant ce que je suis arrivée à croire, ce que je n'ai cessé de répéter : le soleil peut briller avec éclat, les visages joufflus des enfants dégager une suavité presque douloureuse, mais dans l'air que nous respirons, l'eau que nous buvons, la nourriture que nous partageons dans ce monde, l'obscurité sera toujours présente.

Deuxième partie

1999 : Jason

Vous ne me verrez sur aucune des photographies qui ont suivi le massacre – vous savez de quoi je veux parler : les clichés d'agences de presse, les élèves inscrivant des poèmes juvéniles au feutre sur le cercueil de Cheryl ; les groupes de prière composés d'adolescents, en sweat-shirts et baskets grinçantes, rassemblés sur le parquet glissant du gymnase ; les petits déjeuners de prière à 6 h 30 dans des succursales de chaînes de restaurants près des bretelles de sortie des autoroutes, où des hommes en cravate marmonnaient en rêvant de pommes de terre sautées. Je ne figure sur aucun de ces clichés, et si vous m'aviez vu, je n'aurais certainement pas été en prière.

Je tiens à ce que ça soit clair dès le départ.

Il y a une heure, j'étais encore un bon petit citoyen, debout dans la file d'attente d'une agence de la Toronto-Dominion de North Vancouver, et je n'avais rien de tout cela en tête. J'étais là pour déposer le chèque que m'avait remis Les, mon entrepreneur bedonnant de patron, tout en me demandant si j'allais faire sauter l'après-midi de travail. En plongeant la main dans la poche, au lieu du chèque, mes doigts brûlés par le soleil trouvèrent l'invitation à la cérémonie en mémoire de mon frère. J'ai eu l'impression que je venais juste d'ouvrir toutes les fenêtres d'une voiture à l'atmosphère étouffante.

Je repliai le papier. Pour noter la date du jour sur le formulaire de dépôt, je dus consulter le calendrier fixé au mur – 19 août 1999 – et *au diable*, j'écrivis une suite de zéros avant l'année, ce qui donnait : 19 août 00000001999. Même si on déteste les maths, ce qui est assurément mon cas, on sait que, mathématiquement, c'est la même chose que 1999.

Quand je remis le formulaire et le chèque à Dean, le caissier, il écarquilla les yeux et me dévisagea comme si je venais de lui glisser un message annonçant un hold-up. «Monsieur, la date n'est pas correcte.

— Bien sûr que oui. Qu'est-ce qui vous fait dire ça?

— Les zéros supplémentaires.»

Dean portait une chemise bleu foncé, ce qui m'agaça. «Que voulez-vous dire?

— Monsieur, l'année est mille neuf cent quatre-vingt-dix-neuf, pas zéro, zéro, zéro, zéro, zéro, zéro, zéro, un, neuf, neuf, neuf.

— C'est la même chose.

— Non, pas du tout.

— J'aimerais parler au directeur de l'agence.»

Dean appela Casey, une femme de mon âge, qui avait développé la dureté appliquée d'une personne dont la fonction principale était de transmettre de mauvaises nouvelles aux gens, et savait qu'elle aurait la même activité jusqu'à ce qu'elle se casse le col du fémur. Casey et Dean échangèrent quelques mots en chuchotant, puis elle s'adressa à moi. «Monsieur Klaasen, puis-je savoir pour quelle raison vous avez écrit ceci sur votre for-mulaire ? »

Je lui tins tête : « Le fait de poser plusieurs zéros devant "1999" ne change pas l'année.

— Techniquement, non.

— Écoutez, j'ai autant horreur des maths que vous…

— Je ne déteste pas les mathématiques, Monsieur Klaasen. »

Casey était sur le coup, mais moi aussi. Ce n'est pas comme si j'étais rentré dans la banque en ayant prémédité tous ces zéros supplémentaires. Ils étaient sortis de nulle part, mais maintenant il me fallait les défendre. « Soit. Mais peut-être ces zéros soulignent-ils que dans un milliard d'années, et nous savons pertinemment qu'il y aura un autre milliard d'années, nous serons tous de la poussière. Même pas : des molécules. »

Silence.

« Imaginez un peu, il y a encore quelques milliards d'années à venir, qui font la queue pour arriver. Des milliards d'années que nous ne serons pas là pour voir », dis-je.

Silence.

« Monsieur Klaasen, si c'est une espèce de plaisante-rie, je peux essayer de comprendre son humour abs-trait, mais je crains que ce formulaire ne remplisse pas les conditions nécessaires pour constituer un docu-ment bancaire légal », dit Casey.

Silence.

« Mais ça ne vous fait pas réfléchir ? Ça ne vous donne pas au moins envie de réfléchir ?

— À quel sujet ?

— À ce qui nous arrive après la mort. »

Grave erreur. Dean télégraphia à Casey un petit regard entendu et, dans un éclair, j'ai compris qu'ils connaissaient mon histoire, les événements de 1988, savaient ce qui était arrivé à Cheryl, et que j'étais considéré comme un type à moitié cinglé – *Il n'a jamais réussi à surmonter le drame, vous savez.* Même si j'y suis habitué, j'étais furieux, mais je gardai mon calme. « Je crois que j'aimerais clôturer mon compte… En liquide, si possible. »

La requête fut traitée avec la désinvolture à laquelle j'aurais pu m'attendre en demandant de la monnaie sur un billet de vingt. « Bien sûr. Dean, voulez-vous aider M. Klaasen à clôturer son compte ?

— Et ça s'arrête là ? "Voulez-vous aider M. Klaasen à clôturer son compte ?" Pas de discussion ? Aucune question ? »

Casey me regarda. « Monsieur Klaasen, j'ai deux filles à élever et j'arrive tout juste à penser à la prochaine mensualité du remboursement de ma maison, je suis donc assez peu intéressée par l'année deux milliards mille neuf cent quatre-vingt-dix-neuf. Par ailleurs, j'ai l'intuition que vous serez plus heureux dans un autre établissement. Je n'essaie pas de me débarrasser de vous, mais je pense que vous savez d'où je viens. »

Elle ne portait pas d'alliance. « Puis-je vous inviter à déjeuner ? demandai-je.

— Quoi ?

— À dîner, alors.

— Non ! »

Dans la file d'attente sinueuse, toutes les oreilles étaient tendues. « Dean, il ne devrait pas y avoir de complication pour la clôture du compte de M. Klaasen, continua Casey, puis elle se tourna vers moi. Monsieur Klaasen, je dois y aller. »

Ma colère se réduisit à un brouillard émotionnel grisâtre, et je n'avais plus qu'une envie : m'en aller. En cinq minutes, Dean avait coupé tous les liens qui me retenaient à sa banque, et je me retrouvai sur le trottoir à fumer une cigarette roulée à la main, chemise défaite, et cinq mille deux cent dix dollars fourrés dans les poches de ma cotte verte. Il était temps de quitter les rues sereines et lourdement policées de North Vancouver pour West Vancouver et l'océan. J'ouvris un nouveau compte-chèques dans une agence de la CIBC à l'angle de la Dix-septième et de Bellevue. En regardant derrière les caissiers, je vis une chambre forte par une porte ouverte. Je demandai s'il était possible de louer un coffre-fort, ce qui prit environ trois minutes. C'est là-bas que je vais déposer ceci, lorsque j'en aurai terminé. Et voici le marché : si je me fais renverser par un bus l'année prochaine, cette missive sera placée en sécurité jusqu'au 30 mai 2019, quand vous, mes deux neveux, aurez vingt et un ans. Si je traîne assez longtemps dans le coin, je vous la remettrai peut-être en personne. Mais pour l'instant, telle sera la première destination de cette lettre.

Juste pour que vous le sachiez, je suis en train d'écrire dans la cabine de mon pick-up, garé sur Bellevue, près de la jetée d'Ambleside Beach, au milieu des gamins sur leurs patins à roulettes et des Vietnamiens qui traquent *E. Coli* avec leurs casiers à crabes. Le mot "Travelodge" est gravé sur mon stylo, et j'utilise le verso des formulaires de factures de Les. Le vent est tiède – Dieu, comme la sensation est agréable sur mon visage – et j'éprouve un sentiment de *liberté*, dans le sens le plus publicité pour 4x4 du mot.

Par où commencer ?

D'abord, Cheryl et moi étions mariés. Personne ne le sait hormis moi, et vous maintenant. C'était une aventure insensée. J'avais dix-sept ans et je crevais d'envie de faire l'amour, mais j'étais encore englué dans les histoires religieuses de ma famille, le sexe n'était donc concevable qu'entre époux, et encore seulement pour la procréation ; et même dans ces circonstances, il fallait que les deux partenaires portent des vêtements de tweed épais pour enlever à l'acte toute trace de plaisir. Aussi lorsque j'avais suggéré à Cheryl de prendre un avion pour Las Vegas et de convoler en justes noces, elle m'avait laissé comme deux ronds de flan en me disant oui. J'avais fait ma demande sur un coup de tête après avoir vu un film 16 mm sur le jeu en cours de maths, destiné à rendre les statistiques plus séduisantes pour les élèves. Je me demande ce que ces cinéastes avaient dans la tête.

Et moi, qu'est-ce que je pouvais bien avoir dans le crâne. Mariage ? Las Vegas ?

Nous avions pris un avion pour aller là-bas un week-end – à l'époque nous n'étions même pas des personnes, nous étions si jeunes, si ignorants de la réalité. De vrais poussins. Non. Des zygotes plutôt, de petits zygotes dans un taxi qui les emmenait de l'aéroport au Caesars Palace ; je n'arrivais pas à penser à autre chose qu'à la sécheresse et la chaleur. Toute cette histoire semble remonter à un milliard d'années.

Au coucher du soleil, nous étions devenus mari et femme, grâce à nos faux papiers. Le chauffeur de taxi nonchalant qui nous avait conduits sur le Strip avait accepté d'être notre témoin. Pendant les six semaines suivantes, mes résultats scolaires avaient subi une forte érosion, le sport était devenu un désagrément, et mes amis des fantômes. Seule Cheryl comptait. Le secret rendait notre mariage encore plus savoureux, lui conférait un parfum d'interdit. C'était bien meilleur que si nous avions attendu et fait les choses selon les règles.

Cependant, les problèmes avaient commencé à notre retour. Ce groupe de grenouilles de bénitier auquel Cheryl et moi appartenions, *Jeunes et Vivants!*, une bande de fouineurs au crâne farci de prêchi-prêcha, avait passé des semaines à nous espionner, sans doute avec la bénédiction de mon frère aîné, Kent. Quand j'étais en Terminale, il était en deuxième année à l'université de l'Alberta, mais avait gardé une grande influence sur le groupe local, et j'imagine le genre de conversation téléphonique qu'il devait avoir avec ces demeurés.

Les lumières étaient allumées ou éteintes?
Lesquelles?
Ont-ils commandé des pizzas?
À quelle heure sont-ils partis?
Ensemble ou séparément?

Comme si nous n'avions pas remarqué leur manège. À leur décharge, les *Jeunes et Vivants!* étaient eux aussi des poussins. Nous l'étions tous, d'ailleurs. Dix-sept ans, ce n'est rien. On est encore dans les limbes.

En voyant un homme d'environ vingt-neuf ans, assis dans la cabine d'un pick-up face au Pacifique, à 15 h 37 de l'après-midi un jour de semaine, écrivant furieusement au dos de formulaires de factures roses, une femme pourrait déduire un certain nombre de choses. Que cet homme soit ou non un salarié, peu importe, sa présence indique l'existence d'un mystère. S'il est accompagné d'un chien, c'est un bon point, car cela implique qu'il est capable d'avoir des relations avec autrui. En revanche, si l'animal est un mâle, cela peut être mauvais signe, parce que le type a toutes les chances de se comporter lui-même comme un chien. Une femelle, c'est bien mieux. Mais si le type a dépassé la trentaine, la présence de n'importe quel genre de chien est de mauvais augure, car cela signifie qu'il a perdu toute foi dans l'être humain. En général, en rencontrant des mecs de mon âge accompagnés d'un chien, la femme est assurée que la partie ne sera pas facile.

Indice suivant, la barbe de plusieurs jours : le chaume indique la possibilité d'avoir affaire à un ivrogne, mais si le sujet conduit un van ou un pick-up, il n'a pas encore touché le fond, alors attention, chérie. Quand un type écrit quelque chose sur un porte-bloc à pinces face à l'océan à 15 h 37, ça peut être de la poésie, ou une lettre destinée à implorer le pardon de quelqu'un. En tout cas, s'il s'agit de mots réels, pas d'un devis ou d'un rapport de boulot, alors, il y a toutes les chances pour que cet homme soit sous l'emprise de ses émotions, ce qui pourrait laisser penser qu'il a une âme.

Vous êtes peut-être généreux et présumez que tout le monde a une âme. Pour ma part, je n'en suis pas si sûr. Je sais que j'en ai une, même si j'aurais préféré rejeter tous les principes de mon père et dire que je n'en possède pas. Mais c'est vrai. Je la sens comme une petite braise ardente au fond de mes tripes.

Je suis aussi persuadé que certaines personnes naissent sans âme ; mon père partage cette conviction et c'est peut-être le seul sujet sur lequel nous sommes du même avis. Je n'ai jamais réussi à trouver le terme technique pour les désigner – "monstre" ne fait pas vraiment l'affaire –, mais je crois à leur existence.

Cela dit, on peut être assuré au moins d'une chose : un type assis devant l'océan à écrire des trucs sur un porte-bloc en plein milieu de l'après-midi a sûrement des ennuis. Si j'ai appris quelque chose en vingt-neuf ans, c'est que chacun des êtres humains que l'on croise au cours d'une journée a un problème qui occupe au moins soixante-dix pour cent de son radar. Mon don – triste choix de mot – est que je peux regarder n'importe qui et dire immédiatement ce qui trouble ses nuits : l'argent ; le sentiment d'insignifiance ; un ennui accablant ; des enfants méchants ; des problèmes au boulot ; ou peut-être, la mort, perchée dans les coulisses dans l'un de ses multiples costumes. Ça marche à tous les coups. En fin de compte, le plus étonnant est le peu de variété des détresses qui façonnent l'existence de nos esprits.

Whoup… Joyce, ma fidèle chienne labrador, vient de se redresser brusquement. C'est quoi, ma fille ? *Quoi* est un border colley avec une balle de tennis orange dans la gueule : Brodie, le meilleur ami de Joyce. Pause – elle me regarde avec cet air…

Une heure plus tard :
Pour ce que ça vaut, je pense que Dieu est la manière dont on réagit devant tout ce qui se trouve hors de notre contrôle. C'est une définition aussi bonne qu'une autre. Et je dois…

Attendez : Joyce est sur le siège à côté de moi, il ne reste que quelques morceaux de sa balle de tennis mâchouillée à mort, et elle se demande manifestement pourquoi nous ne sommes pas encore en train de jeter des bâtons à l'eau, alors que nous sommes garés aussi près de la mer. Joyce n'est jamais à court d'énergie.

Sois sage, ma chérie. Papa est un zombie social avec un foie gros comme le Hindenburg, *embarrassé par son état de décrépitude et de médiocrité. Et oui, ton regard humide est un couteau Ginsu qui me tranche le cœur en deux comme la pulpe d'une tomate cœur de bœuf – mais je vais continuer à écrire encore un peu.*

Comme vous le voyez, je parle aux chiens. À tous les animaux, en fait. Ils sont beaucoup plus directs que les gens. Même avant le massacre, je le savais déjà. La plupart des gens trouvent que je ne m'exprime pas assez. C'était l'avis de Cheryl. J'aimerais bien être un chien. J'aimerais être n'importe quel autre animal, y compris un insecte, plutôt qu'un être humain.

Au fait, Joyce n'a pas été acceptée par le programme de formation Seeing Eye [1], parce qu'elle était trop petite. Si la réincarnation existe, j'aimerais beaucoup revenir en chien d'aveugle. Il n'existe pas de plus belle vocation. Joyce est entrée dans ma vie à l'âge de quatre mois, il y a près d'un an. Je l'ai rencontrée par l'intermédiaire d'une vieille bique qui élevait des labradors et voulait une cuisine de rêve dans sa maison de Bowen Island, j'avais participé au chantier. La nouvelle installation était un appât destiné à détourner sa gouvernante philippine des sirènes de la grande ville. Joyce était la dernière d'une portée, le chiot le plus grave et le plus

---

1. Seeing Eye : association qui forme des chiens d'aveugle.

triste que j'aie jamais vu. Elle dormait dans ma veste en cuir pendant la journée et, durant les pauses, s'enfouissait dans mes aisselles en quête de chaleur. Cette éleveuse était loin d'être une imbécile. «Écoute, vous vous aimez tous les deux. Tu en as conscience, n'est-ce pas?» m'avait-elle dit au bout de quelques semaines.

En fait, je n'avais pas envisagé les choses sous cet angle, mais une fois que les paroles avaient été prononcées, cela paraissait évident. «Je crois que vous êtes faits l'un pour l'autre, avait-elle continué. Si tu reviens ce week-end poser le double vitrage dans le salon de télévision, elle est à toi.»

Naturellement, j'avais installé les fenêtres.

Encore un peu plus tard, toujours dans le pick-up. J'examine de nouveau l'invitation à la cérémonie de ce soir en souvenir de Kent.

Il y a un an, jour pour jour, j'ai reçu un coup de fil de Barb, votre mère, qui avait épousé Kent en 1995, mon frère solide comme un roc, plongeant la famille dans la liesse. J'étais sur l'autoroute, rentrant d'un chantier, la rénovation de la maison d'un client de Hong Kong. Il était environ 18 heures, je me demandais dans quel bar j'allais m'arrêter et qui j'allais appeler pour prendre un verre quand mon mobile sonna. Rappelez-vous, c'était en 1998, et les communications valaient encore un dollar la minute, à l'époque – le réseau n'était pas non plus très efficace.

«Jason, c'est Barb.

— Barb! *Que pasa*?

— Tu es au volant?

— Oui. Je sors du boulot.

— Arrête-toi, s'il te plaît.

— Hein ?

— Tu m'as bien entendue.

— Barb, pourrais-tu...

— Jason, pour l'amour de Dieu, arrête-toi sur le bas-côté.

— Excuse-moi d'exister, Eva Braun. »

Je m'arrêtai sur l'accotement près de la sortie de Westview. Comme vous êtes bien placés pour le savoir, votre mère aime avoir le contrôle de la situation.

« Tu t'es arrêté ?

— Oui, Barb.

— La voiture est garée ?

— Dis-moi, le micro-management des mâles, c'est ta seule façon de prendre ton pied ?

— J'ai de mauvaises nouvelles.

— Quoi ?

— Kent est mort. »

Je me souviens avoir observé trois hirondelles qui jouaient dans les vagues de chaleur montant de l'asphalte. « Comment ?

— La police a dit qu'il est parti tout de suite. Il n'a pas eu le temps d'avoir mal, il ne s'est pas vu mourir. Il n'a pas eu peur. Mais il est mort. »

Permettez-moi de changer de sujet. Le jour du massacre, Cheryl était arrivée en retard. La veille, nous nous étions disputés au téléphone, et quand j'avais vu sa Chevette s'arrêter dans le parking des élèves par la fenêtre de la salle de chimie, j'étais sorti sans demander l'autorisation. Je l'avais rejointe devant son casier et nous nous étions encore échauffés en parlant de l'annonce de notre mariage. Quelques personnes qui nous avaient remarqués au passage avaient témoigné plus tard que nous avions eu une violente dispute.

Nous étions convenus de nous rencontrer à la cafétéria à midi. Une fois que le rendez-vous avait été entendu, le reste de la matinée s'était déroulé sans histoire. Après la fusillade, des dizaines d'élèves et de membres du personnel avaient déclaré que j'avais semblé : a) préoccupé ; b) distant ; et c) avoir un truc "vraiment important" en tête.

À la sonnerie de midi, j'étais en salle de biologie, imperméable au contenu du cours – depuis que j'avais découvert le sexe, je vivais dans un état second et il m'était difficile de me concentrer sur quoi que ce soit d'autre.

La cafétéria se trouvait aussi loin que possible de la salle de bio – trois étages au-dessus, et du côté opposé en diagonale. Je m'étais arrêté à mon casier, y avais jeté mes livres comme si c'était une poubelle de chez Burger King, et je m'apprêtais à partir pour la cafèt', quand Matt Gursky de *Jeunes et Vivants!,* qui n'était qu'une mise en plis montée sur pattes, m'avait arrêté.

«Jason, nous devons parler.

— De quoi, Matt? Je n'ai pas de temps à te consacrer maintenant. Je suis pressé.

— Trop pressé pour discuter du sort de ton âme immortelle?»

Je l'avais regardé. «Tu as soixante secondes. Un, deux, trois, c'est parti…

— Je ne sais pas si j'apprécie vraiment d'être traité de cette…

— Cinquante-trois, cinquante-deux, cinquante et un…

— D'accord. C'est quoi l'histoire entre Cheryl et toi ?

— L'histoire ?

— Ouais, exactement. Vous deux. Nous savons que vous avez eu, ou plutôt, que vous avez fait…

— Fait quoi ?

— Tu sais bien. Vous l'avez fait, quoi.

— Ah, oui ?

— Inutile de nier. Nous vous avons surveillés. »

Je suis un type costaud. Je le suis maintenant, et je l'étais déjà. J'ai refermé ma main gauche autour de la gorge de Matt, le pouce au-dessus de ses cordes vocales. Je l'ai décollé du lino ciré en lui collant l'arrière du crâne contre les lamelles de ventilation d'un casier. « Écoute-moi, espèce de cafard prétentieux, petit fouille-merde… »

Je l'ai balancé par terre, avant de lui immobiliser les bras avec mes deux genoux aussi fermement que s'il était retenu par des menottes. « Si toi ou un autre de votre petite bande d'espions de la Stasi asexués et bourrés de complexes osez insinuer que vous avez le droit [une claque, pour faire bonne mesure] d'imposer vos idées dans ma vie, je viendrai chez toi au milieu de la nuit, je fracasserai la fenêtre de ta chambre avec un démonte-pneu, et je m'en servirai pour effacer le sale sourire satisfait de ta face de porc. »

Je me suis relevé. « J'espère que je me suis bien fait comprendre. »

Puis je m'éloignai en direction de la cafèt'; en grimpant l'escalier, j'avais l'impression de me déplacer sur le tapis à bagages en caoutchouc d'un aéroport.

À mi-chemin du deuxième étage, j'entendis des bruits qui ressemblaient à des détonations de feux d'artifice, sans m'inquiéter pour autant, Halloween était tout proche. Puis deux Troisièmes me croisèrent en courant, suivis quelques secondes plus tard par des dizaines d'élèves qui descendaient en se bousculant. Une fille que je connaissais, Tracy – elle avait repris ma tournée de journaux en 1981 –, me cria que trois types tiraient sur les élèves à la cafétéria. Elle repartit, et je me souvins du moment où le bateau se retournait dans *L'Aventure du Poséidon*[1], et de la tête des acteurs quand ils comprenaient que le paquebot se renversait : les bouteilles de champagne explosées, les pianos fracassés, les cygnes sculptés dans la glace et les gens qui tombaient du ciel. L'alarme incendie se déclencha.

À contre-courant du flot humain, je réussis à monter une volée de marches – une fresque représentait Maui ou un autre endroit paradisiaque. Le mur était crépi et je m'éraflai le bras. À cet instant, la sonnerie de l'alarme produisait le même effet qu'une bande de crabes grouillant à l'intérieur de mon crâne.

Au sommet des marches, M. Kroger, un professeur d'anglais, et Mlle Harmon, l'assistante du principal, ressemblaient à des assiégés ; la vie ne prépare personne à vivre une fusillade dans un lycée. « Pas question de vous laisser monter », dit M. Kroger quand je tentai de passer.

Les coups de feu se succédaient furieusement dans la cafét' et le couloir qui y conduisait. « Allez-vous-en, Jason », répéta M. Kroger.

Les diffuseurs se déclenchèrent. Il pleuvait.

---

1. *The Poseidon Adventure,* film de 1972, réalisé par Ronald Neame, avec Gene Hackman, Ernest Borgnine, Shelley Winters. (N.d.T.)

«Cheryl est à la cafétéria.

— Allez-vous-en. Maintenant.»

Je lui pris le bras pour dégager mon chemin, mais il bascula dans l'escalier – Oh, Seigneur – il dégringola les marches comme un carton de vieilleries tombant du haut d'un placard.

Les tirs continuaient en provenance de la cafèt'. Je courus vers le grand couloir qui menait là-bas. Il y avait des corps partout, comme des citrouilles de Halloween écrasées sur la route le matin du 1er novembre. Je ralentis. Une seule des baies vitrées du foyer n'avait pas été détruite, des nappes lumineuses ondulaient dans l'eau des diffuseurs, qui reflétait l'éclat des néons du plafond et des vitrines aux trophées. Lori Kemper, du club théâtre, me croisa en courant. Un de ses bras était pourpre et ne semblait plus correctement rattaché à son corps. Layla Warner avait eu moins de chance. Elle était écroulée en un petit tas désarticulé sur le lino, au pied d'une des vitrines. Deux autres élèves, au corps ensanglanté, passèrent en détalant, et puis je suis tombé sur ce type – Derek Quelque-chose – qui gisait dans une mare de sang délayé dans l'eau, il essayait de s'éloigner des portes à la force des bras. «Va pas là-dedans, dit-il d'une voix rauque.

— Seigneur, Derek.»

En le prenant sous les bras, je le tirai jusqu'à la cage d'escalier.

Par les portes en verre de la cafèt', je vis à l'intérieur une petite bande des plus jeunes minables du lycée, affublés de tenues de chasse au canard du genre camouflage. Deux d'entre eux se disputaient, pointant leurs fusils l'un contre l'autre, pendant que le troisième type les regardait, une carabine à la main. Des élèves étaient pelotonnés sous les rangées de tables. S'ils parlaient, je n'entendais rien, peut-être à cause de l'alarme incendie, des sirènes et des hélicoptères dehors. Mais malgré le bruit, j'eus l'impression de pénétrer dans une poche de silence en débouchant dans le grand foyer. Dans mon esprit, ça aurait pu être un jour de neige dans la campagne.

Un fusil c'est du sérieux, me suis-je dit. *Tu ne peux pas entrer là-dedans désarmé.* Je fouillai du regard mon environnement immédiat à la recherche de quelque chose que je pourrais utiliser pour tuer un être humain, n'importe quoi. La solution se trouvait juste à l'extérieur d'une des fenêtres brisées : des cailloux gris et lisses de la Capilano, posés à la surface des plantes en pots pour éviter de retrouver des mégots de cigarettes dans le terreau. Je passai par le trou dans la baie vitrée, dehors ça grouillait d'hommes armés, d'ambulances, une femme parlait dans un mégaphone. En haut de la colline, des centaines d'élèves observaient le déroulement des événements, postés derrière des voitures ; je pouvais voir une partie de leurs jambes entre les bas de caisse et le sol. Je saisis un galet de rivière de la taille d'un cantaloup – il pesait autant qu'une barre d'haltères – et j'entrai dans la grande salle. Un des tireurs était écroulé mort par terre.

« Lâche ton arme ! criai-je à celui qui se tenait penché au-dessus de lui.

— Quoi ? Tu dois sûrement… »

Il me tira dessus et me loupa. J'estimai la distance qui nous séparait, la masse de la pierre et le potentiel de mes muscles. Un, deux, trois, *lancer* – le meilleur tir de ma vie signa la mort de cet immonde salopard. Tué sur le coup, comme je l'ai appris plus tard. La justice.

Et puis, je vis Cheryl. Mon esprit commençait seulement à enregistrer le carnage, les morts, les blessés, les mares rouges près des distributeurs. Je me précipitai sous la table et la serrai contre moi.

Je répétai son nom à voix basse, mais son regard ne croisa le mien qu'une fois, puis sa tête retomba en arrière, ses yeux se fixèrent sur le troisième tireur, coincé sous le plateau d'une grande table qui pesait son poids. Maintenant, les élèves se battaient pour grimper dessus, on aurait dit les gens sur le Mur de Berlin en 1989. Ils sautaient à l'unisson, écrasant le corps comme une noix de Noël, un deux, TROIS ; un deux, TROIS ; et la distance entre le plateau et le sol s'amenuisait à chaque saut, jusqu'à ce que finalement, pendant que je tenais Cheryl dans mes bras, ce qui se faisait écraser entre la table et le lino finisse par ressembler à de la boue.

Quelques minutes se sont écoulées, et je suis assis torse nu sur un rondin de bois flotté qui a dû s'échapper d'une des estacades qui se trouvent plus haut sur la côte. L'air sent les bancs de moules, Joyce et Brodie pataugent dans les flaques de la marée basse, pourchassant des mouettes à la patience infinie. Les chiens semblent capables de s'amuser sans intervention humaine, ce qui me permet de me laisser un peu aller…

Bon, voici quelque chose qui se rattache plus ou moins à tout ça : un de mes premiers souvenirs. Mon père, Reg, m'obligeant à m'agenouiller sur le tapis du salon, crépitant d'électricité statique. Je regardais un feu d'artifice à la télé – c'était l'été 1976, le bicentenaire des États-Unis, j'avais donc cinq ans. En changeant de chaîne, je m'étais attardé une microseconde de trop sur l'image d'une "tentatrice" blonde couverte de strass, qui présentait un réfrigérateur-congélateur, prix à remporter dans une émission de jeu. Reg avait détecté une attaque de luxure/péché/tentation/mal et avait immédiatement coupé la télé, avant de me forcer à dire une prière pour ma future épouse « qui est ou n'est peut-être pas encore née ». N'ayant pas la moindre idée de ce à quoi elle pouvait ressembler, je l'avais interrogé. En guise de réponse, il m'avait soulevé de terre et flanqué une raclée mémorable ; après ça, il s'était précipité dans sa voiture et était parti, sans doute pour rejoindre le groupe de discussions religieuses d'hommes qu'il aimait régenter une fois par semaine. Ma mère regarda par la fenêtre de devant, se tourna vers moi et dit : « Tu sais, chéri, à l'avenir, tu n'as qu'à penser à un ange. »

Par la suite, je ne pouvais plus regarder une fille sans me demander si elle avait été la cible de ma prière, et les ventres ronds des femmes enceintes ne m'empêchaient pas de me poser la question. Quand je vis Cheryl pour la première fois en Troisième, il me parut évident qu'elle était l'antenne qui avait reçu mes prières. On sent ce genre de trucs. Et sa conversion avait été la confirmation dont j'avais besoin.

Quand le regard des femmes se pose sur moi, assis sur mon rondin, je sens se déclencher le radar spécial âmes que j'employais autrefois pour découvrir ma future épouse. Pour la plupart, elles sont mariées, de jeunes mères de famille typiques de la banlieue qui essaient de profiter de la plage un jour de semaine, tout en s'épuisant à courir après des poupons suralimentés et abrutis de soleil. Il y a aussi quelques adolescentes, mais ' passé sur l'autre versant de la vingtaine, je suis devenu invisible à leurs yeux. Une bénédiction et une malédiction.

La sensation dont je parle pourrait s'apparenter à la faim, par exemple – on sait qu'on a faim tout en étant incapable de l'expliquer. J'ai l'impression de sentir les rayons de la pensée de ces femmes passer à travers moi. Mais j'ai conscience que ma définition sonne faux. Après tout, il n'est peut-être question que de luxure. Rien de plus.

Le stand est toujours sur la plage, pas loin de l'endroit où je me trouve : Popsicle, poissons et frites, beignets à l'oignon. Cheryl y a travaillé son dernier été. Elle a vraiment adoré ça, parce qu'il n'y avait pas de membres de *Jeunes et Vivants!* dans le coin. Je comprenais parfaitement sa position.

Si nous avions fait connaissance avant le massacre, vous auriez pu penser que vous veniez de rencontrer un entrepôt ambulant, bourré des théories et des croyances tordues de mon père. En admettant, bien sûr, que je vous adresse la parole, ce qui ne se serait sans doute pas produit, car je ne suis pas bavard. D'ailleurs, jusqu'à ce qu'ils me mettent une puce dans le cerveau pour me forcer à parler, je suis résolu à garder le silence.

Si j'avais fait partie de vos relations juste avant la tuerie, vous auriez imaginé que j'appartenais à la moyenne, ce qui était le cas. La seule caractéristique qui me différenciait de la plupart des gens de mon âge était mon mariage. Voilà tout.

Étant donné les caractères de mon père et de mon frère aîné, j'imagine que je ne pouvais pas éviter de

finir dans les rangs de *Jeunes et Vivants!* Pris indivi-
duellement, ses membres pouvaient être fréquentables,
mais une fois rassemblés autour d'un projet commun,
ils étaient capables de se conduire comme des voyous.
Plus que tout autre chose, l'existence de ce groupe était
une des raisons principales de ma réserve.

Papa était fier comme un pou que son fils aîné soit le
grand Manitou de la section locale de *Jeunes et
Vivants!* et, pendant le dîner, il adorait entendre Kent
débiter à l'infini des statistiques à propos des conver-
sions, des témoignages et des bailleurs de fonds. S'il
leur arrivait d'être en désaccord, c'était à propos de
futilités : lorsqu'on utilisait une piscine pour les rituels,
l'eau devait-elle être à la température du corps ou aussi
froide que possible, pour ajouter une dimension d'in-
confort à la cérémonie ? La réponse : froide. Bien sûr,
pourquoi manquer une occasion d'expier ses fautes ?

Cheryl était venue dîner plusieurs fois chez nous, et
surprise, les repas se déroulaient sans histoires. Je ne
cessais d'attendre le moment où papa allait tirer un
rideau pour dévoiler une installation destinée à lui
faire subir le supplice de l'eau réservé aux sorcières,
mais ils s'entendaient bien tous les deux ; leur accord
était sans doute dû à la capacité d'écoute de Cheryl,
qui se gardait bien d'interrompre mon père. Je me
demandais s'il voyait en elle le genre de fille qu'il
aurait dû épouser – quelqu'un qui était déjà converti
plutôt qu'une femme qu'il aurait eue à modeler, avant
de la torturer psychologiquement, comme il l'avait
fait avec ma mère.

Entre le mariage et le départ de Kent pour son université de l'Alberta, nous avions dîné tous ensemble
une seule fois. À cette époque, mon frère et les per

voyeurs de *Jeunes et Vivants !* nous espionnaient déjà, et je n'ai jamais vraiment su s'il avait parlé à mon père de Cheryl et moi. Si c'était le cas, son geste aurait été dépourvu de malice. Cela aurait été la tâche n° 14 de son programme, entre se procurer des chaises pliantes supplémentaires pour une réunion et la lecture de la lettre mensuelle destinée à un gamin abandonné de Dar es Salaam qui recevait cinq dollars par mois de la famille Klaasen.

En tout cas, mon père nous considérait, Cheryl et moi, plus comme des enfants que des adultes, et son attitude condescendante m'exaspérait. S'il savait que nous étions mariés, il serait bien obligé de nous traiter comme un homme et une femme plutôt que comme un garçon et une fille. Après ce dîner, je sus qu'il me fallait trouver au plus tôt un moyen de l'informer de notre mariage. J'avais eu l'idée de le lui annoncer au cours d'un bon repas dans un restaurant, mais Cheryl préférait prévenir quelques personnes par téléphone et s'en tenir là.

Joyce n'est plus qu'une tache liquide étalée sous une fenêtre de mon appartement, d'où émerge un ronflement. Appartement est un mot peut-être exagéré, c'est plus une tanière, mais elle ne s'en soucie guère. J'imagine que, du point de vue d'un chien, un intérieur négligé présente bien plus d'intérêt qu'un lieu abondamment nettoyé au détergent et à l'aspirateur. Si j'entretiens le désordre et la saleté pour éviter les visites ? Non, c'est parce que Reg est un malade du ménage – propreté... piété... je sais, c'est si prévisible que c'en est pathétique. La seule personne que j'autoriserais à entrer ici serait mon père, et uniquement avec l'idée de le torturer avec mon laisser-aller. Mais rien au monde ne me ferait inviter Reg chez moi, ni ailleurs du reste.

Mon répondeur m'annonce sept messages – je ne suis pas un minable! – mais je sais que la majorité concernera la réunion de ce soir. *Vais-je y aller? Vais-je m'y rendre?* Ouais, c'est sûr, d'accord. Je suis peut-être une catastrophe ambulante, mais pas une épave. Pas encore.

Évidemment, il me faudra porter quelque chose de propre, et il est trop tard pour embarquer ma pile de chemises au pressing, alors je devrai en repasser une sale, ce qui est une idiotie : après ça, la crasse est cuite dans le tissu pour toujours. Bon, maintenant, il me faut dénicher la chemise, exhumer le fer à repasser qui se trouve sous un des tas qui encombrent l'appartement par dizaines, le remplir d'eau, dégager un espace de sol pour y poser la planche – c'est plus facile à écrire.

D'autres choses sur le massacre…

Il s'était passé un certain laps de temps entre le moment où le troisième tireur, Duncan Boyle, avait été piétiné et celui où les jeunes avaient commencé à quitter la cafét'. Même ceux qui se trouvaient le plus près des portes avaient pris un moment entre la disparition de la menace armée et la liberté. Comme s'ils étaient entraînés par une forme de gravitation, leur premier mouvement les avait entraînés vers les corps des tueurs, comme s'ils avaient besoin de la confirmation visuelle de leur mort. Les alarmes sonnaient toujours, et les diffuseurs continuaient à nous arroser, le nombre de gamins dégoulinant de sang et d'eau était incroyable.

J'étais collé à Cheryl. Quand je bougeais les bras, le mouvement produisait des bruits de succion. J'étais couvert de son sang. Toutes ses amies s'étaient enfuies. Panique. Au moment où l'exode massif hors de la cafétéria commençait, les autorités débarquèrent en force, sous toutes les formes possibles – snipers de la police, types en cagoule, pompiers, ambulanciers – trop tard. Ils prenaient des photos, posaient des rubans de papier adhésif coloré, et tout le monde hurlait qu'il fallait arrêter les alarmes et les diffuseurs, que ce n'était pas seulement une gêne, mais que l'eau contaminait la scène du crime. Pour ce que j'en sais, ces sirènes et ces diffuseurs fonctionnent peut-être encore, car à dater de ce jour, je n'ai plus jamais remis les pieds dans le bâtiment.

« Lève-toi, mon petit. »

C'était un officier de la Gendarmerie royale, avec la grosse moustache spéciale qu'ils se laissent tous pousser une fois qu'ils ont eu leur plaque. Un autre flic me regarda et dit : « C'est le type. »

Voilà que j'étais devenu "le type", maintenant.

Je devrais décrire ce qui se passe lorsqu'on tient une personne agonisante dans ses bras. Le plus remarquable est la vitesse à laquelle la température du corps descend, comme un repas dans une assiette. Ensuite, on continue à attendre que le visage reprenne vie, que les yeux s'ouvrent. Même en sentant Cheryl se refroidir dans mes bras, je ne parvenais pas à croire qu'elle était morte. Alors quand un représentant de cette autorité publique qui s'était révélée si inutile dans la circonstance me dit de lâcher le corps de ma femme, dont le visage allait se réanimer d'un instant à l'autre, ma seule réaction fut de la serrer encore plus fort.

« Allez au diable.

— Écoute, mon garçon, il faut que tu te relèves.

— Vous m'avez entendu.

— Il fait des difficultés, John ? demanda l'autre flic.

— Laisse tomber, Pete. Tu ne vois pas qu'il… ?

— Ce que je vois, c'est qu'il sabote la scène du crime. Hé toi, lève-toi immédiatement. »

Pete ne méritait pas de recevoir une réponse. Je tenais Cheryl contre moi. *Le monde est un endroit horrible, horrible, horrible.*

« Allez, mon garçon.

— J'ai dit non, Monsieur.

— Pete, je ne sais pas quoi faire. Elle est morte. Laisse-le la tenir un peu.

— Non. Et s'il continue, tu sais comment agir.

— En fait, je n'en ai aucune idée. »

Je les chassai de mon esprit. De là où je me trouvais, je voyais des sachets de déjeuner et des sacs à dos gorgés de rouge ; les blessés étaient évacués avec la même rapidité et la même efficacité que déployait l'équipe du Coliseum en enlevant les chaises après un concert.

Sous le corps de Cheryl, j'aperçus son carnet de notes, festonné de ses gribouillis au stylo-bille : DIEU N'EST NULLE PART/DIEU EST ICI MAINTENANT ; DIEU N'EST NULLE PART/DIEU EST ICI MAINTENANT. Je n'y accordai pas plus d'importance. Une main se posa sur mon bras et tenta de m'arracher à elle, mais je résistai. Puis une douzaine de mains s'en mêlèrent. *Boum*, je devins l'homme supernova, lançant des coups de pied dans tous les sens, sans vouloir abandonner Cheryl, mais ils réussirent à nous séparer, et ce fut la dernière fois que je l'ai touchée. En moins de quarante-huit heures, elle fut embaumée, et pour les raisons qui vont suivre, je ne fus pas autorisé à assister à son enterrement.

Après m'avoir tiré loin de Cheryl, ils me renvoyèrent dans le foyer et s'empressèrent de m'oublier. En traversant le même cadre de baie vitrée que précédemment, je sortis sur la plaza, retrouvant le soleil et l'air tiède. Je me souvins de ce que Cheryl avait dit une fois – que Dieu ne voyait que le soleil au centre du grand projet, et ne faisait aucune différence entre le jour et la nuit qui étaient de simples distinctions humaines. Je comprenais son point de vue, mais je ne distinguais aucun grand projet.

J'ai gagné mon appartement au poker. Avant il appartenait à Dennis, un maçon qui passera le reste de sa vie à perdre ses appartements dans les parties de cartes. C'est ce genre de mec. L'endroit est plus sympa que quelque chose que je me serais dégotté tout seul ; je dispose même d'un balcon de la taille d'une table de jeu, que je me suis ingénié à gâcher en y accumulant des plantes d'intérieur desséchées et des rangées de bouteilles vides qui atteindront un jour ou l'autre les containers de recyclage d'en bas. Il surplombe l'arrière d'une rangée de petites boutiques sur Marine Drive. Au-delà, s'étend English Bay – le Pacifique –, et le reste de la ville de l'autre côté de la baie.

J'ai écouté mes messages. Le premier était de Les, il me rappelait d'emporter le pistolet à clous pour le chantier de demain : encastrer un placard à serviettes dans l'extravagante salle de bains d'un magnat de l'immobilier. Le deuxième émanait de Chris, le frère de Cheryl, expliquant qu'il ne pouvait quitter les États-Unis pour assister à la cérémonie de ce soir, car s'il se faisait prendre à traverser la frontière dans un sens ou dans l'autre, il perdrait son visa, indispensable pour continuer à concevoir des tableurs, quoique ça puisse être, à Redwood City, où que ça puisse se trouver. Le troisième était de ma mère, qui ne croyait pas pouvoir supporter d'assister à la cérémonie. Le quatrième, c'était encore elle, disant qu'elle pensait finalement pouvoir y aller. Le cinquième se résumait à cinq secondes de brouhaha, sans doute dans un bar. Le sixième message venait de Nigel, un copain entrepreneur, qui ne savait pas encore que j'avais la scoumoune et me proposait une partie de billard. Bientôt, Nigel entendra parler de mon "histoire", et il achètera l'édition de poche d'un bouquin minable, qui raconte le massacre, dans une librairie d'occasion. Son comportement envers moi changera : il se mettra à marcher sur des œufs, et puis il voudra discuter de la vie après la mort, des cercles de culture, des lois sur les armes, de Nostradamus ou de trucs du même genre, ensuite je devrai cesser de le voir parce qu'il en saura plus sur moi que lui ou n'importe qui ne le devrait. À mesure que je vieillis, ce déséquilibre m'apporte plus de souffrance qu'autre chose. Je n'en veux pas et n'en ai nul besoin.

L'appel numéro sept venait encore de ma mère, me demandant de la rappeler. Je m'exécutai.

« Maman.

— Jason.

— Tu te sens bizarre en pensant à ce soir ?

— Quelqu'un doit s'occuper des jumeaux. Je pourrais les garder pour la soirée, Barb sera plus tranquille.

— Les amis de Kent ont dû probablement se charger d'organiser ça depuis des semaines. Tu les connais.

— J'imagine.

— Et si je passais te chercher ?

— Tu peux ?

— Bien sûr. »

Bon.

Après avoir quitté la cafétéria, j'étais sorti sur la plaza. Arrivé là, je m'étais retourné et j'avais vu mon reflet dans une des baies vitrées encore intactes : j'étais d'une seule couleur, pourpre. Des brancards avec leur masque à oxygène et les potences à plasma recouvraient le ciment ensoleillé comme des couvertures posées sur une plage. Certains bandages avaient été posés si rapidement que des fragments de feuilles d'automne restaient prisonniers entre les couches. Quelqu'un tira un drap sur le visage d'une fille, c'était Kelly, ma partenaire de vocabulaire en cours de français. Elle n'avait pas l'air de quelqu'un qui s'est fait tirer dessus, mais elle était morte.

Des mouettes nous survolaient – rare à cette altitude, et…

Comme tout le monde, j'ai vu l'ensemble des photos un million de fois, mais elles ne rendaient pas les sensations qu'on éprouvait en étant sur place. La lumière du soleil, le rouge du sang : c'est toujours coupé dans les magazines, et ça m'agace parce qu'un cliché recadré est un mensonge.

Je me disais : *Bon. Je devrais sans doute rentrer à la maison, me laver, et continuer à vivre.* En haut de la colline, des centaines de lycéens étaient retenus derrière des barrières de police. Quelque part sur ma gauche, un toubib plongeait une pointe grosse comme un rail dans la poitrine de Demi Harshawe, une de mes amies. À quelques pas de là, un infirmier portant une potence de transfusion trébucha sur un maillot d'équipe première imprégné de sang.

Mes clés étaient dans ma poche, et je me dis : *si seulement je pouvais trouver ma voiture, je pourrais partir d'ici, et tout irait bien.* Quand je me suis dirigé vers le parking auxiliaire où je m'étais garé ce matin-là, personne ne m'arrêta. Plus tard, j'avais appris que j'étais passé à travers toutes les failles du système de sécurité. C'était fortuit, mais pendant un temps, on m'avait soupçonné de m'être volontairement faufilé à travers les fissures. En tout cas, personne ne m'avait retenu ; et pendant que j'y suis, ils étaient où ces conseillers des cellules d'aide psychologique dont on nous rebat toujours les oreilles à la télé ? Allez, laissez tomber.

J'étais parti avec l'intention de rejoindre ma voiture, mais en route, je vis la Chevette blanche de Cheryl – elle semblait si tiède sous le soleil que j'avais eu juste envie de m'en rapprocher et d'en savourer la chaleur, j'étais donc allé m'allonger sur le capot. Le soleil était chaud, à la manière languide du mois d'octobre, et je m'étais recroquevillé sur le métal, y laissant de grandes traces avec mes doigts enduits de rouge rouille, puis j'avais sombré dans un état entre la veille et le sommeil.

Une main me secoua, et quand j'ouvris les yeux, le soleil avait progressé vers l'ouest. Deux officiers de la Gendarmerie royale se tenaient près de moi, l'un était accompagné d'un berger allemand, l'autre tenait un fusil et parlait dans son micro. « Il est vivant. Pas de blessure à première vue. Ouais, on l'a récupéré. »

Je cillai et regardai les deux hommes. Je n'étais même plus "le type" ; j'étais devenu "lui". J'esquissai un geste pour soulever mon bras droit, mais le sang séché l'avait collé au capot. Je l'arrachai dans un grand bruit de déchirure. Mes vêtements semblaient faits en pâte à modeler. « Quelle heure est-il ? »

Les flics me fixèrent avec la même stupeur que si leur chien s'était brusquement mis à parler. « Il est plus de 2 heures », dit l'un d'entre eux.

Je ne savais que dire ou faire. *Quel était le résultat total ?* J'avais l'air absent et deux femmes à l'air très gentil traversèrent le parking en courant vers nous, trimballant des boîtes de matériel médical en plastique rouge.

« Es-tu touché ?

— Non.

— Coupé ?

— Non.

— As-tu absorbé de l'alcool ou des drogues ?

— Non.

— Suis-tu un traitement médical ?

— Non.

— Des allergies ?

— À la novocaïne.

— Le sang sur ton corps ne provient que d'une seule source ?

— Euh… oui.

— Connais-tu le nom de cette personne ?

— Cheryl Anway.

— La connaissais-tu ?

— Hein ? Oui. Bien sûr. En quoi ça vous intéresse ?

— En sachant à quel point tu étais lié avec la personne, nous pourrons évaluer plus précisément ton état de stress et la portée du choc.

— C'est logique. »

Je me sentais plus raisonnable que je n'étais en droit de l'être.

«Bien, connaissais-tu Cheryl Anway?

— C'est… ma petite amie.»

Mon usage du présent de l'indicatif sembla déclencher un interrupteur. Les femmes échangèrent des regards avec les policiers. «Il était endormi sur le capot, dit l'un d'entre eux.

— Je ne dormais pas.»

Ils se tournèrent vers moi.

«Je ne sais pas ce que je faisais, mais je ne dormais pas.

— C'est la voiture de Cheryl? demanda une des femmes.

— Ouais», répondis-je en me redressant.

Les alarmes braillaient toujours, et j'avais l'impression de me retrouver dans un concert au milieu de milliers de personnes.

«Nous pouvons te donner quelque chose pour te calmer, dit l'autre femme-médecin.

— Oui. S'il vous plaît.»

L'alcool refroidit un carré de peau sur mon épaule gauche et je sentis une aiguille pénétrer ma chair.

Comme tout le monde, j'ai vu ces films sur la vie de caserne où des sergents-instructeurs, avec du venin de cobra en guise de liquide cérébro-spinal, condamnaient un soldat à six ans de nettoyage de latrines pour un coin de drap mal plié. Mais contrairement à la plupart des gens, il me fallait quitter le cinéma ou changer de chaîne parce que cela me rappelait mon enfance.

Tu n'es rien, tu m'entends ? Rien. Tu n'es pas visible au regard de Dieu. Tu n'es même pas visible à celui du Diable. Tu es un zéro.

Voici une autre pensée issue de l'esprit et de la bouche de Reg : *Tu es un misérable. Tu es un monstre, tu es faible et tu ne figureras pas dans le grand inventaire.* Comme on peut le voir clairement, la stratégie principale de mon père était d'invalider mon existence. La mésaventure bancaire d'aujourd'hui avec les zéros y prenait peut-être sa source.

En revanche, il n'arrivait jamais à Kent de n'être *rien*. On s'était toujours attendu, au minimum, à ce qu'il rejoigne la société d'assurances de mon père après ses études supérieures – ce qu'il fit –, qu'il se marie avec une fille convenable – ce qu'il fit –, et qu'il mène une vie fière et vertueuse – ce qu'il fit –, jusqu'à ce qu'un ado en Toyota Celica le transforme en terrine humaine sur la rampe de la sortie n° 5, près de Caulfield, il y a un an jour pour jour.

Kent me manque, mais Dieu, j'aurais aimé que lui et moi soyons sincèrement proches. Mais nos relations se limitaient à un truc du genre : Ne-sont-ils-pas-mignons-tous-les-deux-sur-le-portrait-de-famille-réalisé-à-l'aérographe ? Mon frère était toujours si diablement organisé, mettait tant d'application dans toutes ses activités, qu'en comparaison, mes propres initiatives paraissaient toujours ternes. Kent était également un être vertueux ; pendant son année de Sixième, il avait été renvoyé à la maison pour avoir protesté contre la chasse aux œufs de Pâques (paganisme, banalisation de Dieu, symboles de fertilité incitant secrètement à la luxure). Certes, la luxure est une notion purement théorique en classe de Sixième, mais mon frère savait déjà comment tourner les choses à la manière *Jeunes et Vivants!* C'était un politicien-né.

Cette après-midi prépascale, papa avait foncé tellement vite dans le bureau du directeur de l'école qu'il avait laissé des empreintes brûlantes derrière lui. Bien sûr, il avait pris le parti de Kent. À coups d'intimidation et de menaces de procès (il était imposant, un vrai faucon), il avait réussi à bannir la fabrication des œufs de Pâques de la classe de son fils. En fait, l'école avait cédé simplement pour se débarrasser d'un cinglé. Ce soir-là à dîner, il y avait eu une prière supplémentaire, Kent et mon père avaient discuté en détail du paganisme de la tradition des œufs de Pâques, un débat bien trop élevé pour ma compréhension. Quant à ma mère, elle aurait tout aussi bien pu regarder la neige blanc bleuté sur Channel 1 après la fin des émissions.

Encore un souvenir, celui-ci concerne Reg : quand j'avais une douzaine d'années, j'avais été surpris à piller le carré de framboises du voisin. Tu parles d'un péché. Pendant les semaines qui avaient suivi, mon père m'avait ignoré avec ostentation. S'il me heurtait dans le couloir, il ne disait rien, comme si j'étais un meuble. Comme d'habitude dans ce genre de conflit, Kent le politicien avait pris soin d'observer une parfaite neutralité.

Il y avait cependant un certain avantage à être invisible. Puisque je n'existais pas, impossible de me punir. Et la table du dîner était le meilleur endroit pour en profiter. Ma mère (à son sixième verre de riesling tiré du robinet d'un cubitainer de deux litres en plastique doublé de carton) me demandait comment avançait mon travail en cours de menuiserie, par exemple. Je lui répondais quelque chose du genre : «Plutôt bien, mais tu sais quoi ?

— Je t'écoute.

— Il y a une rumeur qui court à l'école en ce moment.

— Ah oui ?

— Ouais. Il paraît que Dieu fume des cigarettes.

— S'il te plaît Jason, ne…

— Et aussi, ça c'est trop bizarre, il paraît que Dieu boit de l'alcool et prend de la drogue. Remarque, c'est lui qui les a inventés. Mais le truc marrant, c'est qu'il est absolument le même qu'il soit saoul ou sobre.

— Laisse tomber, Jason. »

Tôt ou tard, maman finissait par voir clair dans mon jeu. Kent attendait l'explosion.

Ces moments où je taquinais mon père étaient peut-être les seuls où je prenais la parole. Un autre exemple : «On dirait bien que Dieu déteste tous les morceaux de musique composés après 1901. »

Ce qui agaçait vraiment mon père était que je traîne sa divinité dans le monde moderne.

«J'ai entendu dire que Dieu approuve que plusieurs marques de cola soient en compétition pour dominer le marché. »

Silence.

«J'ai entendu dire que Dieu avait une coupe de cheveux complètement nulle. »

Silence.

La semaine de mon attaque de grippe annuelle, pendant l'épidémie : «J'ai entendu dire que Dieu permettait délibérément à des microbes morts de se balader dans Son système sanguin pour se débarrasser des microbes vivants. »

Silence.

« J'ai entendu dire que si Dieu devait conduire une voiture, ce serait un coupé Ford LTD avec un toit en vinyle couleur bordeaux... des sièges en cuir et des déflecteurs.

— Est-ce que le voleur peut me passer la margarine ? »

J'existais de nouveau.

Il est minuit et le mémorial de Kent est terminé. Si j'y étais ? Oui. Je suis même arrivé à me comporter correctement, et je portais un costume que j'avais hissé à la limite du respectable à grands coups d'eau de Cologne. Mais avant d'aller là-bas, j'avais embarqué Joyce dans le pick-up, et nous étions partis chercher maman dans sa petite résidence au pied de Lonsdale – elle occupait un module spatial en faux Tudor qui datait de quelques années, équipé d'une petite baignoire, de fibres optiques qui le reliaient au monde extérieur, et d'un puits aux vœux de pacotille sur la pelouse commune. Tous les autres copropriétaires étaient des parents ; après avoir compris que les bambins ou le baby-sitting ne présentaient aucun intérêt pour ma mère – et peut-être à cause de son penchant pour la boisson –, les voisins la tenaient à l'écart. Quand je suis arrivé là-bas, elle regardait *Entertainment Tonight*[1], pendant qu'une portion de soupe Campbell pauvre en sodium caramélisait sur la plaque

---

1. Émission télévisée créée en 1981, très populaire aux États-Unis, consacrée à l'actualité du spectacle, des films, de la télévision, de la musique, de la mode ou des nouvelles tendances. (N.d.T.)

du fond à gauche. Quand je l'ai jeté dans l'évier, le liquide a disparu en sifflant.

« Salut, maman.

— Jason. »

Je me suis assis, pendant que maman caressait vigoureusement Joyce. « Je ne crois pas que je pourrai y aller, chéri.

— Pas de problème. Je te raconterai.

— C'est une belle soirée. L'air est doux.

— C'est vrai. »

Elle regarda par les portes coulissantes. « Je devrais aller m'asseoir dans le patio, et profiter des derniers rayons de soleil.

— Je peux t'accompagner.

— Non. Vas-y, toi.

— Je te laisse Joyce. »

Maman et Joyce étaient ravies d'entendre ça. Chien d'aveugle par ADN, Joyce adore s'occuper de ma mère : la vie en ma compagnie présente fort peu d'occasions d'exercer ses capacités. Au contraire, maman satisfait pleinement le besoin qu'a Joyce de se rendre utile. Et je les laisse faire.

La nuit était chaude ; août, le seul mois où le beau temps était garanti à Vancouver. Même après le coucher du soleil, sa lumière s'attarde longuement dans la soirée. Le long de la route, les arbres et les buissons semblaient crépiter de chaleur comme s'ils étaient dans un four à micro-ondes, et les routes étaient aussi nettes que dans un jeu vidéo. Sur l'autoroute, le vent chargé de pollen transformait l'air en une salive sirupeuse qui me fouettait les bras comme du sable chaud. Le temps était exactement le même, le jour où Kent avait été tué.

Tandis que je me dirigeais vers la sortie n° 2, je me rendis compte aussi à cet instant qu'il me faudrait passer devant la n° 5 pour aller chez Barb. À la sortie du tournant, mon père était là, agenouillé au bord de la route dans un costume noir strict mais froissé – même en passant à cent dix kilomètres heure, je l'avais remarqué. Mon père : né d'une famille mennonite [1] de la Fraser Valley, des fermiers spécialisés dans les jonquilles, qui manifestement n'étaient pas assez stricts pour lui ; il s'était donc forgé son propre parcours religieux, avait traversé les années soixante-dix la bouche pincée de désapprobation, si solitaire et minable qu'il aurait pu se donner au cancer à force de stress. Une société d'assurances l'employait à calculer les chances et l'heure de la mort d'étrangers, ma mère travaillait dans la même petite galerie marchande pour une succursale de Nuffy's Donuts. Maman était une gamine de la banlieue qui avait grandi dans un appartement du quartier de Richmond, devenu depuis la patrie des résidences en copropriété. Sa journée de travail durait trois heures de plus que celle de mon père. Je sais qu'elle avait d'abord été séduite par le caractère passionné de Reg et son apparente clarté d'esprit – Mère Nature peut se montrer cruelle, parfois – et j'imagine que lui avait vu en ma mère une toile vierge où étaler son magma répugnant.

Je m'arrêtai pour le regarder prier. Depuis 1988, mon intérêt pour la prière n'allait pas plus loin. Je pouvais à peine distinguer la Taurus blanche de mon père,

---

1. Les mennonites composent un groupe religieux issu d'un schisme de la religion protestante, datant de 1525. Les plus connus sont les amish. (N.d.T.)

garée en retrait de l'autoroute, dans une rue d'une banlieue contiguë, près d'un petit buisson de genêts. L'absence de tout autre véhicule sur la route lui donnait l'allure d'une âme en pèlerinage. Pauvre abruti. Il avait blessé, chassé à force d'insultes ou trahi tous ceux qui autrement auraient fait partie de son existence. C'est un pauvre fanatique amer, orgueilleux et solitaire. Et je ne peux que ricaner de la tournure ironique des événements, puisque je suis devenu exactement comme lui, bien sûr. Note, passer un message à Mère Nature : *Merci.*

J'avais été conduit du parking du lycée jusqu'à chez moi, installé sur une bâche dans une voiture de patrouille qui roulait sans sirène. Ma mère avait hurlé en me voyant franchir la porte de la cuisine. Elle était déjà partie, une bouteille de Kahlua traînait près de la râpe à fromage ; je suis certain que les flics avaient aussi remarqué son état.

Maman n'avait pas regardé la télé, ni écouté la radio, me voir surgir ainsi, recouvert d'une couche de matière marron foncé, avait dû lui causer un choc. Je n'avais qu'une envie, me débarrasser de tout ce truc. Aussi, après l'avoir embrassée et lui avoir juré que j'étais sain et sauf, j'avais laissé aux flics le soin de la mettre au courant. Encore sous l'effet du sédatif qui m'avait été injecté sur le parking, je me sentais calme, l'esprit clair. Beaucoup trop calme. Pendant que je me débarrassais de mes vêtements imprégnés de sang, je n'éprouvais rien d'autre que de la curiosité pour la manière dont ma mère passait ses journées. Après tout, je n'en avais pas la moindre idée. Elle n'avait pas de boulot, était coincée dans la banlieue, à flanc de montagne, au milieu des érables du Japon et des toits rongés par la mousse. Exposés au degré d'ennui qu'elle endurait, des esprits plus solides auraient sombré dans la folie. Quand j'avais dix-sept ans, son Reg, autrefois si communicatif, ne conversait plus qu'avec un Dieu si exigeant que de tous les gens sur terre, lui seul avait une chance d'atteindre le paradis – et peut-être Kent. « Imagine quel effet cela peut faire de croire que ta famille n'ira pas au paradis avec toi. Je veux dire de le croire vraiment. Pour lui, nous sommes des fantômes. Nous pourrions tout aussi bien être morts », m'avait dit ma mère au cours d'un déjeuner, il y a quelques années.

Des paillettes de sang séché tombées de mes habits parsemaient le lino couleur d'or de la salle de bains. Après avoir fait un paquet de mes vêtements, je les avais passés par la fenêtre dans le patio arrière ; j'appris plus tard que des ratons laveurs les avaient dérobés pendant la nuit. Sous la douche, mes pensées étaient presque totalement concentrées sur l'état dans lequel m'avait plongé l'injection, à la fois détendu et affûté. Avec ça dans les veines, je me sentais capable de piloter et de faire atterrir un 747, et avec la logique exsangue du junkie de fraîche date, j'essayais déjà de trouver un moyen de m'en procurer. Au moins, j'avais autre chose en tête que la mort de Cheryl.

À mon retour dans le salon, la télévision fonctionnait, maman semblait pétrifiée, et les officiers de la Gendarmerie royale parlaient dans leur walkie-talkie, leur téléphone – comme vous voulez. Elle me prit la main et ne me lâcha pas, je vis pour la première fois les images des agences de presse et les vues d'hélicoptère qui m'ont conduit où j'en suis, et que je n'ai toujours pas complètement digérées. Ma mère m'agrippait avec tant de force que mes doigts en étaient devenus blancs. Encore aujourd'hui, je me demande comment j'aurais réagi sans cette délicieuse piqûre.

« Nous avons quelques questions à poser à votre fils, Madame. »

Reg entra par la porte qui ouvrait sur l'abri de la voiture. « Fiston ?

— Je vais bien, papa. »

Il me regarda et une expression de contrariété marqua fugacement son visage – nous allions vite comprendre pourquoi. « Bon, d'accord. Bien. Au lycée, Mme Elliot m'a dit que tu étais indemne.

— Nous devons interroger votre fils, Monsieur, dit un des policiers.

— Cheryl est morte, gémit maman.

— Pour quelle raison devez-vous interroger Jason ?

— C'est la procédure, Monsieur.

— Qu'ont-ils à te dire ?

— Je n'en sais rien.

— Tu ne m'as pas entendue ? » demanda maman.

Mon père l'ignora, excluant Cheryl par extension. « En quoi mon fils est-il mêlé à cette histoire ?

— Il était là-bas à la cafétéria, expliqua un des flics. S'il n'avait pas lancé cette pierre, qui sait combien de morts nous aurions maintenant ?

— Une pierre ?

— Oui. Votre fils est un rapide…

— Ce caillou a tué le chef des hommes armés, renchérit l'autre.

— *Homme* ? Il avait quinze ans à tout casser. »

Papa se tourna vers moi. « Tu as tué un garçon aujourd'hui ?

— C'est un héros, Monsieur, intervint un des policiers.

— Jason, as-tu tué un garçon aujourd'hui ?

— Euh…

— Avais-tu l'intention de le tuer ?

— Ouais. Tu aurais peut-être préféré qu'il me descende ?

— Ce n'est pas ce que je t'ai demandé. Je veux savoir si tu avais l'intention de le tuer.

— Monsieur Klaasen, dit le premier flic. Vous ne comprenez peut-être pas, mais l'acte de votre fils a sauvé la vie de dizaines d'élèves. »

Reg le toisa. « Ce que je comprends, c'est qu'une envie de meurtre est entrée dans son cœur, et qu'il a choisi de ne pas dominer cette pulsion. Je comprends que mon fils est un assassin. »

Pendant qu'il prononçait ces paroles, le nombre des morts et des blessés s'affichait sur l'écran de télé. Les flics ne savaient pas comment réagir à la logique insolite de Reg – de mon père. Je jetai un coup d'œil à maman, qui était loin d'être une femme frêle. Elle saisit une des deux lampes en lave – si laides, massives, et incroyablement pesantes – par son sommet fuselé, et la balança de biais de toutes ses forces, heurtant au passage la rotule de Reg, qui fut brisée en vingt-neuf morceaux ; il fallut un marathon chirurgical de dix-huit heures et pas moins de sept agrafes en titane pour la remettre en état – par-dessus le marché, le pauvre crétin dut attendre deux jours pour son opération parce que tous les chirurgiens orthopédiques étaient occupés à soigner les victimes du massacre. *Là !*

Ma mère, bénie soit-elle, monta en puissance dans le mode lyrico-tragique : « Et maintenant, RAMPE vers ton Dieu, espèce de salaud pourri d'arrogance. Tu verras, quand il regardera la trace visqueuse que tu laisses après toi, il te jettera aux vautours. Espèce de misérable petit homme sans cœur. Tu n'as pas d'âme, tu l'as tuée il y a des années. Je veux te voir mort. Tu comprends ? Je veux que tu crèves ! »

On appela une ambulance qui escorta mon père hurlant aux urgences. Par la suite, la police ne fit jamais officiellement état de l'incident, pas plus que Reg, d'ailleurs. Mais durant ce petit laps de temps, des décisions irréversibles avaient été prises. D'abord, le peu d'amour pour mon père que ma mère et moi conservions s'était évaporé. Ensuite, nous savions maintenant avec certitude qu'il était incurablement cinglé. Troisièmement, après avoir signé une décharge quelques semaines plus tard, il se laissa tranquillement expédier à Agassiz, aux confins agricoles orientaux de la ville, dans la ferme à jonquilles de sa sœur, une propriété sinistre au sol détrempé, environnée d'aulnes broussailleux, de fourrés de ronces, de sapinières denses, de pit-bulls, de labos de drogue des Hell's Angels, et d'un nombre indéterminé de cadavres enfouis dans des tombes anonymes.

Malgré tout, mes parents n'avaient jamais divorcé. Papa avait toujours payé une pension et… Qui sait ce qui se passe réellement entre deux personnes ? Il se sentait probablement coupable d'avoir gâché la vie de maman. Tu parles. Pour commencer, il faudrait qu'il soit capable d'éprouver des sentiments.

J'arrivai chez Barb un peu sur le tard. Pour la plupart, les gens présents étaient des amis de Kent – ils me semblaient déjà vieux quand nous étions au lycée, et n'avaient guère changé. Des chaises pliantes en bois étaient alignées sur la pelouse derrière la maison, mais aucune n'était à niveau ; après des décennies de patience, la forêt ramenait la vieille ranch house et la pelouse envahie de plaques moussues à l'intérieur de la planète. Les jumeaux (autrement dit, vous, mes neveux) avaient été installés dans le salon télé en compagnie de quelques autres bébés, se tenaient aussi calmement et gentiment que leurs pieux parents, bercés par une cassette de sons naturels apaisants : des vagues léchant une plage de Cozumel ; des oiseaux de la forêt équatoriale de Guyane ; la pluie tombant dans un fjord d'Alaska.

Les amis de Kent faisaient tous partie du noyau dur de *Jeunes et Vivants!* et n'avaient jamais dévié de la ligne. Devenus dentistes ou comptables, ils avaient déménagé à Lynn Valley avec la plupart des Kent de la ville. Je n'avais vu aucun d'entre eux depuis l'enterrement de mon frère. Leur vertu guettait le plus petit signe confirmant que mon existence continuait à suivre une pente descendante pour tressaillir d'aise. Mon costume ajusté à la diable délivra la bonne nouvelle.

« Salut, Barb.

— Enfin quelqu'un pour représenter ta famille.

— Maman n'a pas pu venir. Tout le monde devinera pourquoi. Reg est en pleine prière du côté de la sortie 5. J'imagine qu'il finira bien par se montrer tôt ou tard.

— Chouette. »

Je me servis un verre de vin rouge. Par bonheur, la piété s'arrêtait au bar, avec ces types.

Barb s'était bien gardée de s'investir dans *Jeunes et Vivants!* et ne s'était jamais intégrée à la bande de Kent. Pendant que mon regard traînait sur les dentures saines et les coiffures sages qui peuplaient le patio, je compris combien cette cérémonie serait triste et insignifiante, celle-ci ou n'importe laquelle, d'ailleurs. Mon frère me manquait. Profondément. «C'était ton idée, Barb?

— Oui, mais je ne pensais pas à une production hollywoodienne de ce genre. Tu sais, ils ont essayé de me coller un type du groupe. J'ai rarement rencontré une manière de penser aussi clinique et mécanique, dit-elle en regardant la pelouse. Mais je dois leur reconnaître une certaine efficacité. Tout ce que j'ai eu à faire, c'était ouvrir la porte avec un air dolent.

— Comme c'est charitable.

— Va te faire voir. Au fait, ton boulot est de continuer à être le frère maudit, le loser. Ça ne devrait pas être trop dur.

— Et le tien?

— Veuve stoïque à qui, au moins, il reste deux enfants en souvenir.»

Je rapportai de la voiture un sac de marin en toile, plein de quelques cadeaux pour vous deux, que votre mère découvrit en pestant comme à l'habitude et en disant que je vous gâtais trop. Cette bagarre ne cessera jamais, parce qu'il n'est pas question que je m'arrête. Je vous rendis une petite visite – vous étiez déjà dans vos berceaux, joues rondes, petites mèches bouclées, le sourire de Kent, qui est en fait celui de ma mère. Après vous avoir donné à chacun une peluche, je jouai un moment avec vous.

Dans le patio, je serrai quelques mains en essayant de ne pas trop ressembler à mon rôle de loser maudit.

Avec moi, les amis de Kent suivaient la stratégie de *Jeunes et Vivants!* relative à la conversation amicale. Exemple : «Ah, Jason, c'est super de te voir. Ma femme et moi pensions à refaire la salle de bains des invités, n'est-ce pas, Gina?

— Ah, oui. En effet. Nous devrions prendre ton numéro de téléphone.

— Nous le prendrons après le service.

— Super.»

Après quelques minutes de ce genre de trucs, Gary, le meilleur ami de Kent, fit tinter son verre et tout le monde s'installa. Des copies agrandies de photos couleur étaient posées sur des chevalets alignés devant nous : Kent sur un raft en eau vive ; Kent à une soirée cigare ; pendant une partie de Frisbee golf[1] ; Kent et Barb pendant un déjeuner dans le patio d'un bistrot de Cabo San Lucas ; Kent à l'enterrement de sa vie de garçon, faisant semblant de boire dans une chope de bière d'un mètre de haut. Chacune de ces images soulignait l'absence des mêmes clichés dans ma propre vie.

Gary commença un discours, je décrochai rapidement, mais j'avais le sentiment qu'il approchait de la fin quand j'entendis un déclic dans mon dos : Reg essayait d'ouvrir le loquet des portes coulissantes du salon. Barb se leva, le salua sèchement, le conduisit dans le patio et l'installa sur une chaise. Nous observâmes tous une

---

1. Le Frisbee golf, ou disc-golf, est une discipline sportive qui consiste à progresser sur un parcours comme un golfeur, si ce n'est que la balle est un Frisbee, et le club le bras du joueur. Quant au trou sur le green, c'est un panier fixé au sommet d'un poteau. (N.d.T.)

minute de silence en mémoire de Kent, et ce fut un moment difficile pour moi. Sa mort signifiait qu'il y avait plus de Jason dans le monde et moins de Kent, un déséquilibre que je ne trouvais guère équitable. Je ne suis pas certain que ma présence fasse le moindre bien au monde.

Dès la fin de la minute de silence, je bondis comme un ressort et filai au bar dans la cuisine. Il n'y avait que du vin, rien de raide ; il n'était pas question de faire des manières, et je versai l'essentiel d'une bouteille de blanc dans un gobelet en plastique de cinquante centilitres frappé du sigle Aladin, et je l'engloutis comme un Gatorade après un match de foot. Barb me vit faire. « Ça alors, Jason, tu devais avoir drôlement soif ! »

Son air sarcastique contrastait avec son ton à la Dick et Jane[1].

« Tu ne peux pas savoir à quel point. »

Elle laissa tomber. Dehors, tous les amis de Kent s'empressaient au service de papa, ce qui me convenait parfaitement. Je demandai à Barb si elle avait discuté avec lui ces derniers jours.

« Non.

— Jamais ?

— Jamais. »

J'avais décidé d'être un vilain garçon. « Tu devrais essayer.

— Pourquoi voudrais-tu que je fasse une chose pareille ?

----

1. Personnages de livres pour enfants, publiés par Scott Foresman & Co, des années trente aux années soixante. L'équivalent de notre Martine. (N.d.T.)

— Seigneur, Barb. C'est la cérémonie du souvenir de Kent. Tu dois faire quelque chose. »

Mon affirmation était discutable, mais elle avait activé l'option culpabilité.

« Tu as raison. »

Elle sortit et rejoignit un trio des amis de Kent qui discutaient avec Reg. Je me rapprochai pour écouter leur conversation.

« Reg, je suis contente que tu sois venu, dit Barb.

— Merci de m'avoir invité. »

Elle se tourna vers les autres. « De quoi parliez-vous ?

— Du clonage.

— Cette histoire de Dolly la brebis doit alimenter bien des conversations.

— En tout cas, c'est vrai, fit remarquer un certain Brian, qui se tourna ensuite vers mon père. Et vous, Reg, pensez-vous que le clone aura la même âme que son parent ou la sienne ?

— Un clone avec une âme, dit papa en se frottant le menton. Non. Je ne crois pas qu'un clone ait une âme.

— Ah oui ? Mais ce serait un être humain. Comment pourrait-il en être autrement ?

— Ce serait un monstre.

— Mais qu'en est-il de vos petits-fils jumeaux ? intervint Riley. Ils sont identiques, et quand l'embryon se sépare, techniquement, un des petits est le clone de l'autre. Vous pensez que l'un des deux a une âme et l'autre pas ?

— En parlant de monstres, vous devriez les entendre quand je laisse passer de trois minutes l'heure du biberon, dit Barb en essayant d'alléger l'atmosphère. À ce moment, je suis obligée d'enfiler mon costume de Ripley parce qu'ils me jouent "Alien, le retour". »

Reg gâcha cette tentative de plaisanterie. Le visage aussi sobre que celui du buste d'Abraham Lincoln, il avait visiblement réfléchi avec sérieux. «Oui, finit-il par dire. Je crois que vous devriez considérer la possibilité que l'un des garçons pourrait ne pas avoir d'âme.»

Silence. Tous les sourires sincères prirent une allure de carton-pâte.

«Vous plaisantez? dit Riley

— Plaisanter? À propos de l'âme humaine? Jamais.»

Barb se retourna abruptement et s'en alla. Les trois types regardaient toujours Reg. Puis Barb revint avec une des chaises pliantes en bois qu'elle brandissait à la manière d'une raquette de tennis.

«Espèce de salaud, sale enfoiré. Ne t'avise jamais de remettre les pieds dans cette maison. Jamais.

— Barb?

— Va-t'en, maintenant, sinon je te casse en deux. Et je te garantis que ce ne sont pas des paroles en l'air.

— C'est vraiment…

— Inutile de jouer les innocents avec moi, espèce de sadique.»

J'avais déjà eu l'occasion de voir cet aspect de Barb, et je savais qu'elle pousserait la situation aussi loin qu'elle en avait envie. Riley esquissa un geste pour s'interposer entre elle et mon père. Je m'approchai de Barb, et essayai de lui enlever la chaise des mains, mais elle s'y agrippa de toutes les forces de ses muscles de capitaine de l'équipe féminine de hockey sur gazon.

«Barb. Non.

— Tu as entendu ce qu'il a dit.

— Ça ne vaut pas le coup.

— Il mérite la mort pour tout ce qu'il a fait aux gens. Quelqu'un doit l'arrêter.»

J'examinai le regard des yeux plissés de mon père. Rien n'avait changé, il ne comprenait pas réellement ce qu'il avait fait pour mériter un tel traitement. J'aurais pu lui jeter le reste de mon verre de vin à la tête, mais ça aurait été du gâchis.

«Je verserai du Drano sur ta tombe, pauvre malade!» lança Barb.

Reg finit par saisir. Quelques-unes des épouses (pas une célibataire dans la bande) accompagnèrent mon père à sa voiture.

Je me suis assis avec votre mère pendant que l'équipe *Jeunes et Vivants!* ôtait de la maison toute trace de la commémoration. «Tu vois, Barb, tu ne m'avais jamais cru quand je te parlais de Reg et du mal qu'il était capable de faire. Maintenant, tu sais.

— C'est une chose de le savoir, c'en est une autre de le voir en action.

— Écoute, Barb, le truc à comprendre avec papa est qu'il finit toujours par te trahir à la fin. Même si tu as l'impression d'être devenu son intime, de t'être frayé un chemin jusqu'à son cœur comme Kent l'avait fait, à la fin, il te vendra toujours à sa religion. Il a tout de même un côté païen, ce besoin de faire des sacrifices. Un à un, tous les membres de ma famille y sont passés. Ce soir, il a offert les jumeaux à son Dieu. S'il était un chien, je l'abattrais.»

Puis, je suis passé chercher Joyce chez maman où la télévision diffusait les programmes commerciaux du milieu de la nuit. Elle dormait sur le divan. Je suis rentré à la maison et je me suis mis au lit tout de suite.

Je suis arrivé à Ambleside Beach, il y a quelques minutes, et quelque chose d'inhabituel s'est produit. J'étais assis dans la cabine du pick-up, occupé à enlever une bourre du flanc de Joyce, tout en regardant ma pile de factures roses, quand une femme est arrivée à la fenêtre. Plutôt pas mal, en veste de polaire pourpre, un bébé dans les bras. «Tu fais tes devoirs?»

Je serais bien en peine de me souvenir du nom d'une personne dont j'ai fait connaissance la semaine dernière, mais si nous étions ensemble à la maternelle, vous serez gravé dans ma mémoire à jamais. «Demi Harshawe!»

Demi est la victime du massacre que j'avais vue pour la dernière fois en octobre 1988, avec une pointe d'argent enfoncée dans son cœur dénudé.

«Comment vas-tu, Jason?

— Sans surprise. Et toi?»

Joyce me piétina pour lécher le visage de Demi.

«Rien d'extraordinaire. Je me suis mariée, il y a deux ans. Maintenant, mon nom de famille est Minotti. Voici Logan.»

Joyce salua le bambin d'un coup de langue sur le visage.

«Désolé.

— Ce n'est rien. Nous sommes une famille chien. Regarde… Ça ne l'a absolument pas dérangé.

— C'est génial de te rencontrer.»

Nous avions de nouveau six ans tous les deux, et je me sentais totalement innocent et fondamentalement libre. Au bout de cinq minutes, je lui ai demandé de nouvelles de sa santé – elle faisait partie du groupe abattu près des distributeurs, et avait perdu un pied.

« Je ne m'en rends même plus compte. Je fais des exercices de Pilates[1] trois fois par semaine et j'entraîne une équipe de softball avec ma sœur. Pour être honnête, c'était bien plus pénible de porter un appareil dentaire à l'école élémentaire. Et toi ? »

Comme tout le monde, Demi savait de quelle manière les événements avaient tourné pour moi dans les semaines qui avaient suivi la tuerie. Tous les deux, nous avions aussi dix ans de plus, ce qui me permettait de lui présenter les choses de manière non édulcorée. « Tu veux savoir ? Je n'ai jamais surmonté la mort de Cheryl. Pas encore. À vrai dire, je doute d'y arriver. J'ai vraiment essayé de rejoindre le monde réel, mais on dirait que ça ne marche jamais. Dernièrement, je crois bien que j'ai arrêté mes tentatives, ce qui m'effraie encore plus que le reste. Je travaille dans une entreprise de rénovation, payé à l'heure. Tous mes amis sont des ivrognes.

— Après la fusillade, moi aussi, j'ai arrêté de faire confiance aux gens, dit-elle après une seconde de réflexion. Jusqu'à ce que je rencontre mon mari, Andreas, je pensais que cela ne m'arriverait plus jamais. Et pour ce que ça vaut, je crois que tu es une des rares personnes à qui je pourrais me fier, maintenant que j'y crois de nouveau.

— Merci.

— C'est toi qu'il faut remercier. Après tout ce que tu as traversé – elle s'arrêta brièvement. J'ai passé les deux semaines qui ont suivi le massacre à l'hôpital. J'ai loupé toutes ces cérémonies où on se tenait la main,

---

1. Méthode de gymnastique. (N.d.T.)

les fleurs, les services, les ours en peluche, etc. Et je le regrette, parce que ça m'aurait peut-être aidée à devenir quelqu'un de meilleur. Ou au moins, ça aurait pu m'aider à voir autre chose que le mal chez les gens.

— J'en doute. »

Demi soupira. « Quand je parle comme ça, Andreas me trouve sans cœur. Mais il n'était pas là-bas. Nous y étions, toi et moi. Et ou on y était, ou on n'y était pas. »

Nous avions atteint un point irréductible, et poursuivre la conversation serait revenu à trahir nos souvenirs communs. Nous nous sommes rapidement salués. Demi et Logan sont descendus vers la mer, et je suis resté là, dans la cabine de camion, le scribouillard d'Ambleside Beach.

Une heure s'est écoulée et je suis assis à la même place.

J'aimerais retrouver l'innocence de mes six ans, la sensation que j'ai brièvement éprouvée en parlant avec Demi, mais c'est puéril. J'aimerais que les hommes soient meilleurs, mais ce n'est pas le cas. J'aimerais savoir à quel point je suis devenu minable. J'aimerais disposer d'un listing qui montre exactement mon degré de sensibilité à une longue liste de péchés. Gloutonnerie : sensibilité à 23 %. Envie : sensibilité à 68 %. Luxure : sensibilité à 94 %. Un truc de ce genre.

Seigneur, il est encore question de religion ; c'est la bile corrosive de mon père qui se diffuse dans mon terreau et titille ma racine pivotante. Peu importe la piété dont ils font preuve, les gens sont répugnants, ou comme dirait mon père, nous sommes tous répugnants *au regard de Dieu*. Ça revient au même. Et même si vous décidez de combattre le mal, d'atteindre la béatitude ou l'extase religieuse, ça ne change pas grand-chose. Vous serez toujours condamné à être vous ; et "vous" était largement déterminé avant même que ce genre de questions apparaisse dans votre esprit.

Les clones sont peut-être le moyen de sortir de tout ça. Si Reg est contre, c'est signe que l'idée est sans doute bonne. Le clone saute de la chaîne de montage avec un manuel d'instructions écrit par le précédent vous – un manuel aussi utile que celui qui accompagne une VW Jetta de 1999. Imaginez tout ce que vous pourriez vous épargner – temps perdu, rêves stériles. Voilà un sujet qui mérite réflexion : un manuel de l'utilisateur pour MOI.

Il est minuit. J'ai écourté ma soirée avec mes collègues de chantier et de bar. Nous avons frappé quelques seaux de balles sur le practice de Park Royal, avant de prendre quelques bières, mais je n'ai pas pu me résoudre à continuer avec eux. Je commence à être accro à la rédaction de ce document.

Voilà une vue d'ensemble de ce qui s'est passé après le massacre de Delbrook.

Le fait que je n'avais jamais rencontré les trois mitrailleurs ne semblait pas avoir d'importance. D'après les transcriptions de témoignages recueillis par la police qui ont été publiées, le matin de l'événement, j'étais "agité". J'étais sorti "cavalièrement" du cours de chimie sans même adresser ne serait-ce qu'un signe de tête au professeur. J'avais été vu au milieu d'une "confrontation émotionnelle" avec Cheryl. J'avais "agressé, blessé au sang et contusionné" Matt Gursky de *Jeunes et Vivants!* J'avais aussi agressé M. Kroger avec "peut-être de la préméditation", et j'avais pris soin "manifestement, d'entrer dans la cafétéria juste après le meurtre de Cheryl Anway".

Le public cherchait sans doute désespérément une relation de cause à effet. Au premier abord, moi aussi je me serais peut-être trouvé suspect. Par ailleurs, j'ai la ferme conviction que la réaction bizarre de mon père à la nouvelle a conduit la police à me soupçonner – de héros à suspect. Peu importe la raison, le lendemain matin, j'avais découvert ma photo de promo en première page du journal sous un gros titre : LE CERVEAU ?

Il ne leur manquait qu'un mobile. Les trois cinglés avec les fusils étaient des tarés complètement allumés, perdus dans un bouillon de paranoïa, de jeux de rôle, de rêves militaires et de rejet sexuel. Un vrai désastre. Dans mon cas, l'histoire semblait tourner autour de mes relations avec Cheryl, de la dispute du matin et des raisons qui avaient pu me pousser à désirer sa mort. Les plus fins limiers de la police n'avaient pas réussi à concevoir une théorie valable, malgré la tournure mélodramatique de leurs raisonnements.

De mon côté, j'avais refusé de mêler qui que ce soit à ma vie avec Cheryl. Je n'avais pas fait mention de notre mariage, parce que c'était un acte sacré que je refusais de laisser profaner par le massacre. Ils n'allaient pas l'utiliser comme une sorte de retournement de l'intrigue dans les cinq dernières minutes d'un épisode de *Perry Mason*[1]. Je n'avais donc rien dit, hormis que

---

1. *Perry Mason*, série télévisée produite entre 1957 et 1966, divers réalisateurs, avec Raymond Burr, dans le rôle-titre, celui d'un avocat redresseur de torts. (N.d.T.)

Cheryl voulait parler de nos sentiments, et pas moi. Aussi simple que ça. D'ailleurs, pour l'essentiel, je ne m'étais pas éloigné de la vérité.

Bon, on ne peut pas dire que je viens de mentir, mais je n'ai pas non plus tout révélé. En réalité, Cheryl venait de découvrir qu'elle était enceinte. Voilà ce dont nous avions discuté devant son casier. J'étais tellement abasourdi par la nouvelle que j'avais sorti quelque chose d'idiot, je ne sais plus quoi, et ensuite, je lui avais raconté qu'il me fallait préparer l'équipement pour les Juniors A. Moi, un père… Et tout ce que j'ai pu dire, c'est « je dois préparer des trucs pour l'équipe première des juniors ».

Même l'idée du bébé avait disparu dans l'épreuve des premiers quinze jours. Un bon mois après, pendant que j'attendais un bus dans le Nouveau Brunswick, par une température bien en dessous de zéro, j'y avais de nouveau pensé. J'avais dû me réfugier derrière une haie de cèdres pour pleurer. Mon nez s'était mis à saigner tant l'air était sec, et le sang a entraîné encore plus… Bref, vous avez une idée du tableau.

Le bébé avait laissé des traces, j'avais repris mon ancienne pratique, m'interrogeant sur chaque femme susceptible de devenir la mienne – sauf que maintenant, je regardais tous les enfants au passage en me demandant si lui, ou elle, aurait dû être le mien. Ensuite, pendant un moment, je n'avais plus supporté de côtoyer des enfants, et j'avais pris des boulots le long de la côte dans les camps de bûcherons, les chantiers de construction ou la surveillance.

Et maintenant ? J'imagine que je vais continuer à écrire sur les conséquences du massacre. Mes nombreux amis de *Jeunes et Vivants!* avaient donné le ton en fournissant avec jubilation un rapport digne de l'ère McCarthy sur Cheryl et moi – un journal du temps que nous avions passé ensemble après notre retour de Las Vegas. Les notes concernaient tout sauf l'acte sexuel : l'endroit où étaient garées les voitures ; les pièces que nous avions utilisées ; les lumières allumées ou éteintes et le moment du changement ; l'état de nos vêtements et de nos coiffures avant et après ; l'expression sur nos visages – pour l'essentiel, des variations sur le thème de la satisfaction.

La nouvelle que j'avais quitté le parking du lycée dans une voiture de patrouille se répandit, déclenchant les rumeurs. Le soir même, notre maison avait reçu des œufs, et des inscriptions à la bombe avaient fleuri sur les murs. Un cordon de police la protégeait, et les flics nous conseillèrent d'opter pour la raison et la sécurité, soit la nuit au poste pour moi, et une chambre d'hôtel ou de motel pour maman.

Kent rentra en avion d'Edmonton. Il était en seconde année à l'université de l'Alberta, où il étudiait pour devenir expert-comptable agréé. Le séjour de papa à l'hôpital était une bénédiction, j'étais soulagé qu'il ne soit pas là pour me couler un peu plus. Maman et lui synchronisèrent leurs versions à propos du genou fracturé, leur dernier acte d'époux avant de s'estimer quittes. J'aurais adoré être une mouche sur le mur pour assister à cette petite conversation.

Les principaux souvenirs qui me restent de ces deux semaines pendant lesquelles j'avais été soupçonné sont les déménagements successifs de pièce spartiate en pièce spartiate – cellule, chambre de motel, ou salle d'interrogatoires. J'étais "impliqué dans une affaire", évoluant dans un no man's land légal, ni libre ni détenu. Je me souviens d'avoir mangé essentiellement des plats à emporter chinois ou des pizzas, au moment de la livraison, je devais me cacher dans la salle de bains. Je me souviens aussi d'avoir toujours dû faire le 9 avant d'appeler mon avocat, sans compter la perruque couleur châtaigne avec des accroche-cœurs que m'avait apportée une femme de la Gendarmerie royale. Je devais la porter chaque fois que nous changions d'endroit, mais malgré le nombre de fois où je l'avais rincée, elle sentait la friperie. Émeutes potentielles ou pas, l'ensemble du dispositif était idiot, et j'avais flanqué la moumoute à la poubelle. Une des salles d'interrogatoires sentait le cherry cola, et partout, les mêmes photos de l'album promo étaient recyclées à l'infini à la télé et dans les journaux.

Je me souviens d'être rentré d'une séance d'interrogatoire un matin, ma mère m'avait ouvert la porte du motel et une grande tache de vodka de la forme de l'Argentine s'étalait sur son chemisier. Et je me suis demandé si je devais emmener un certificat de décès au Nevada pour redevenir officiellement célibataire. Je ne savais même pas si un mot correspondait à ma situation, "veuf" ne me paraissait pas convenir.

Je mangeais des barres chocolatées de la station Texaco en guise de petit déjeuner. Une fois, Kent et moi étions allés au cimetière où Cheryl avait été enterrée, mais il y avait des camionnettes de télé, et nous n'étions pas entrés. J'avais vu une éclosion de champignons magiques sur le talus derrière le poste de police, ce qui m'avait semblé drôle. Et je me souviens que Kent était revenu de la maison où il était allé nettoyer les impacts d'œufs et les inscriptions, et qu'il avait refusé d'en discuter.

Comme d'habitude, pendant tout ce temps, Kent n'avait pas pris parti. Cependant, même s'il n'en parlait pas, je savais qu'il passait des heures au téléphone avec ses copains de *Jeunes et Vivants!*, sans doute pour les calmer.

« Ils pensent que j'ai tout organisé, n'est-ce pas ?

— Ils sont curieux et en colère comme tout le monde.

— Mais ils le croient.

— Ils sont en pleine confusion. Laisse tomber. Tu seras bientôt innocenté.

— Et toi ? Tu crois que j'y suis pour quelque chose ?

— Non. »

Kent avait attendu une demi-seconde de trop pour répondre.

« Tu le crois.

— Laisse tomber, Jason. »

L'idée que mon frère n'était pas vraiment de mon côté m'avait tellement terrifié que j'avais laissé tomber.

De toute façon, je me rappelle que les jours raccourcissaient, que Halloween approchait, et que j'avais ébréché une de mes dents contre la fontaine du poste de police.

Encore une chose qui me revient, maman était partie dans un délire Nostradamus. Elle essayait de trouver la prédiction du massacre quelque part dans les prophéties. Comme si c'était possible.

Hey, Nostradamus! As-tu prédit qu'une fois que nous aurions trouvé la Terre Promise, nous commencerions tous à nous éliminer ? Et as-tu prédit qu'une fois que nous aurions trouvé la Terre Promise, ce serait la dernière Terre Promise, et qu'il n'y en aurait plus d'autre ? Et si tu étais aussi clairvoyant, pourquoi n'as-tu pas écrit les choses simplement ? Et c'est quoi ces quatrains avec des rimes imbéciles ? Merci pour rien.

Mais ce dont je me souviens le mieux, c'est de m'être assuré d'avoir mon injection tous les jours juste au bon moment, à midi et à minuit. Ensuite, j'avais une fenêtre de cinq minutes où je n'avais pas à penser à Cheryl, vivante, agonisante, ou morte.

Je suis ivre.

Et maintenant, j'ai la gueule de bois. C'est le matin et il pleut dehors, la première pluie depuis un mois. Je pense que je vais oublier le placard à serviettes encastré aujourd'hui. Les expliquera au client que je suis sur un autre boulot. C'est le prix à payer pour avoir un copain ivrogne de service vingt-quatre heures sur vingt-quatre.

J'avais l'intention de rédiger un manuel d'utilisation pour moi, ou plutôt, pour mon futur clone. Maintenant est un aussi bon moment qu'un autre.

Cher Clone…

C'est toi qui parles. Ou plutôt c'est moi, mais avec beaucoup plus de kilomètres au compteur que toi, alors fais-moi confiance, d'accord ? Par où commencer… D'accord, en ce qui concerne le physique, tu es mieux loti dans la plupart des secteurs. Vers l'âge de dix-sept ans, tu mesureras un mètre quatre-vingt-six, tu ne seras ni trop gros ni trop maigre. Tu seras gaucher, mauvais en maths mais bon en lettres. À retenir aussi cette allergie à toute molécule dont le nom se termine par le suffixe "aïne", procaïne, novocaïne, et surtout, la *cocaïne*. J'ai appris ça le jour où je me suis fait poser un plombage au CE2. Cela dit, si j'avais eu la possibilité d'en prendre, je serais sans doute mort à l'heure actuelle, alors, au moins cette allergie m'a permis de traîner dans le coin assez longtemps pour pouvoir te fabriquer.

Tu chausseras du 44.

À partir de ton seizième anniversaire, un rasage quotidien sera nécessaire.

Tu auras aussi de l'acné – pas très grave, mais assez quand même. Ça commencera vers l'âge de treize ans, et contrairement à ce qu'on prétend, ça ne disparaîtra jamais complètement. Mais tu seras plutôt beau garçon, raison pour laquelle pendant le reste de ton existence, les gens feront des choses pour toi sans raison apparente. Ne va pas penser stupidement que tout le monde bénéficie du même traitement. Pas question, Simon. La règle générale est de sauter et de crier pour obtenir de se faire servir, ne serait-ce qu'une tasse de café. Toi, tu aurais juste à t'asseoir en ayant l'air disponible, et ils glisseront tous des obligations dans l'élastique de ton slip. Cela dit, je me suis arrangé pour gâcher cette jolie gueule. La sagesse populaire a raison en matière de physionomie : vers la moitié de son âge adulte, ce qui est à l'intérieur devient ce que les gens voient à l'extérieur. Les voleurs de voitures ressemblent à des voleurs de voitures, les tricheurs ont la tête de tricheurs, les gens calmes et réfléchis ont l'air calmes et réfléchis. Alors, fais attention. Mon visage est comme le tien, mais j'ai fini par lui donner les traits de l'échec. Si tu me croisais dans la rue, tu te dirais "comme cet homme a l'air amer". C'est vraiment aussi simple que ça. Mon visage ressemble maintenant à l'une de ces boules remplies de neige qu'on achète dans les boutiques à touristes. Les gens le regardent et s'interrogent : *À quel point a-t-il été abîmé par le massacre ? A-t-il déjà touché le fond ? Il paraît qu'il était pratiquant, mais on ne le voit plus dans son regard. Je me demande ce qui a pu se passer ?*

Ne gâche pas ta vie, comme je l'ai fait, mais tu es jeune, et parce que tu es jeune, tu n'écouteras personne, de toute façon, alors à quoi servent les conseils ? Cette lettre est un exercice absurde.

Attends – il y a un scoop : tu es porté aux trous de mémoire quand tu picoles. Quand tu prends des trucs en même temps que l'alcool, c'est encore pire et ça vient plus vite. Et une amnésie de ce genre ne se récupère jamais. Du moins, je tente encore de combler un de ces trous noirs, et j'ai vraiment essayé, merci. Il y a quelques années, je suis même allé voir un hypnotiseur, pas un charlatan, un type qui avait aussi des aptitudes médicales et… *nada*.

Quoi d'autre ? Quoi d'autre ? Il vaut mieux absorber plusieurs collations plutôt que seulement trois grands repas par jour. Et aussi, si tu veux te rapprocher de quelqu'un, tu devras lui révéler une chose intime, et en continuant de cette manière, cela pourrait finir en histoire d'amour.

Tu ne seras probablement pas très bavard, mais la plupart du temps, tu auras l'esprit vif. Trouve-toi un pantin et fais-lui prononcer tes discours.

Pour finir : Tu seras capable de chanter. Tu auras une jolie voix. Trouve quelque chose à chanter, et n'aie pas peur, lance-toi. C'est ce que j'aurais dû faire.

L'hôpital vient de téléphoner. Mon père a glissé dans la cuisine, s'est fêlé quelques côtes et souffre peut-être d'une commotion au cœur. Pourrais-je aller chez lui rassembler quelques affaires de base et les lui apporter ?

« Il vous a donné mon numéro de téléphone ? Je ne suis pas dans l'annuaire.

— Oui.

— Mais il ne m'a jamais appelé.

— Il le savait par cœur. »

L'infirmière m'a dit qu'elle laisserait une liste et des clés dans une enveloppe à la réception. « J'ai l'intuition que tous les deux, vous ne vous entendez guère, et il a besoin de passer quelques jours au calme. Vous n'êtes pas obligé de le voir.

— D'accord. »

L'appartement de papa est quelque part dans North Vancouver – du côté de Lonsdale, pas si loin de celui de maman. J'aurais pu simplement refuser d'y aller, mais je dois admettre que j'étais tenté.

Papa vit au dix-huitième étage ; Dieu doit aimer les ascenseurs. L'appartement est un logement classique, construit peut-être en 1982, environ une dizaine de minutes avant que la folie du vert sarcelle ne se répande à travers la ville – en ma qualité de sous-traitant, je suis forcé de subir cette couleur plusieurs fois par semaine. Chez mon père, l'atmosphère est jaune foncé grâce à de faux abat-jour Tiffany, la moquette chinée intérieur-extérieur fait le sol orange et marron. Mon boulot dans la rénovation m'a transformé en snob de la déco : les portes du placard de quincaillerie sont constellées de taches qui ressemblent à du café brûlé ; les murs couleur moutarde n'ont pas été touchés depuis qu'on avait reposé les rouleaux de peinture en 1982. Les fenêtres font face aux montagnes – l'appartement ne reçoit pas de lumière directe, sauf peut-être deux minutes au coucher du soleil, le plus long jour de l'année. On ne mange pas de légumes frais ici. Ça sent comme une étagère à épices mortes.

La chaleur d'août exalte les émanations du mobilier – des trucs minables de la maison que Reg a conservés, nan, EXIGÉ de garder, après la rupture avec maman : une chaise longue tendue de tissu écossais marron, et une télé à l'intérieur d'un meuble en chêne du genre de ceux qu'on donne comme prix dans les émissions de jeu. Sur une table bon marché de style colonial, était posée une boîte contenant des documents d'assurances ; une boîte de pâtes au bœuf à moitié consommée et une cuillère avaient roulé par terre, là où il était sans doute tombé. Seigneur, c'était vraiment déprimant.

Mais le plus juteux doit être dans la chambre, du moins c'est ce que j'espérais. Encore des restes de sa séparation avec maman, du mobilier sombre trop imposant pour la pièce. Le dessus de la commode est recouvert d'un chemin de table bleu, où sont posées des photos encadrées, jaunies et pâlies. Il y figure, ainsi que maman, Kent et moi. Je me souviens du moment où chaque photo a été prise – les séances de pose étaient une torture ; bizarre qu'il ait gardé des photos de maman et de moi. Kent, c'est compréhensible, mais *moi ? et maman ?*

Il avait un grand lit. La vision de lits jumeaux m'aurait paru si sinistre que j'aurais tout simplement tourné les talons. Je suis allé m'asseoir de son côté, ça sentait le tabac à pipe, la fumée et la poussière. Un téléphone à cadran vert olive, une canette de tonic sans marque, et un flacon d'aspirine étaient posés sur le chevet. Que pouvaient contenir les deux tiroirs – des magazines coquins ? Un saladier rempli de préservatifs ? Non. Des Bibles. Des condensés du *Reader's Digest* et des articles de journaux découpés. Oh, trouver quelque chose d'humain, la carte d'une agence d'escort-girls, ou une bouteille de gin pour accompagner le tonic. Mais ça aurait été trop beau. Il n'y avait rien d'autre que ce bric-à-brac de vide-grenier, tout était si morne, si anti-1999 que j'avais l'impression d'avoir fait un voyage dans le temps pour me retrouver, disons à North Platte dans le Nebraska, vers 1952. L'image de la silhouette silencieuse aux traits amers de mon père déambulant de pièce en pièce – où aucun téléphone ne sonnait, aucune voix ne faisait vibrer l'air – manqua de me briser le cœur, puis je repris mes esprits, *Attends un peu, on parle de Reg, là, pas d'un moine.* De toute façon, avant de le prendre en pitié, je ferais mieux de regarder à quel point son appartement ressemble au mien.

Je pris les objets notés sur la liste : pyjamas, tee-shirts, sous-vêtements, chaussettes, ainsi de suite. Dans sa commode, tout était impeccablement plié et rangé par ordre de couleur, comme s'il attendait l'inspection d'une sorte de sergent instructeur cosmique le jour du Jugement Dernier.

Je saisis ses flacons de médicaments pour vieilles personnes, une brosse à dents, un nécessaire pour les lentilles de contact, et je me dirigeai vers la porte, où passant près d'une petite console, je faillis manquer une photo de mon père avec une femme – enjouée, formes généreuses, robe rose fleurie. Le bras autour de ses épaules, il souriait. Prévenez les médias !

Le cœur de l'homme est comme une eau profonde.

J'écris ces derniers mots dans un café. Je suis officiellement devenu une de ces personnes qu'on voit écrire le compte-rendu de leurs rêves, ou des scénarios dans chaque Starbucks, excepté que dans l'état où je suis, on aurait plutôt tendance à penser que j'ajoute rapidement quelques notes falsifiées au journal de bord destiné à mon conseiller en contrôle de la colère. Soit!

Vers 3 heures, je suis allé à l'hôpital avec le sac de supermarché en plastique blanc dans lequel j'ai rangé les effets personnels de Reg. Dans le hall du bâtiment, j'ai le choix entre tout déposer à la réception ou demander le numéro de chambre de mon père. J'ignore ce qui m'a pris. La dernière fois que je lui avais adressé la parole remontait à onze ans, enfin, je lui avais hurlé des insultes pendant qu'il était étendu avec son genou fracassé sur le tapis bleu de la vieille maison. Nous nous étions ignorés au mariage de Kent, ainsi qu'à son enterrement ou à la cérémonie. J'imaginais qu'il avait fini par apprendre quelque chose entre cette époque et maintenant.

Je partageai l'ascenseur avec deux types en uniforme, munis de boîtes à outils. Le système de climatisation central fonctionnait mal, et quand la cabine s'arrêta au sixième, je restai invisible aux yeux du personnel, pendant que les deux autres étaient accueillis en sauveurs.

Je trouvai la chambre. L'odeur me rappelait celles des bagages qui arrivent de Chine ou de Taïwan sur les tapis roulants des aéroports – un peu la naphtaline, mais pas tout à fait. Devant cette porte, techniquement à une longueur de crachat de Reg, j'ai éprouvé un petit moment de doute. Oui? Non? Oui? Non? Pourquoi pas? Je rentrai dans une chambre pour deux – le jeune type avec la jambe dans le plâtre ronflait. De l'autre côté d'un léger rideau, je vis mon père.

« Papa.

— Jason. »

Il avait mauvaise mine – exsangue, blême et mal rasé – mais alerte, sans aucun doute. « Voilà tes affaires… l'hôpital m'a demandé de te les apporter.

— Merci. »

Silence.

« Tu as eu du mal à trouver quelque chose ?

— Non. Pas du tout. C'est très bien rangé chez toi.

— J'essaie de tenir la barre. »

Je frissonnai en pensant à son couloir sombre, suffocant et poussiéreux, à sa télé momifiée, ses placards de cuisine peuplés de conserves, de paquets et de boîtes qui ressemblaient à des rations, à son mode de vie mesquin, qui estimait que s'abstenir de donner un pourboire à une pauvre serveuse était plus une manière d'honorer Dieu que l'acte d'un vieil avare qui avait déjà un pied dans la tombe. Je lui tendis le sac. « Et voilà.

— Pose-le sur le rebord de la fenêtre. »

Je m'exécutai. « Qu'a dit le docteur ?

— Pour l'instant, deux côtes fêlées et des contusions. Peut-être un traumatisme cardiaque, raison pour laquelle ils me gardent en observation.

— Comment te sens-tu ?

— J'ai mal quand je respire. »

Silence.

« Bon, eh bien, je vais y aller, dis-je.

— Non. Attends. Assieds-toi sur cette chaise. »

Sur l'autre lit, le type continuait à ronfler. Je me demandais bien ce qu'on pouvait se dire après dix ans de silence. « La cérémonie était sympa. Barb était un peu énervée.

— Kent n'aurait jamais dû l'épouser.

— Pourquoi donc ?

— Elle n'a pas le respect de ses aînés.

— Tu parles de toi, là ?

— Parfaitement.

— Tu crois sincèrement que tu mérites le respect après ce que tu lui as dit ? »

Il leva les yeux au ciel. « De ton point de vue, de la façon dont tu abordes le monde, non.

— Et ça, qu'est-ce que ça signifie ?

— Ça veut dire, calme-toi. Tout simplement que Kent aurait dû épouser une personne plus proche de son cœur. »

Je poussai un soupir.

« Ne joue pas les imbéciles avec moi, Jason. C'est une attitude qui ne t'a jamais convenu. Kent avait besoin d'une femme plus dévouée. »

Là, j'étais soufflé. « Dévouée ?

— Mais tu es obtus, ma parole. Barb n'a jamais su se soumettre à Kent. Et sans soumission, elle ne pouvait pas être une véritable épouse. »

Je jouais avec sa carafe d'eau, qui semblait faite de rognures de gomme rose agglomérées. Pourquoi tout ce qui se trouvait dans un hôpital était toujours non simplement laid, mais évocateur d'une mort prochaine, douloureuse et prématurée ? « Barb a du caractère.

— Je ne te dis pas le contraire.

— Elle est la mère de tes petits-fils.

— Je ne suis pas stupide, Jason.

— Comment as-tu pu te montrer aussi insensible l'autre soir ? Suggérer qu'un des enfants pourrait ne pas avoir d'âme. Es-tu aussi idiot et cruel qu'il y paraît ?

— Le monde moderne crée des problèmes moraux complexes.

— Les jumeaux n'en font pas partie. Ce sont juste des jumeaux.

— Je lis les journaux et je regarde les nouvelles, Jason. Je me rends compte de ce qui se passe. »

Je changeai de sujet. « Depuis combien de temps es-tu ici ?

— Cinq jours, environ. »

Il fut pris d'une quinte de toux, manifestement douloureuse. Parfait.

« Tu dors bien ?

— Comme un bébé, la nuit dernière. »

Une idée me passa par la tête, et comme avec n'importe quelle question importante de la vie, le moment de la formulation sembla irréel, comme si les mots sortaient de la bouche d'une autre personne. « Comment en es-tu venu à m'accuser de meurtre, papa ? »

Silence.

« Eh bien ? »

Toujours pas de réponse.

« Je n'avais pas prévu de te demander ça en venant ici. Mais maintenant que c'est fait, je ne partirai pas avant d'entendre ta réponse. »

Il toussa.

« Maintenant, à ton tour d'arrêter de jouer les vieillards souffreteux. Parle. »

Mon père se détourna, et je gagnai la tête du lit, je m'accroupis près de lui et lui saisis la tête, l'obligeant à me regarder. « Coucou, papa. Je t'ai demandé quelque chose, et je crois que tu me dois une réponse. Je t'écoute. »

Son expression ne traduisait ni haine ni amour. «Je ne t'ai pas accusé de meurtre.

— C'est nouveau.

— Je t'ai simplement fait remarquer que tu avais le meurtre dans ton cœur et que tu as choisi d'agir en t'abandonnant à cette impulsion meurtrière. Tu peux en tirer ce que tu veux.

— C'est tout?

— Si tu te souviens bien, ta mère a interrompu la conversation à cet instant.

— Elle a pris ma défense.

— Tu ne comprends vraiment rien, n'est-ce pas?

— Parce qu'il y a quelque chose à comprendre, peut-être?

— Tu étais parfait, dit mon père.

— J'étais quoi?

— Ton âme était parfaite. Si tu étais mort dans la cafétéria, tu serais allé directement au paradis. Mais au lieu de cela, tu as choisi le meurtre, et maintenant, tu ne seras jamais entièrement sûr de l'endroit où tu vas te retrouver.

— Tu le crois sincèrement?

— J'en ai toujours été convaincu.»

Je relâchai sa tête. Le type d'à côté s'agitait. «Jason?» dit mon père.

Mais j'étais déjà de l'autre côté de la porte. «Tout ce que j'ai jamais voulu pour toi, c'était le Royaume», cria-t-il, enflant sa poitrine contusionnée aux côtes fêlées.

Il avait bien fait son boulot. Son sabre était enfoncé dans mes entrailles.

Il est environ minuit. Après avoir laissé papa, j'avais le choix entre prendre une énorme cuite ou écrire ceci. Je choisis d'écrire. J'ai l'impression que ce sera maintenant ou jamais.

Revenons au massacre.

Deux semaines après l'attaque, des vidéocassettes avaient été postées au principal du lycée, aux rédactions des chaînes de télé locales, et à la police. Elles avaient été tournées par les trois tireurs avec une Betacam louée au service audiovisuel de l'école. Le film exposait clairement leurs intentions, la manière dont ils comptaient s'y prendre, et les raisons de leurs actes – un cas classique d'aliénation devenu bien trop familier pendant les années quatre-vingt-dix.

On aurait pu croire que l'apparition de ces enregistrements m'aurait complètement innocenté. Mais pensez-vous ! C'était une caméra portative, il avait bien fallu que "quelqu'un" se charge de filmer les trois minables en train de débiter leurs conneries, et d'expédier les cassettes. Ainsi, même après que la police m'avait disculpé, dans l'esprit du public, je ne m'en sortis pas sans dommage. Dieu merci, les enquêteurs de la police judiciaire et de la Gendarmerie royale n'avaient plus aucun doute, mais permettez-moi de vous dire qu'une fois que les gens ont une idée débile en tête, ils ne l'abandonnent pas aussi facilement. Et jusqu'à aujourd'hui, l'identité de l'opérateur de la caméra et de l'expéditeur des copies de la vidéo demeure un mystère.

Un petit nombre de célébrités avaient émergé du massacre, à commencer par moi, à moitié réhabilité au bout de quinze jours d'enquête approfondie qui avaient établi mon innocence de manière indiscutable.

Mais bien sûr pendant les deux seules semaines qui avaient compté réellement, je fus diabolisé.

La deuxième célébrité – et la plus grande – Cheryl. Quand elle avait écrit DIEU N'EST NULLE PART/DIEU EST ICI MAINTENANT, elle avait terminé avec DIEU EST ICI MAINTENANT. On criait au miracle selon certains, ce que je trouvais tout de même légèrement tiré par les cheveux.

La troisième célébrité était Jeremy Kyriakis, le tireur qui s'était repenti, et avait été pulvérisé pour la peine.

Pendant les jours où j'avais séjourné dans des chambres de motel, je n'avais souvent rien à faire hormis relire les journaux et regarder la télé pendant que je dépassais ma dose quotidienne de calmants en pensant à Cheryl et à notre vie secrète et – je ne peux décrire mes sentiments durant les deux semaines où j'avais été traîné dans la boue, pendant que Jeremy Kyriakis était élevé au rang d'icône pour le courant religieux il-n'est-jamais-trop-tard-pour-se-repentir. C'était Jeremy qui avait descendu la plupart des élèves qui se trouvaient près des distributeurs, avait tiré dans le pied de Demi Harshawe, et était responsable de la majorité des victimes de la vitrine à trophées, mais il s'était repenti, ce qui lui permettrait d'être pardonné et adulé.

La troisième semaine après le massacre, Kent était reparti en Alberta, et nous étions revenus à la maison. Quant à moi, j'étais devenu un demi-héros, mais à ce moment-là, tout le monde pouvait bien aller se faire voir. Le premier lundi, vers 9 h15 du matin, juste après le début des feuilletons à la télé, maman m'avait demandé si je comptais reprendre le lycée. J'avais répondu non, et elle avait dit : « C'est ce que je m'étais dit. Je vais vendre la maison. Elle est à mon nom.

— Bonne idée. »

Il y avait eu un silence. « Nous devrions sans doute déménager pour un moment. Pourquoi n'irions-nous pas chez ma sœur dans le Nouveau Brunswick ? Teins-toi les cheveux comme ils font dans les feuilletons policiers. Trouve un boulot. Essaie de mettre de la distance entre toi et les dernières semaines. »

J'avais fait quelques incursions dans le monde, mais partout, mon passage déclenchait une vague psychique qui me mettait mal à l'aise. Au centre commercial, une femme m'avait étreint en pleurant, et ne voulait pas me lâcher, et quand finalement elle avait ouvert les bras, elle m'avait glissé un numéro de téléphone dans la main. Dans le centre-ville, j'avais été repéré par un groupe de ces filles gothiques à l'air apathique, qui m'avaient suivi partout en touchant le trottoir là où j'avais posé les pieds comme si leurs paumes pouvaient en tirer de la chaleur. Quant aux activités parascolaires comme le sport, elles n'étaient plus à l'ordre du jour. Personne n'avait appelé pour s'excuser de m'avoir abandonné. Le principal passa un jeudi – la pancarte En Vente était déjà plantée sur la pelouse – et il y avait toujours des œufs incrustés sur les murs, à côté des menaces et des insultes inscrites à la bombe. Maman le laissa entrer, lui demanda s'il voulait du café et l'installa à la table de la cuisine devant une tasse, puis elle et moi nous étions glissés par la porte de l'abri et étions partis en voiture à Park Royal pour acheter des bagages. Nous sommes restés absents quelques heures. À notre retour, il était parti.

Une semaine plus tard, armé d'une brosse métallique, de détergent à vaisselle et d'un tuyau, je m'étais attaqué aux taches d'œufs, mais frotter s'était avéré inutile, les protéines et le gras avaient imprégné le bois. Un minivan chargé de robots charismatiques de *Jeunes et Vivants!* s'était arrêté dans l'allée. Il y en avait quatre, conduits par Matt, le crétin envahissant. Ils portaient ces jeans bizarres, dont la coupe asexuée semblait avoir été conçue spécialement pour eux. Tous arboraient aussi un bronzage soutenu, et je m'étais souvenu d'une vieille brochure : « Le bronzage vient du soleil, le soleil c'est fun. Tout en étant une organisation sérieuse chargée d'encadrer la jeunesse, *Jeunes et Vivants!* est aussi un groupe fun, rayonnant et énergique. »

Je n'avais rien à dire à ces types, et je les avais ignorés comme mon père aurait ignoré une camionnette bourrée de satanistes écoutant du rock à fond derrière la maison.

« Alors, ça va ? dit Matt. Nous nous sommes dit que nous devrions te rendre visite. Tu n'es pas revenu au lycée. »

J'avais continué à récurer les murs.

« Ces derniers temps ont été difficiles pour nous tous. »

Je m'étais tourné vers eux. « Partez, s'il vous plaît.

— Mais, Jason, nous venons juste d'arriver.

— Allez-vous-en.

— Allez, tu ne peux quand même pas… »

J'avais dirigé le jet du tuyau dans leur direction. Mais ils ne s'étaient pas laissé décourager : « Tu es en colère, c'est normal, dit Matt.

— Avez-vous conscience d'être des ordures et des traîtres ?

— Des traîtres ? Nous nous sommes contentés d'aider à faire progresser l'enquête.

— Je suis au courant de l'aide que vous avez apportée à la police. »

En dépit du tuyau, le quatuor avait avancé du même pas. Allaient-ils me kidnapper ou m'étreindre en groupe ? Poser leurs doigts bronzés sur ma tête et déclarer que j'étais réintégré dans le troupeau ?

Puis un coup de feu avait été tiré – suivi de deux autres – par ma mère, du second étage. Elle avait creusé des cratères dans la pelouse avec le 410 de Reg. « Vous avez entendu Jason. Partez. Maintenant. »

Ils s'étaient exécutés et, pour une raison obscure, les flics ne s'étaient pas montrés.

L'histoire de maman et du fusil avait dû garder à distance les rares visiteurs potentiels. Quelques journalistes ; quelques amis de la famille qui avaient disparu pendant les deux premières semaines ; certaines filles de *Jeunes et Vivants !* avaient laissé des gâteaux, des cartes et des fleurs sur le seuil, le tout, emballage compris, prenait la direction des buissons de genièvre et des ratons laveurs. De toute façon, nous ne laissions personne franchir notre seuil ; la maison avait été vendue en moins d'un mois, et nous étions partis rejoindre ma tante à Moncton, Nouveau Brunswick.

J'ai le cerveau qui patine. Il est tard, mais Joyce est toujours d'attaque pour une bonne balade.

Je suis assis devant la porte. La nuit est chaude et sèche, mon temps préféré, même si c'est rare par ici. Pendant la promenade de Joyce, j'ai croisé une voiture semblable à celle de Linda, la mère de Cheryl – une

LeBaron avec des garnitures en bois sur les flancs. Ce modèle avait l'air extra la première semaine, mais dix ans de soleil, de sel et de gel, lui avaient donné l'apparence d'un véhicule que les gens conduisent dans les films qui se passent après une guerre nucléaire.

Linda m'avait écrit quelque temps après notre déménagement, sa lettre est un des rares objets que j'ai gardés à travers les années. Elle avait été envoyée à mon ancienne adresse et réexpédiée chez ma tante. Elle disait ceci :

Cher Jason,

Je me sens profondément honteuse de ne pas t'avoir contacté plus tôt. Quand nous avons perdu Cheryl, nous étions vulnérables et avons choisi d'écouter des étrangers et non notre cœur. Au moment où tu avais le plus besoin de soutien et de réconfort, nous nous sommes détournés, et c'est une chose à laquelle Lloyd, Chris et moi sommes confrontés tous les jours devant le miroir. Je ne te demande pas ton pardon, mais j'aimerais obtenir ta compréhension.

Quelques mois se sont écoulés depuis le 4 octobre, mais j'ai l'impression que dix ans sont passés. J'ai démissionné de mon boulot et, en théorie, je suis censée superviser la Fondation Cheryl Anway, mais je me contente de m'habiller, d'avaler un café et de prendre ma voiture pour aller dans ce bureau que nous avons loué sur Clyde Avenue. Mais je n'ai pas grand-chose à faire là-bas. Les *Jeunes et Vivants!*, les amis de Cheryl, s'occupent de tout. Gérer les dons en liquide, les chèques et les cartes de crédit, envoyer les messages de remerciements, répondre au téléphone, remplir les formulaires des impôts. C'est un endroit animé, mais je n'y ai pas ma place. Je souhaiterais que le succès de la fondation m'apporte une certaine consolation, mais ce n'est pas le cas, et ils travaillent tous si dur – ils ont fait fabriquer des autocollants pour les voitures, des bracelets et des cartes postales, et pour ce que ça vaut, un écrivain professionnel va bientôt rédiger un livre sur la vie de Cheryl qui devrait aider ou non d'autres jeunes gens et leurs parents. Mais cela ne m'aide pas. Je ne devrais pas t'en parler – cette lettre ne t'atteindra peut-être jamais – mais ces derniers mois, rien ne m'a apporté d'apaisement, et d'ailleurs comment aurais-je pu ressentir de la consolation ? Dans la dernière année de son existence, ma fille n'était plus ma fille. Elle était quelqu'un d'autre. Je ne connaissais pas la personne qui est morte dans la fusillade. Quelle sorte de mère peut dire une chose pareille de son enfant ?

Je viens juste de passer par un de ces moments. Ça t'arrive peut-être aussi – la distance et la perspective que je crois avoir interposées entre moi et la mort de Cheryl disparaît, et je me retrouve au 4 octobre – et puis soudain me revoilà des mois plus tard : une femme d'âge mûr coincée dans une banlieue pluvieuse un jour de semaine, dont la fille est morte sans raison, et sans qu'elle ait l'occasion de la connaître réellement. Sa fille avait opté pour autre chose ; Cheryl avait choisi une voie différente de ce que notre famille avait à lui offrir, et si elle souriait à tout le monde, c'était avec condescendance. Et que puis-je faire ? Je suis impuissante. Un type quelconque va raconter la vie de ma fille, ils vont me poser des questions et je n'aurai rien à répondre.

Je ne sais pas si je suis en colère contre Cheryl ou

contre l'univers. T'arrive-t-il d'éprouver de la colère, Jason ? Ça t'arrive ? T'arrive-t-il de prendre ta voiture, de prendre l'autoroute et d'appuyer à fond sur l'accélérateur les yeux fermés, histoire de voir ce qui va se passer ?

Lloyd et Chris prennent les choses bien mieux que moi. De ce côté-là, j'ai beaucoup de chance. Chris est jeune – il guérira. Même s'il garde des cicatrices, il s'en sortira. Nous ne savons que faire pour l'école. Il a du mal à se réadapter à Delbrook, qu'ils viennent juste de rouvrir – ils ont détruit la cafétéria au bulldozer et en ont reconstruit une autre en quatre semaines. Nous devrons peut-être l'envoyer dans une école privée, ce que nous ne pouvons pas nous permettre. Mais ce sera pour une autre lettre.

Jason, je te présente mes excuses. Tu n'as pas besoin de cette charge supplémentaire en plus du reste, mais peut-être que oui, après tout. Peut-être as-tu besoin de savoir qu'il y avait quelqu'un d'autre qui aimait la fille derrière le sourire parfait, la fille qui, selon moi, a prié pour souffrir et accéder au martyre. Jason, je n'ai personne à qui parler de tout cela. Tous les systèmes ont failli. Dans cinq minutes, je me sentirai mieux pour encore quelque temps, mais pour l'instant, l'intérieur de ma tête ressemble aux chutes du Niagara, moins le bruit, mais vapeur d'eau et tourbillons compris, on ne sait pas où finit la terre et où commence le ciel.

Où que tu sois, j'implore ton pardon. Je t'en prie, écris, téléphone, ou passe nous rendre visite. Pense à moi avec autant de tendresse que je pense à toi.

Amicalement,
Linda Anway

Une lettre de M. Anway arriva trois jours plus tard :

Cher Jason,

Linda m'a appris qu'elle t'avait écrit et j'ai eu honte en l'entendant. Comment puis-je te remercier pour le courage dont tu as fait preuve pendant cette horrible matinée ? Tu as sauvé la vie de tant de jeunes sans penser à ta propre sécurité. Un peu plus tôt dans la journée, je suis allé jusqu'à chez vous, mais la maison a été vendue depuis un moment. Il n'y avait pas d'adresse pour le courrier à suivre, mais j'espère que les Postes canadiennes retrouveront la trace de ta famille et te permettront de recevoir cette lettre.

Linda n'a plus été elle-même depuis le 4 octobre. Comment pourrait-il en être autrement ? Je ne sais pas ce qu'elle a pu t'écrire, mais je t'en prie, tiens compte du fait que nous fonctionnons un peu en roue libre depuis des mois. Que je n'aie pas su voir que les médias flétrissaient ta belle nature reste une faute que j'emporterai avec moi dans la tombe.

Je lui ai demandé si elle t'avait raconté l'enterrement. Et comme elle ne t'en a pas parlé, je vais donc m'en charger. Cela s'est passé le jeudi 11 octobre, une semaine après la fusillade. Je pensais que le temps écoulé aurait permis aux choses de se calmer, mais au contraire, à cause de l'effet boule de neige, les événements avaient pris d'énormes proportions.

Linda et moi avions opté pour une simple bénédiction au cimetière avant l'inhumation. C'était un choix tactique de notre part. Les gens de *Jeunes et Vivants !* voulaient s'occuper du spectacle, sans se préoccuper de nos souhaits. Nous avions imaginé qu'ils auraient organisé des choses de leur côté (et comment!), et nous voulions une cérémonie plus intime qui nous appartienne complètement. Ce fut une erreur.

Pour des raisons regardant la circulation et la gestion de la foule, la police nous avait demandé de ne pas aller jusqu'au cimetière en cortège de voitures, mais que tout le monde se rassemble directement là-bas autour du cercueil. Nous avions donc suivi leur suggestion, tout en pensant que leurs craintes étaient exagérées : autre mauvaise idée. À 2 heures de l'après-midi, des centaines de voitures occupaient les bas-côtés de la route, autour du cimetière. La Gendarmerie royale nous escorta, alors que près de deux mille personnes (d'après les journaux) avaient envahi le cimetière. J'ai eu la chair de poule. Ça a l'air d'un cliché, mais maintenant je sais ce que cela signifie – comme si une limace rampait au creux vos reins.

Un grand auvent de toile rayée bleue et blanche avait été tendu au-dessus de la tombe de Cheryl, et les membres de *Jeunes et Vivants!* avaient apporté et distribué à la ronde des centaines de stylos-feutres noirs, et le temps que nous arrivions sur place, le cercueil était couvert à la fois d'adolescents et de ces formules qu'on écrit à leur âge ; ils transformaient le cercueil de ma fille en album de promotion. C'était une bonne chose, mais sur le coup j'ai été furieux. Peut-être à cause du soin que j'avais mis à choisir sa nuance de blanc préférée, légèrement perlée, et du plaisir que j'avais éprouvé à la trouver. Linda en a été aussi irritée que moi, mais nous nous sommes inclinés devant l'inévitable. J'imagine que cela doit être réconfortant d'être entouré par les vœux de ses amis rassemblés. Quand Linda et moi sommes arrivés près de la tombe, quelqu'un nous a offert un stylo, mais nous avons décliné.

Avant les funérailles de Cheryl, Linda, Chris et moi avions assisté à deux autres enterrements. J'ai pensé que cela pourrait nous aguerrir, mais rien ne peut vous préparer à l'enterrement de votre propre enfant. Le pasteur Fields a conduit la cérémonie. Le service a été parfait, juste peut-être un peu trop moralisateur à mon goût.

Je ne sais toujours pas très bien ce que Cheryl a trouvé dans la religion, mais j'ai toujours été convaincu que sa conversion a été trop extrême, et Linda partage mon avis. Elle m'a appris que tu t'étais brouillé avec tes amis religieux, et même s'ils travaillent comme des forçats à la Fondation Cheryl Anway, je suis d'accord avec toi pour les trouver légèrement sinistres. En réalité, cela a été un choc de voir à quel point ils t'ont dénoncé rapidement et avec force. Pour les avoir écoutés au lieu de suivre ce que me dictait mon propre cœur, je me retrouve à t'envoyer cette lettre pathétique si longtemps après les faits, au lieu de t'avoir invité chez nous depuis des mois.

Cette lettre devient difficile à rédiger, et tu n'y es absolument pour rien, Jason. Tu veux savoir? J'aimerais avoir pris un de ces stylos pour écrire quelque chose sur le cercueil de Cheryl. Pourquoi ne l'ai-je pas fait? Quel orgueil stupide m'a retenu d'accomplir un geste aussi innocent? Encore un poids que j'emporterai dans la tombe. Les amis de Cheryl, ces jeunes de *Jeunes et Vivants!*, aspirent au tombeau comme mes enfants mouraient d'envie d'aller à Disneyworld. Je ne peux pas partager leur excitation, sans doute parce que je suis plus proche de la mort d'environ trente ans. Pour une raison qui m'échappe, ils ne cessent de parler de ce carnet sur lequel Cheryl avait écrit DIEU EST ICI MAINTENANT comme d'une sorte de miracle. Cela me fait plutôt l'impression d'une petite fille de douze ans, éparpillant des pétales de marguerite. *Il m'aime un peu, beaucoup…* Je n'y vois rien de miraculeux. Mais ces gamins de la fondation n'ont que ce mot à la bouche, et ça me stupéfie tout autant. Ils ne cessent d'en demander à tout bout de champ et d'en voir dans chaque événement. J'ai une vie spirituelle, je crois en Dieu – Il a créé et ordonné le monde – et j'estime en conséquence que le bombarder constamment de demandes de miracles revient à Lui demander de défaire la trame du monde. Un monde où les miracles se succéderaient serait comparable à un dessin animé, rien d'autre.

Nous aurions dû louer un bateau, partir dans les détroits de Juan de Fuca et aborder sur une île. Là, nous aurions emmené Cheryl dans les bois, nous lui aurions trouvé une belle prairie pour l'y enterrer au milieu des pâquerettes et des fougères. Alors, j'aurais eu l'impression qu'elle pouvait reposer en paix. Mais la tombe où elle est, maintenant ? Hier, j'y ai encore trouvé un amoncellement de fleurs, de messages et de peluches. Avec la pluie tout ça s'était mélangé et dégageait une impression de rage, de haine et de confusion, c'est bien cela qu'on peut ressentir après un tel crime ; mais les tombes sont consacrées à la paix, pas à la fureur.

J'espère que cette lettre te trouvera en paix, ou quelque chose du genre. Quand tu reviendras à North Van, pourrais-je t'inviter à dîner avec ta famille ? C'est vraiment le moins que nous puissions faire.

Affectueusement,
Lloyd Anway

Ce qui suit arriva deux jours après la lettre de M. Anway :

Jason,

Je viens de surprendre mon père qui t'envoyait une lettre. Il a bien essayé de la planquer parmi les factures, mais quand je l'ai cuisiné, il a fini par me dire que maman t'avait aussi écrit, et là j'ai vraiment eu les boules. J'imagine les craques qu'il a pu te raconter. Et maman aussi. Tu dois savoir que tout ce qu'ils t'ont raconté n'est qu'un tissu de conneries. Depuis le tout début, ils t'ont détesté. Quand le truc est arrivé, ils ont pris toutes tes photos dans la chambre de Cheryl et ils ont gratté ton visage. Ils passaient des soirées entières avec ces espèces d'hypocrites, les copains prêchi-prêcha de ma sœur, qui s'asseyaient chez nous avec maman et papa pour raconter les pires horreurs sur toi. Tu n'étais plus qu'un fragment d'ordure traînant derrière un chiotte et emporté par les cafards, morceau par morceau. Mon vieux, tu ne peux pas savoir à quel point ils étaient violents quand ils parlaient de sexe, ou plutôt autour du sexe – gravement violents. Soyons clairs, tous les deux, vous ne faisiez qu'un, mais les *Vivantomanes* ont fait passer ça pour du viol. À croire que ton seul but dans la vie était de corrompre Cheryl. Et une fois qu'ils t'avaient passé la corde au cou, ils tiraient bien fort en expliquant que tu étais tout à fait le genre de type à organiser un massacre dans une école et à y participer, juste pour te débarrasser de la fille que tu avais eu tant de peine à corrompre. Délire total. Parfois, j'étais obligé de quitter la maison. Presque tous les soirs, en fait.

Mitchell Van Waters, Jeremy Kyriakis et Duncan Boyle étaient dans ma classe, et ils étaient si lamentables que les gens se souvenaient à peine de leur existence. Ils venaient en cours d'anglais affublés de vieilles vestes en cuir, en faisant comme s'ils étaient tellement branchés politiquement qu'ils allaient commencer une révolution d'un moment à l'autre, et ils passaient leur temps à écrire des paroles de Skinny Puppy [1] sur leur baggy au feutre ou au Tippex. Je me souviens d'avoir vu Mitchell et Duncan se battre au couteau, parce que Duncan avait pris un dé à six faces au lieu d'un dé à douze faces pour une partie de leurs stupides jeux de rôle. Un jour, en sciences humaines, Duncan avait apporté un panneau semi-conducteur qui venait d'une télé, il s'était installé au dernier rang et avait passé tout le cours à y inscrire des symboles ésotériques, mais en fait il les inventait, et ça ressemblait franchement aux cercles de culture qu'il avait photocopiés l'année dernière pour je ne sais plus quelle matière. Et ils se demandaient pourquoi personne ne faisait attention à eux ? On ne voit vraiment pas comment tu aurais pu respirer la même atmosphère que ces catastrophes ambulantes. Alors quand j'entendais dire que tu aurais pu être mêlé à leurs activités, ça me prenait trop la tête.

---

1. Skinny Puppy, groupe rock tendance gothique. (N.d.T.)

Je pensais à toi et au 4 octobre. Tu as dû voir les trucs à la télé comme tout le monde, mais tu es parti de là-bas et je ne crois pas que tu y sois retourné, alors tu ne sais peut-être pas comment c'était ensuite.

J'étais en EPS, mon copain Mike et moi, on a laissé tomber le reste de la classe qui montait la colline au petit trot, et on est redescendus sur Queens Avenue, histoire de fumer une clope. La journée était magnifique. Pourquoi perdre du temps avec une bande de fêlés de l'exercice ? On a commencé à parler avec trois filles de Troisième qui allaient à Westview au restau du Safeway. C'est à ce moment-là qu'on a entendu des coups de feu. Tu vois, c'est bizarre, je n'avais jamais entendu un vrai coup de fusil de ma vie, mais j'ai tout de suite reconnu. Et Mike aussi. Il y a eu d'autres tirs, et on a entendu une sirène – je parie que tu ne le savais pas, mais cette première sirène n'était pas pour les victimes du massacre, mais pour le type que tu avais assommé près des ateliers. Bref, on a décidé d'aller au sommet de la colline. Les tirs continuaient, et puis l'équipe du SWAT [1], l'infanterie de marine, James Bond et, je ne sais pas, les Charlie's Angels ont rappliqué en même temps. Quant aux étudiants qui déboulaient hors du bâtiment, leurs têtes ressemblaient à des Sugar Crisp qui se déverseraient d'une boîte. Tout le monde courait aussi vite que possible, mais en même temps, ils essayaient tous de regarder en arrière, alors ils n'arrêtaient pas de se rentrer dedans. Le temps qu'on arrive devant le lycée, on traînait un tas de corps à l'extérieur, et bon, il n'y avait aucun intérêt à se fourrer là-dedans. On nous

1. Forces spéciales d'intervention comparables au GIGN. (N.d.T.)

a repoussés en haut de la pente, mais on pouvait dire exactement qui avait du sang sur le corps et qui était soigné. Je t'ai vu, couvert de sang, mais tu marchais, alors je me suis dit que tu n'étais pas blessé. Et puis brusquement, j'ai frissonné, et j'ai su que Cheryl était morte. Je crois que les trucs paranormaux, c'est de la daube, mais voilà ce que j'ai ressenti.

Le reste de la journée a ressemblé à un champ de bataille. Tous les parents ont commencé à arriver de leur boulot ou de chez eux, et ils ont laissé leurs voitures garées n'importe où, avec les moteurs qui tournaient encore et les portes ouvertes. Dès que les familles étaient réunies, les flics de la Gendarmerie royale les envoyaient sur le terrain de foot et, dans le parking, il ne restait plus qu'un groupe de plus en plus réduit de parents sans enfants. Maman et papa sont arrivés, et vers 15 h 30, nous avons appris la nouvelle pour Cheryl. On avait la tête à l'envers, et on n'a pas tout compris sur le coup. Notre voisine, Mme Wong, nous a conduits à l'hôpital dans la voiture de papa. Il était incapable de conduire. Elle nous aurait emmenés jusqu'en Antarctique s'il avait fallu. Ses deux enfants étaient aussi à la cafèt', mais ils n'avaient pas été blessés.

À l'hôpital, le spectacle était incroyable – des chariots transportant des cadavres ou des corps rafistolés roulaient partout, comme des caddies de supermarchés. Je ne sais même pas pourquoi nous restions là. Ça ne servait à rien. Je veux dire que nous savions que Cheryl était morte avant d'arriver là-bas. Mais nous étions complètement bouleversés.

Quand la nuit est tombée, je portais toujours ma tenue de gym. Quelqu'un, je ne me souviens plus

143

qui, m'a passé un coupe-vent ; au moment où je remontais la fermeture éclair dans le hall de l'hôpital, j'ai entendu la première personne parler de TOI. Et ça a commencé tout de suite à fond. Depuis le début, TU étais le cerveau de l'affaire, et quand mes parents l'ont découvert, maman est devenue hystérique, et on a dû lui donner un barbiturique, du genre pilule pour éléphant, élaborée dans les années cinquante. Papa aussi a pris quelque chose, et pendant la première semaine, ils planaient complètement. Maman continue d'en prendre. Je peux toujours dire quand il est temps qu'elle renouvelle sa dose parce que dans ces cas-là sa respiration se précipite. Ça les a rendus totalement cinglés de penser que tu étais responsable. J'ai essayé de prendre ton parti, mais ils ont failli m'excommunier de la famille. Et je suis curieux de savoir ce que tu as bien pu faire à ces *Vivantomanes* ? Ils se sont vraiment acharnés sur toi.

Mais je m'apprêtais à dire que quand ton innocence a été déclarée à la fin de la seconde semaine, maman est devenue encore plus cinglée et elle a entraîné papa au fond avec elle. Ils refusaient de croire le rapport de la police. Les tu-sais-qui leur avaient fait vraiment une grosse impression.

Bon, c'est la plus longue lettre que j'aie jamais écrite, et je n'ai jamais été aussi concentré depuis le 4 octobre. Tu as déménagé, tu as quitté la ville, ou je ne sais quoi – c'est cool. Tu as de la chance. Est-ce que je peux m'évader et te rejoindre où que tu sois ?

Tiens bon, mon pote,

Chris

J'observe un coucher de soleil couleur aspirine pour enfants à travers la vitrine d'un Starbucks. La descente est brutale, maintenant que l'effet des deux clonazépam s'estompe. Je les ai achetés vingt dollars la pièce à un gamin dans la bagnole de papa, à l'angle de la Quatrième et de Lonsdale – pas très loin de chez ma mère.

Bien. Maintenant, j'ai vraiment l'impression de me préparer pour mon premier cours de contrôle de la colère. Mais, il n'y a pas de leçon en perspective, et si quelqu'un de mon âge continue à faire ce genre de choses, aucune formation n'y changera rien. De l'argent, peut-être? Le jour de son mariage, Kent était raide saoul, et pendant que je dansais avec une demoiselle d'honneur, et lui avec Barb, il était passé près de moi et m'avait soufflé dans le nez son haleine qui sentait le champagne tiède, le blanc de poulet et la macédoine de légumes. «Tu ne seras jamais riche parce que tu n'aimes pas les riches.»

Et il était reparti en tourbillonnant. Il avait raison : je n'aime pas les riches, avec leurs séchoirs à serviettes intégrés qui ont besoin d'un système de chauffage venu d'Écosse – D'ÉCOSSE ! –, leurs réfrigérateurs à double porte, équipés de surfaces non magnétiques pour éviter qu'on y colle des magnets, et leurs placards à chaussures en cèdre rouge des îles Queen Charlotte qui sentaient le sauna.

Voilà mon erreur : j'ai installé le séchoir à serviettes du mauvais côté de la baignoire, et Les a pété les plombs parce que le client a retenu le paiement hebdomadaire jusqu'à ce que le travail soit rectifié. Bien sûr, ça a une certaine importance, mais dans le fond, je m'en fiche. Cela dit, Les est furieux contre le monde entier parce que son gamin a une cataracte, alors toute cette histoire ne me laisse pas indifférent, mais pour l'amour de Dieu, ce n'est qu'un séchoir à serviettes destiné à un mec qui, pour une obscure raison, a besoin de serviettes chaudes tous les matins pour prendre son pied. Si bien qu'en fin de compte, c'est vraiment difficile de trouver ça important – ce ne sont que des serviettes. Et si Monsieur le Richard utilise une serviette par jour pendant une décennie, ça va quand même lui revenir à plus de quatre-vingts cents la serviette.

$$\frac{3.0000,00\ \$}{365 \times 10} = 82\ cts$$

En tout cas, des amis ne se bagarrent pas à propos de serviettes ou de porte-serviettes – ou du moins, ça n'arriverait pas si je dirigeais le monde. D'accord, vaut mieux laisser tomber cette histoire de diriger le monde, je peux à peine arriver à faire reconnaître mon existence par les portes automatiques de Save-On-Foods. Je dois donc accepter ce que m'offre la vie. Le prendre avec un sourire. Me calmer. Je quitte le boulot quelques heures en avance. Je me prends un speed dans un parking du centre-ville. Je plane et j'élabore des projets destinés à élever la conscience humaine. Je redescends. Je reprends une dose, mais je soupçonne la nouvelle amphétamine d'être coupée au lactose, car j'ai moins apprécié la seconde prise. *Wouah, j'ai vraiment vu le soleil se lever et se coucher deux fois, sans avoir dormi ?* La descente a été rude. J'achète des clonazépam à des crétins perses. Et me voilà assis dans un café en train de gribouiller sur des factures roses.

Direction chez maman. Je vais délivrer Joyce.

C'est le lendemain matin ou, du moins, McDonald's n'a pas encore commencé à servir le menu du déjeuner. Petit déjeuner de fast-food ; des taches de graisse donnent des allures de vitrail au papier rose des formulaires d'aujourd'hui.

J'ai l'impression que mon cerveau est un lac aux eaux fraîches et profondes. Ai-je vraiment dormi douze heures ? Aujourd'hui, j'arriverai même au boulot vers midi, ce qui mettra probablement Les de si bonne humeur qu'il oubliera les six messages quasiment démoniaques qu'il a laissés sur mon répondeur.

Bon. Sachez, neveux, que lorsque je suis allé chez ma mère hier soir après le Starbucks, la vôtre, Barb, était là-bas, appuyée contre le comptoir de la cuisine ; la conversation tournait autour de Reg, elles tentaient de comprendre pourquoi il était un tel salaud, un sujet auquel maman avait déjà beaucoup réfléchi.

J'ai franchi la porte et toutes les deux m'ont regardé entrer. « File immédiatement sous la douche, m'a dit maman. Quand tu auras terminé, tu trouveras de quoi te changer dans le placard de la chambre d'amis. J'ai de la soupe à la crème de chou-fleur et du pain français. Après manger, tu iras te coucher directement dans la chambre d'amis. D'accord ? »

De la salle de bains, j'ai entendu une partie de leur conversation.

« Ce qui m'a d'abord attirée, c'est le fait que sa famille faisait pousser des jonquilles, ils continuent d'ailleurs. Je trouvais ça étonnant, j'ai cru que seules de bonnes personnes pouvaient cultiver des jonquilles.

— Et que produiraient de mauvaises personnes ?

— Je ne sais. Des chauves-souris ? Des champignons ? Des algues ? Mais des jonquilles ? Ce sont les fleurs les plus innocentes de la terre. Elles sont de la famille des oignons. Tu le savais ?

— Non.

— On peut apprendre quelque chose de nouveau tous les jours.

— Il me semble que les jonquilles et les narcisses sont la même plante, non ?

— Si. La plupart des gens sont persuadés du contraire, mais ils se trompent.

— Cela dit, les narcisses sont non pas vraiment mauvais mais pas tout à fait innocents non plus, avec cette affaire de vanité.

— Reg avait une réponse à cette question. Tu veux l'entendre ?

— Je t'écoute.

— Il disait : "Qui sommes-nous pour plaquer le péché humain de vanité sur une pauvre fleur dont la seule faute est d'avoir reçu un nom ?"

— C'est plutôt gentil.

— Il avait aussi son opinion sur les fleurs de notre mariage, des anthuriums, des fleurs de gingembre et des oiseaux de paradis. Par la suite, il a dit qu'il les trouvait putassières.

— Oh. »

Les deux femmes levèrent la tête à mon retour dans la cuisine. Aucune ne se faisait d'illusions sur mon état. « Prends donc du jus d'orange. Ton organisme doit hurler pour obtenir de la vitamine C, dit maman. Et pour l'amour de Dieu, tu devrais te raser, Jason. On pourrait aiguiser un couteau de chasse sur tes joues. »

Maman posa un bol de soupe sur le comptoir. Pour elles, c'était peu de chose, mais je vivais ce moment comme un bref aperçu du paradis.

«À quel moment Reg a commencé à délirer ? voulut savoir Barb.

— Avec la religion ? Un an après la naissance de Kent, peut-être. Il n'y a pas eu de déclencheur particulier. Jason chéri, sers-toi de ta serviette, tu veux ? Je viens de nettoyer par terre.

— Ça lui est arrivé du jour au lendemain ?

— Non. Environ à la même époque, je me souviens d'avoir vu son expression se durcir peu à peu, comme si les muscles de ses joues perdaient leur souplesse. C'était probablement en rapport avec son taux de sérotonine. Si j'avais secrètement chargé son café de la dose voulue de Wellbutrin ou d'un autre de ces nouveaux médicaments, nous serions peut-être encore un couple heureux. Mais au lieu de cela, il s'est enfoncé de plus en plus. Quand les enfants ont commencé l'école, nous faisions déjà lit à part. Je buvais sec à l'époque. Remarque, ça ne lui déplaisait pas, surtout parce que de cette façon, je restais tranquille, et que mon ivresse lui évitait de devoir me parler. Cela dit, je ne tenais pas non plus à discuter avec lui. »

Mon mobile vient de sonner. Il faut que j'y aille. Les dit qu'il vient de récupérer le chèque de cette semaine, et est-ce qu'on pourrait aller prendre une bière pour fêter ça ? Il est 11 heures du matin.

Bon, six jours se sont écoulés depuis que j'ai écrit pour la dernière fois dans ce journal, et je vais rapporter ce qui s'est passé entre-temps aussi fidèlement que me le permet ma mémoire.

Les et moi étions partis boire un verre à la Lynwood Inn, un endroit fréquenté par les ouvriers, pas très loin des quais, sous les piliers de Second Narrows Bridge. Je ne sais pas si c'était la chaleur ou le fait de ne pas avoir mangé les ailes de poulet gratuites, mais deux heures plus tard, nous étions complètement cuits. C'est à ce moment-là que Jerry se montra, un rat des quais dont j'avais fait la connaissance dans un tribunal en 1992 – il s'était fait prendre au volant d'un pick-up Isuzu chargé de skis volés. Quand le pichet de bière suivant fut posé sur la table, Jerry sortit une grosse liasse de billets pour régler. Il nous expliqua ensuite qu'il avait un bateau à coque alu de cinq mètres vingt, équipé d'un moteur Evinrude 50, à vendre. Il était juste là, et est-ce que ça nous disait de faire un tour ?

Le bateau était une vraie beauté : des lignes d'une extrême simplicité, une coque, un moteur, un pare-brise avant, et un volant – disons une Honda Civic flottant sur l'eau lisse et brillante du bassin… brume salée et métal galvanisé ; les pales de l'hélice brassaient les eaux vert jade, y mêlant une pâle fumée bleue.

Les cargos se bousculaient dans le port. Au moment où on passait près d'un rafiot chinois en plein milieu d'une opération de chargement de poutres d'épicéa, un type sur le pont nous balança quelque chose – un sachet qui avait contenu son déjeuner, ou un truc aussi anodin, mais Jerry se rapprocha du flanc du bateau, qui ressemblait à un immeuble de dix étages, sans fenêtres, taché de rouille, et se mit à hurler en chinois.

« Où as-tu appris le chinois, Jerry ?

— Mon ex. Onze ans de ma vie, et tout ce que j'ai gagné, c'est d'avoir appris à parler le cantonais, à cuisiner les fruits de mer comme il faut, et à me débrouiller avec l'hépatite C. »

Au-dessus de nous, le gars disparut pendant quelques secondes. Les et moi ouvrîmes la bouche en même temps : « Filons d'ici, Jerry. »

Mais il ne voulut rien entendre. Le type réapparut au-dessus du bastingage et lâcha un truc qui ressemblait à un pain en fonte – je n'ai pas la moindre idée de la véritable nature de cet objet, mais ça laissa un trou du diamètre d'une grande assiette dans notre coque. Après avoir rapidement coulé, nous touchâmes terre près du bassin du blé de la Saskatchewan. De vieux échelons rouillés nous aidèrent à nous hisser à l'extérieur dans un dépôt de rails, chaud et poussiéreux. Dans les eaux du port, nous avions ramassé une couche de gasoil huileux à souhait, et la poussière y adhéra comme de la farine sur du cabillaud. Les était furieux car sa femme le harcelait depuis des années à cause de son mauvais goût en matière de vêtements, et aujourd'hui, il portait pour la première fois le pantalon qu'elle venait de lui acheter. « Elle va me découper en rondelles, grommela-t-il d'un air lugubre.

— Bon Dieu, Jerry, qu'est-ce que tu as bien pu dire à ce Chinois ?

— Il m'a insulté, je lui ai répondu, alors il a menacé de faire couler le bateau si je continuais, et ensuite il l'a fait. De toute façon, c'est sans doute une bonne chose qu'il soit par le fond. Ça devenait un peu chaud. Pas de souci, quelqu'un va venir nous chercher », continua-t-il en ouvrant son mobile.

Pour rejoindre la route, il nous fallut traverser huit voies au milieu de wagons capables de nous réduire en chair à pâté à n'importe quel moment, et qui changeaient de direction au gré des aiguillages, selon des lois qui nous étaient inconnues.

Une longue limousine nous attendait à l'arrivée. Le chauffeur s'appelait Yorgo, à la fois gorille russe et maniaque de la propreté. Il insista pour que nous ôtions nos vêtements pour les déposer sur une bâche dans le coffre. Je demandai à Jerry à quoi servait cette bâche. «Ne te pose pas de questions», répondit-il.

Nous voilà tous les trois en sous-vêtements sur le siège arrière de la limo. Les découvrit un tord-boyaux déguisé en whisky dans la flasque en plastique de la voiture et se chargea un peu plus, pendant que Jerry commençait à s'exciter en répétant qu'il fallait racheter à Les un pantalon identique. J'avais tendance à le trouver un peu hystérique, mais quand le gorille russe lui jeta un sac Ziploc bourré de coke, je compris un peu mieux son état.

«Je ne peux pas prendre de coke. Je ne peux vraiment pas. Allergie. À tout ce qui termine par "aïne", dis-je.

— C'est ce que j'ai entendu dire. Alors ça en fera plus pour moi.»

Jerry adressa un bruit indistinct à Yorgo, et quelques pilules nous arrivèrent du compartiment avant.

«C'est quoi?

— Eh bien, une pilule te fait grandir, et l'autre te fait rétrécir.»

J'en pris deux. Pendant que nous roulions en ville, nous étions arrivés à la conclusion qu'il nous fallait effectivement nous procurer des vêtements, mais, avant tout, nous laver. Après avoir acheté un flacon de liquide vaisselle, direction Wreck Beach, en bas des falaises près de l'UBC[1]. Au milieu des corps dénudés, nos sous-vêtements

---

1. University of British Columbia. (N.d.T.)

passèrent inaperçus. Les s'était écroulé, nous l'avions laissé dans la voiture.

Alors que nous étions plongés dans l'eau, occupés à gratter la couche de gasoil qui nous recouvrait, de jeunes hippies qui passaient par là commencèrent à nous engueuler pour avoir utilisé du savon dans la mer ; quand ils se mirent à nous balancer des coquilles d'huîtres, nous dégageâmes en vitesse et partîmes à la nage vers le rivage en abandonnant le flacon. Une fois à terre, Jerry vola deux serviettes sur un rondin et nous remontâmes la falaise, je me souviens m'être dit que je tâterais bien un peu du whisky de Les – ensuite, plus rien. Les pilules magiques de Jerry.

Mon éclair de conscience suivant se situe à Seattle. À la longueur de ma barbe, deux nuits devaient s'être écoulées. Je me trouvais sur l'Interstate 5, et j'entrais dans le centre-ville, aux aguets dans une berline Audi. Le type au volant avait l'air d'un junkie, il ne cessait de claquer des dents. Il me regarda, et dit : « Tout va bien. Tu as l'argent. L'essentiel, c'est de ne pas paniquer. »

Ne pas paniquer ? Je suis censé ne pas paniquer à cause de quelque chose ? Ce que je percevais de la situation ne me donnait aucune envie d'y être impliqué. La voiture s'arrêta à un feu rouge. J'en sortis d'un bond et pénétrai dans la première entrée qui s'offrit à moi, soit le hall d'entrée ouest de l'hôtel Four Seasons. Je saisis mon reflet dans la vitrine d'un bijoutier : j'avais des coups de soleil, et je portais un costume à la mode, du genre de ceux qu'on voit dans les pages des magazines mais que personne ne porte dans la vraie vie. Il fallait que je me débarrasse de ces vêtements ridicules, mais comment ? Où ?

Dans la poche de la veste, une liasse de billets de cinquante, épaisse comme la paume, mais pas de papiers d'identité, ce qui pouvait s'avérer source d'ennuis pour un Canadien probablement mêlé à une affaire louche sur le territoire américain. Je commandai un Martini au bar et je flirtai avec deux femmes qui venaient de Bay Area, où elles travaillaient pour le service des relations publiques d'Oracle. Je ne jouais pas dans leur catégorie, mais elles ne manquaient pas d'humour et ma veste me valut bon nombre de vannes. Après l'avoir ôtée dans les toilettes des hommes, je l'enfouis dans le panier à linge sale, sous une pile de serviettes. Ensuite, je perdis de nouveau le contrôle des choses.

Quand je repris contact avec la réalité, je marchais au milieu des aulnes et des bouleaux le long d'un cours d'eau turbulent. Ce n'était pas la Fraser, mais il était tout de même imposant ; sans doute un torrent de montagne qui se jetait dans une rivière plus importante. L'après-midi était déjà bien avancée et j'avais les mains derrière la tête. J'entendais les pas de quelqu'un derrière moi. Comme je baissais les yeux, un souvenir d'enfance me revint à l'esprit, j'observais le sable de la Capilano et j'y voyais des paillettes de mica que je prenais pour de l'or.

L'eau paraissait froide, le fond était parsemé de pierres pareilles à celle qui m'avait servi à tuer Mitchell. Le paysage environnant me rappelait aussi la forêt de la vallée d'Agassiz où s'élevait la ferme à jonquilles de la famille Klaasen : des bois sinistres où le soleil se faisait rare, tapissés de mousse qui retenait vos pieds et de boue qui absorbait tous les bruits – à l'épreuve de l'été et des oiseaux.

Je me retournai. Yorgo progressait derrière moi, et il enfonça le canon d'un fusil entre mes omoplates. Nous étions seuls tous les deux, et cela ressemblait manifestement à une dernière balade. Je revis la bâche dans le coffre.

Mes réflexes d'enfant habitué à fouler les rochers ronds des bords de rivière étaient revenus rapidement. Yorgo paraissait moins à l'aise. Voilà ce que c'est d'avoir été élevé en ville.

Cependant, je n'avais pas l'intention de continuer à trébucher avec docilité vers mon destin. Aussi, je m'orientai légèrement vers les rochers plus humides et plus glissants. Cette idée simple produisit des résultats instantanés – j'entendis Yorgo glisser, et je me retournai juste à temps pour le voir se recevoir durement, son tibia gauche se brisa comme du petit bois, son arme tomba dans l'eau avec un bruit métallique et disparut rapidement.

Je plongeai pour saisir un galet de rivière – le temps se replia en une boucle de Möbius – j'étais de retour à la cafétéria du lycée, et je fixais la tête de Mitchell, mais elle était devenue celle de Yorgo, j'avais une pierre à la main et soudain, je pouvais de nouveau choisir de tuer.

Après le massacre, je me souviens avoir entendu dire que des gens priaient pour les tueurs, et ça m'avait rendu furieux. *C'est un peu tard pour les prières, vous ne pensez pas ?* Des années plus tard, cette idée gardait le pouvoir de me faire pâlir. Je ne sais pas pourquoi elle me bouleverse à ce point. Des gens qui prient pour des assassins ? Je commence à me demander si ce n'est pas parce que j'ai tant de haine au cœur ; c'est un truisme d'affirmer que ce qu'on déteste le plus dans cette vie, c'est croiser des personnes qui nous renvoient à nous-mêmes. J'avais avancé dans ma vie avec ce gros morceau de haine en moi, tel un bloc de béton fracassé, avec des tiges de métal rouillées et tordues saillant de l'intérieur. Je n'avais peut-être pas l'impression de mériter des prières. Pendant plus d'une décennie, j'ai pensé : *Brûlez en enfer, bande de tarés. Aucune souffrance n'est assez grande pour vous, et j'aurais aimé que vous soyez vivants pour vous exploser et faire de vous un gros tas de tripes que je pourrais piétiner avant de l'arroser d'essence et d'y foutre le feu.*

Je n'ai jamais découvert de conséquences positives au massacre de Delbrook. Quand j'entends les gens dire : « Regardez comme ça nous a rapprochés », je me sens obligé de quitter la pièce ou de changer de chaîne. Quelle morale faible et pathétique. Il suffit de regarder notre monde, essentiellement tourné vers la migration – les voitures, les avions et les changements de boulots : quelle importance pourrait avoir le fait que certains, brièvement réunis en ce lieu, se rassemblent pour se tenir les mains en portant des rubans ? L'année prochaine, la moitié aura déménagé, et que sera-t-il advenu de votre chère morale ?

Au bout de plusieurs années, je me suis simplement senti fatigué. Je continuais à attendre un signe et rien ne venait – et voilà que je me retrouvais au bord d'un torrent face à Yorgo, un gros galet de rivière brandi au-dessus de ma tête.

Je laissai tomber la pierre sur un rocher voisin. Quelques éclats de granit en jaillirent, puis elle se perdit parmi ses milliers de semblables. J'eus l'impression d'avoir commis un contre-meurtre, comme si j'avais créé une vie qui n'existait pas avant.

« Tu es faible, dit Yorgo. Tu as trop peur pour me tuer. »

Je le regardai, son tibia pointait à travers le tissu de son pantalon. « Tu as peut-être raison, Yorgo, mais il me semble que tu n'iras pas très loin dans ton état. Hé, attends un peu… tu me méprises parce que je ne t'ai pas tué, c'est bien ça ? »

Il m'adressa un sourire de dédain.

« Je ne me trompe pas, n'est-ce pas ? »

Yorgo cracha vers sa gauche.

« Quel connard. Donne-moi ton téléphone. »

Il glissa la main dans la poche de son manteau et en sortit l'appareil. Juste au moment où je m'apprêtais à le prendre, il le balança vers la rivière.

« Où sommes-nous ? »

Il détourna les yeux.

« Je vois. Tu vas jouer au plus malin avec moi. C'est la meilleure attitude, dis-je en regardant le paysage de rochers autour de nous. Tu sais, Yorgo, le plus facile pour moi serait de construire un tumulus avec des pierres au-dessus de toi. Ça me prendrait une demi-heure, et ça te permettrait de rester bien tranquille jusqu'aux crues d'hiver qui le détruiront et emporteront tes restes vers la mer. »

Yorgo voyait parfaitement ce que je voulais dire. Je remontai jusqu'au sommet de la rive, mais, là-haut, je ne vis aucun signe de route ou de sentier, ni personne. C'était une bonne chose, ça diminuait les risques d'avoir été remarqué par un jogger ou un pêcheur. Je tendis l'oreille pour essayer de capter le bruit d'une autoroute, ou au moins d'un moteur – rien de tel. Je rejoignis Yorgo. « Écoute, lui dis-je. Je ne vais rien faire du tout. Pas pour l'instant. Je vais m'en aller d'ici, et quand je tomberai sur un téléphone, j'appellerai une personne de ta part, je leur indiquerai où tu es, et je leur expliquerai pour ta jambe. »

Il garda le silence.

« Ou je peux tout simplement partir. Alors, si tu veux avoir un fantôme d'espoir, tu ferais mieux de me donner un numéro. »

Je m'éloignai de quelques pas.

« Attends ! »

Yorgo me hurla quelques chiffres. Avec un stylo trouvé dans la poche de mon pantalon, je les notai à la base de mon pouce.

Je partis vers l'ouest. Dans la lumière déclinante, je finis par tomber sur quelques têtes de bétail dans un pré. Après avoir sauté la barrière en fil barbelé, je traversai le pâturage et atteignis une route goudronnée d'où je pouvais voir les lueurs d'une autoroute scintiller dans le lointain, à peut-être une heure de marche. La brume de la nuit d'été brouillait la lumière des phares et des lampadaires et la réfléchissait vers le ciel, lui donnant autant d'éclat que le Strip de Las Vegas. Les fermes étaient bâties dans le style canadien ; je me dis que l'autoroute devait être la Transcanadienne, et, à en juger par le contour des montagnes qui se détachaient faiblement contre le ciel, je me trouvais toujours dans la Fraser Valley, sans doute pas très loin de la ferme à jonquilles des Klaasen.

Comme la majorité des banlieusards, je ne suis guère rassuré dans un environnement rural. Chacun de mes pas se réverbérait si clairement que je me mis à imaginer qu'il s'agissait de ceux de quelqu'un d'autre.

J'examinais les champs de plus en plus sombres, semés d'abris obscurs et d'épaves de voitures. Une odeur de fumier imprégnait l'atmosphère, et je m'attendais à voir des feux follets de méthane danser le long de la route. Je me souvins de grand-mère Klaasen qui assommait grand-père de discours péremptoires sur les serviteurs du diable qui volaient leur motoculteur, la disparition de leurs animaux de compagnie, et les cadavres qu'on trouvait sans arrêt dans les lacs, les cours d'eau et les fossés d'Agassiz. Les crimes n'étaient jamais élucidés dans les endroits comme celui-là, seulement découverts. J'imaginais les gros titres chez le marchand de journaux local : LES RESTES D'UN HOMME S'ÉCHOUENT DANS LE DELTA DE LA FRASER ; DES ÉCLAIREUSES DÉCOUVRENT UN SQUELETTE ; UNE MÈRE RUSSE DEMANDE L'AIDE DES AUTORITÉS LOCALES POUR RETROUVER SON FILS UNIQUE.

Les idées de mort fourmillaient sous mon crâne. Non seulement j'allais mourir tôt ou tard, mais j'allais mourir délaissé et solitaire. Puis je me rappelai que c'était le sort qui attendait mon père et ma mère. En réfléchissant plus avant, je compris que c'était le sort réservé à la plupart des gens de ma connaissance. Était-ce la vie en général, ou juste moi ? J'émettais peut-être le genre de vibrations qui attiraient les âmes désespérées ? Je regardai les ombres du bétail endormi en pensant : *vous avez de la chance, les animaux de la ferme.* Vous avez de la chance, les extra-terrestres. Tous ceux qui n'étaient pas humains n'avaient pas à composer avec le fait de connaître la profondeur de l'abjection et du désespoir qui affligeaient leur propre espèce.

Quand j'étais petit, un soir pendant le dîner, j'avais demandé à Reg ce que nous ferions si nous apprenions à parler avec les dauphins. Allions-nous tenter de les convertir ? Ma question était sarcastique, mais bizarrement, la nuance lui échappa. « Des dauphins ? Des dauphins capables de s'exprimer en possédant l'ensemble de la langue anglaise ?

— Ben oui. Pourquoi pas ?

— C'est une bonne question. »

Surpris qu'il accorde autant d'attention au sujet, je fus bientôt moi aussi gagné par le sérieux. « Attention, pas besoin de traducteur. On pourrait communiquer aussi directement avec eux qu'on se parle tous les deux maintenant. »

Reg s'adossa confortablement, une posture réservée en général au moment où il décidait de la forme de châtiment que nous méritions. « En fait, non, finit-il par dire. Il n'y aurait aucun intérêt à convertir les dauphins car ils n'ont jamais quitté la main de Dieu. Si nous devions leur parler de quelque chose, il s'agirait plutôt de leur demander l'effet que cela peut faire de ne jamais être partis, d'être toujours dans le Jardin d'Éden. »

Seigneur, pourquoi faut-il que tes réactions soient toujours aussi imprévues, papa ? Pourquoi ta gentillesse ou ta colère sont aussi prévisibles que le moment où le téléphone va se mettre à sonner ? Je n'ai jamais compris comment tu fonctionnais. Et je l'ignore encore. Personne ne sait. Tu as construit cette chose autour de toi, cet endroit que tu appelles le monde, mais ce n'est pas le monde – c'est le petit club privé de Reg. La seule chose qui te préoccupe est de rendre les gens conformes à l'image que tu te fais de Dieu, sans jamais tenter de soulager la douleur de celui qui souffre, quel qu'il soit.

Tout en marchant, j'essayais de me souvenir des crimes ou des événements qui avaient débouché sur le drame au bord de la rivière. Le trou noir. Étrange d'être coupable d'actes d'une telle importance sans en être conscient. C'est peut-être cette sensation que l'on éprouve en pensant qu'on porte le poids du péché originel dès la naissance, ou plutôt en croyant foncièrement dans la notion de péché originel – l'impression de vivre avec un soleil noir planant au-dessus de la tête.

Et puis... et puis, je me sentis vieux pour la première fois – vieux, car maintenant je ne pouvais plus agir de manière radicale ou audacieuse pour changer le cours de ma vie, j'avais dépassé ce stade. J'allais rester le larbin d'un entrepreneur jusqu'à la tombe. Ce dont j'avais envie, c'était de mettre un mur aussi épais qu'un cargo chinois rouillé entre moi et les problèmes de tous les autres. J'en avais assez de courir après l'argent. J'en avais assez de ne pas avoir d'aspirations.

Mais je n'avais pas tué Yorgo.

Je m'arrêtai pour mieux peser cette idée. J'aurais pu le tuer, mais je ne l'ai pas fait.

Heu...

J'étais heureux, mais aussi troublé. En dépit de tous mes efforts pour l'en empêcher, la conception que mon père se faisait de la volonté était devenue la mienne. Dieu du Ciel.

Au-dessus de moi, les étoiles ressemblaient à du lait, comme cela arrive seulement en été. Je vis un rideau d'éclairs s'allumer quelque part dans la montagne. À ce moment, je sentis le morceau de haine en béton tomber de ma poitrine. Je compris qu'une partie de mon existence était passée. J'entamais maintenant une nouvelle partie débarrassée de la haine, et je commençai à entendre le bourdonnement sourd de l'autoroute. Vers l'est, une bretelle menait à une station-service.

Une fois arrivé là-bas, je découvris que j'avais sur moi environ deux cents dollars canadiens en billets de vingt qui partageaient tous le même numéro de série. Pendant que j'en changeais un, je consultai le calendrier Pirelli accroché derrière la boîte de Slim Jims ; il me dit que cinq jours et demi s'étaient écoulés depuis que j'avais pris cette première bière avec Jerry. J'appelai chez moi pour consulter mes messages – onze ; chaque fois que je poussais le bouton pour écouter le suivant, j'étais aussi crispé que si quelqu'un s'apprêtait à me balancer un coup de poing dans le ventre. Je m'attendais à entendre n'importe quoi.

C'était d'abord Barb qui m'avait appelé, en larmes, pour me dire simplement que Kent lui manquait. Ensuite, des messages de ma mère, à des stades variés de sobriété qui me posait des questions sur le régime de Joyce – sa manière d'indiquer qu'elle commençait à manquer d'argent.

Ensuite, Kim me demandait si j'avais des nouvelles de Les.

Ensuite, j'entendis la voix de Les : « Mon vieux, je te dois une fière chandelle sur ce coup. Je donnerais peut-être pas un rein pour toi, mais c'est pas loin. Prends un jour de congé demain, et dis-toi bien que je n'arrive pas encore à comprendre comment cette jolie petite vendeuse a pu te vendre ce costume de clown. C'est dingue mon vieux, elle t'amène un de ces petits cappuccinos avec un soupçon de cannelle, ils te passent la musique qui te branche sur leur stéréo, et avant que tu aies le temps te dire ouf, tu ressembles à une de ces sculptures avec des ballons qu'il y avait à l'anniversaire de mon fils. »

Le message suivant émanait de Reg, toujours à l'hôpital. «Jason, ne raccroche pas. C'est ton père, oui, ton père. Ils ont trouvé quelque chose qui cloche à l'intérieur, alors, ils vont me garder plus longtemps. Merci de m'avoir apporté mes affaires. J'ai conscience que tu n'étais pas forcé de le faire. J'ai réfléchi à ta réaction à mes paroles. Non, je ne pense pas que l'un des jumeaux de Kent soit un monstre. Mais alors, que se passe-t-il quand l'être se divise? Que se passe-t-il lorsqu'une cellule se divise cinq fois, dans le cas de quintuplés? Chacun a une âme unique. Et qu'arrivera-t-il s'ils font un millier de clones de Frank Sinatra? Chacun aurait une âme unique. Ainsi par extension, Jason, imaginons que nous clonions un nombre infini d'âmes à partir d'une seule, la tienne, la mienne, celle de la reine, de n'importe qui, et disons que nous remplissions l'univers de ce nombre infini d'âmes clonées. Cela ne signifierait-il pas que chaque âme humaine est infinie, et pleine d'un mystère inimaginable? Je te laisse réfléchir là-dessus, fils. Je n'ai jamais voulu rien d'autre pour toi que le Royaume. Au revoir.»

Enfoiré.

L'employé de la station-service se tourna vers moi. «Mauvaise journée, dis-je.

— Taxi, répondit-il.

— Hein?

— Votre taxi est là.»

Je l'avais fait appeler. «Demandez-lui de m'attendre une minute.»

Je composai le numéro que m'avait donné Yorgo. La sonnerie résonna au moins sept fois dans le vide, et je faillis raccrocher. Quelqu'un finit par répondre – une espèce de voyou aux veines irriguées par du Fréon – un flic corrompu? Un drogué?

«Yorgo m'a demandé de vous faire savoir où il se trouve.

— Ah, ouais?

— Il est coincé au bord d'une rivière. À quelques kilomètres à l'est de Chilliwack, et j'ai l'impression que ce n'était pas la première fois qu'il allait là-bas. En tout cas, il ne peut pas bouger, il a une jambe cassée.

— Et il vous a donné ce numéro?

— Écoutez, je n'étais pas obligé de vous prévenir. C'est un service que je vous rends.

— Yorgo? Ça n'a rien d'un cadeau.

— Bon, vous allez le chercher?

— Non.

— Vous êtes sérieux.

— Absolument. Appelez les Éclaireuses, elles se feront un plaisir. Je dois y aller maintenant.»

Il ne plaisantait pas. Je raccrochai. J'achetai une carte et des chewing-gums avant de repartir en taxi chercher mon pick-up à la Lynwood Inn. Là-bas, je récupérai la clé de secours dans ma cachette secrète, sous une aile, et ouvris la portière. Après avoir expliqué au chauffeur que mon argent était faux, je lui donnai ma collection de CD en paiement de la course. Pour finir, je lui remis la carte sur laquelle j'avais indiqué de manière assez détaillée l'endroit où se trouvait Yorgo et son état, et lui demandai de la donner à la police de Lonsdale. Il était censé ne pas avoir la moindre idée de la personne qui l'avait oubliée dans sa voiture. Il était sympa. Il accepta.

Et je suis rentré à la maison, où je suis maintenant, fatigué, affamé, et en pleine descente de sous Dieu sait quoi, et avec un gros besoin de réconfort.

Le problème avec les trous de mémoire c'est qu'on ne se souvient plus de rien. Les souvenirs ne reviennent pas. On n'a pas la moindre idée, comme si on se trouvait sous anesthésie générale. Par exemple, qui était le gars qui a répondu au téléphone quand j'ai appelé pour Yorgo ? J'essayai l'annuaire inversé, mais il était sur liste rouge. Seigneur, et Yorgo, là-bas sur ses cailloux, qui allait sans doute être sauvé d'ici une heure ou deux, et devenir soit mon ami, soit mon ennemi pour la vie.

Mon appartement ressemblait plutôt à une souricière qu'à un foyer. Dans la salle de bains, je m'attendais à voir le frère jumeau de Yorgo sauter de derrière le rideau de douche avec un Luger équipé d'un silencieux, ou une bouteille de vodka pour célébrer les bonnes choses de la vie. Je m'installai sur le balcon et quelques bouteilles de bière s'entrechoquèrent, et le tintement me fit bondir hors de mon fauteuil.

J'ai atterri sur le divan d'un copain pour la nuit.

Je suis dans un Denny's de North Van, box n° 7, entre un petit déjeuner figé et un couple qui se dispute pour une histoire de garde d'enfant. Je n'ai plus de factures roses, alors ce bloc-notes à trois anneaux acheté chez le Staples du trottoir d'en face fera l'affaire.

J'ai dormi peut-être deux heures chez mon ami Nigel – un bon électricien et plâtrier. Il est parti tôt ce matin pour aller poser la charpente sur un chantier de West Van, et j'avais l'endroit pour moi seul. C'est une variation sur le thème de mon appartement : bordel de célibataire, vaisselle moisie dans l'évier, skis posés contre le mur près de la porte, cahiers loisirs de journaux, ouverts à la page des programmes télé, étalés sur le tapis qui sentait le chien bien qu'aucun animal ne fréquente la maison.

Dans le box n° 7 du Denny's, j'ai tout mon temps car le coup de feu du petit déjeuner est terminé et qu'il reste une bonne heure avant l'affluence de midi. Le couple a conclu sa querelle sur un ultime glapissement et chacun est parti de son côté. J'ai demandé à la serveuse un supplément d'eau pour chasser les toxines, rincer tous les résidus d'alcool et de pilules qui font grandir ou rapetisser.

Je me suis déjà fait à l'idée que mon pick-up explose la prochaine fois que je tourne la clé de contact, ou qu'on me retrouve sur le trottoir devant le Chevron avec un trou de la taille d'un petit pois comme un troisième œil. Ce serait vraiment génial que ça se passe aussi vite.

Mais il y a cette autre partie de moi, celle qui s'est débarrassée du bloc de haine, qui a pris la décision de ne pas tuer Yorgo – celle qui veut voir ce qui se passera plus tard dans ma vie. Je dois lui faire savoir que j'existais. J'étais réel. J'avais un nom. Je sais que ma présence ici a un but ; il doit y avoir une raison.

Tous ceux qui me croisent finissent par dire : « Jason, tu as sauvé tant de vies en 1988. » Ouais, c'est vrai, mais ça a détruit ma famille, et les gens qui pensent que j'étais impliqué dans le massacre restent encore les plus nombreux. L'année dernière, j'étais à la bibliothèque pour me documenter sur le phénomène des trous de mémoire et quelqu'un a sifflé à mon passage – suis-je censé ne pas remarquer ce genre de manifestations ? Cheryl a gagné sa place dans le martyrologe, Jeremy Kyriakis s'est frayé un chemin jusqu'à la liste du Père Noël qui recense les braves petits garçons et filles qui se sont rachetés. Et moi, alors ? La rédemption n'existe que pour les autres. Je crois, et pourtant ma foi est faible. J'ai tenté de me bâtir un univers privé, libre de toute forme d'hypocrisie, mais je n'ai réussi qu'à construire une petite bulle amère, aussi étriquée et cadenassée que celle de mon père.

Je sens les rayons du petit soleil noir se concentrer sur moi – chaleur et brûlure, comme sous l'éclat d'une loupe carbonisant une fourmi… À trois, Jason Klaasen, vous devrez dévoiler aux autres ce que vous êtes réellement… Que voulez que sache votre clone à votre sujet?

Cher Clone,

Ma chanson préférée était *Suzanne* de Leonard Cohen. J'étais un chauffeur courtois, et je m'occupais bien de Joyce. J'aimais ma maman. Ma couleur préférée était celle des bleuets, le bleu barbeau. Si je voyais un vase ou un objet de cette nuance en passant devant une vitrine, j'étais capable de m'arrêter plusieurs minutes simplement pour m'emplir le regard de la vibration de ce bleu. Quoi d'autre? Quoi d'autre? Je riais souvent. Pas une seule fois, je n'ai conduit ivre, même légèrement. J'en suis fier. Je ne sais pas ce qui a pu se passer pendant mes trous noirs, mais je ne l'ai jamais fait en étant conscient.

Mais, bon, je suis sur terre depuis une trentaine d'années, et je ne crois pas qu'une seule personne ait réellement su qui j'étais – c'est d'ailleurs une de mes hontes secrètes. Cheryl n'a jamais connu l'adulte que je suis devenu, mais elle imaginait au moins qu'à l'intérieur de mon corps, une âme existait et méritait d'être découverte.

Voilà, mes neveux, l'heure du déjeuner approche et cette petite autobiographie est quasiment achevée, sauf… sauf qu'il reste cette autre chose pas si petite à dire, mais je dois réfléchir à la manière de vous la présenter. Je vais chercher Joyce et nous irons à la plage, là-bas, la température de mon cerveau bouillonnant baissera peut-être suffisamment pour que je puisse enfin sortir ce dont j'évite de parler depuis le début.

Je suis à la plage, sur le même rondin que la fois précédente, et je ferais sans doute mieux d'entrer directement dans le vif du sujet.

Il y a juste un an, quand votre mère m'a téléphoné pour me prévenir de la mort de Kent, je suis parti la rejoindre chez elle à Horseshoe Bay. Pour aller là-bas, j'ai dû passer par la scène de l'accident ; la circulation était réduite à une seule file sur l'autoroute, des débris de verre, des bandes de chrome, des fragments de plastique provenant des ailes jonchaient la chaussée au milieu des mares d'huile. Une dépanneuse hissait les restes de la Taurus de Kent sur le plateau d'un camion. La voiture était aussi froissée que ces emballages qu'on retrouve sur les aires de pique-nique, et les sièges de vinyle beige étaient hérissés d'éclats de verre. L'après-midi était chaude.

Je m'étais arrêté pour échanger quelques mots avec un flic de ma connaissance, et il m'avait fourni des détails techniques sur l'accident – rapide et sans douleur. Cette information me réconforte encore. J'imagine que si je n'avais pas vu l'épave, la mort de Kent aurait été bien plus difficile à digérer. Mais devant ce gros tas de ferraille mâchée, il avait bien fallu faire face à la vérité, et le choc s'était dissipé plus rapidement.

Je ressentais aussi la pressante nécessité de rejoindre

Barb – votre maman – le plus vite possible. La batterie de mon téléphone mobile était morte, et je n'avais aucun moyen d'appeler ma propre mère ou qui que ce soit d'autre. En plus, les files de voitures qui attendaient le ferry pour l'île de Vancouver ou des destinations plus au nord s'allongeaient jusqu'à provoquer des embouteillages, sans compter que je pris la mauvaise sortie, soit un détour de plusieurs kilomètres particulièrement frustrant, les tempes battant comme des timbales.

En arrivant chez vous, je trouvai votre mère sur le pas de la porte en conversation avec les flics. Elle avait les yeux rouges et humides ; visiblement les agents hésitaient à la laisser seule dans cet état. Mon arrivée les soulagea, et ils s'en allèrent rapidement.

Je serrai Barb dans mes bras, puis lui demandai qui elle avait prévenu.

Elle me regarda avec une expression insolite, où n'entrait pas vraiment de la culpabilité, mais plutôt quelque chose qui relevait du complot. « Personne. Et toi ?

— Personne, non plus. Je n'avais plus de batterie.

— Merci, mon Dieu !

— Mais qu'est-ce que tu racontes, Barb ? Tu n'as averti personne ?

— Seulement toi. »

Je n'y comprenais rien. Mais je rentrai pour prendre le téléphone. « Je vais appeler maman. »

Barb me sauta dessus pour m'arracher le combiné sans fil des mains, et le lança au loin. Son comportement était étrange, mais les gens réagissent au chagrin de trente-six manières. « On ne prévient personne pour l'instant. Pas encore.

— Mais Barb, il le faut bien. On doit le dire à ma mère, à la tienne. Écoute, c'est complètement dingue. On ne peut pas ne pas prévenir les gens. Réfléchis, voyons.

— Jason, j'ai d'abord besoin de ton aide.

— Bien sûr ? Que puis-je faire ?

— Jason, je dois avoir un bébé, et il faut que je tombe enceinte maintenant.

— Tu dois quoi ?

— Tu m'as parfaitement entendue.

— Avoir un bébé.

— Ne fais pas l'imbécile. C'est exactement ça.

— Barb, essaie de réfléchir, veux-tu ?

— Assieds-toi, dit-elle en me montrant le salon. Installe-toi sur le divan. »

Elle attrapa une bouteille de Glenfiddich dans le buffet – mon cadeau de Noël à Kent. Elle en servit deux verres et m'en tendit un. « Tiens. »

Nous bûmes. « J'ai besoin d'avoir un enfant, Jason, et je dois commencer maintenant.

— Est-ce que tu me demandes ce que je crois que tu me demandes ?

— Ne sois pas nul. Évidemment, je te le demande. Kent et moi essayons depuis des années, mais il était presque stérile. En ce moment, mon cycle est en période de fertilité, et il me reste une fenêtre d'un jour pour concevoir.

— Barb, je ne crois pas...

— Tais-toi. Ne dis pas un mot, d'accord ? Kent et toi êtes très proches génétiquement. Un enfant de toi pourrait très bien avoir été conçu par lui. Dans neuf mois, je veux un bébé. Et pour qu'il ressemble à Kent, c'est la seule manière de faire.

— Écoute, Barb, je sais à quel point tu peux être bouleversée…

— Bon sang, tais-toi, Jason. C'est mon unique chance. Ce n'est pas comme si je pouvais recommencer dans vingt-huit jours. Il n'est pas question que je mette au monde un enfant dix mois après la mort de Kent. Fais donc un peu de calcul mental. Mon mari était tout ce qui comptait pour moi, et si je loupe ça, je n'aurai plus aucun lien avec lui, aussi longtemps que je vivrai. Je ne veux pas passer le reste de mon existence à regretter de ne pas avoir exploité cette seule occasion d'arranger les choses, même si cela signifie que je doive m'humilier devant toi maintenant. Comme je le fais en ce moment. »

Ce que disait Barb n'était pas dénué d'une certaine logique. Sa demande n'avait rien de vulgaire ou scabreux. Même si c'était consternant, cela ressemblait plus à l'unique manière d'honorer la mémoire de mon frère. Barb l'avait lu dans mon regard. « Tu es d'accord. Je le sais. Tu le feras. »

C'est alors qu'arriva le moment où je m'étonnai moi-même. « C'est entendu. Mais à la condition que nous soyons mariés, dis-je, sans réellement comprendre ce qui m'avait poussé.

— Quoi ?

— Tu m'as bien entendu. Il faut que nous soyons mariés.

— Tu plaisantes.

— Certainement pas. »

Barb me fixait comme si je menaçais de l'agresser pour lui voler son sac. Son expression se détendit enfin. Elle ferma les yeux avec l'air de compter jusqu'à dix, puis les rouvrit et me regarda. « Nous ne pouvons pas faire ça maintenant. L'hôtel de ville est fermé.

— Allons à Las Vegas. On se mariera dans une des chapelles du Strip. »

Elle me fixa avec plus d'attention. « Tu emmènes aussi à Las Vegas toutes les serveuses de ce côté du port ? »

Je m'obstinai. « Ce sont mes conditions. À prendre ou à laisser. Le mariage avant tout.

— Tu es détraqué.

— Je ne suis pas cinglé. Je sais simplement ce que je veux.

— Mais je suis déjà mariée, Jason.

— Absolument pas. Tu es veuve. »

Elle m'examina en silence pendant près de trente secondes. « D'accord, ça marche. On file à l'aéroport.

— Est-ce que tu…

— Ferme-la, Jason. Nous partons à l'aéroport tout de suite. Nous prendrons un vol direct ou nous ferons escale à Los Angeles, voilà tout. »

Cinq minutes plus tard, nous étions sur l'autoroute, et nous avions dépassé les hommes qui achevaient d'enlever les derniers débris de l'accident de l'autre côté du séparateur. En pleurs, Barb m'avait demandé de ne pas ralentir. Sur le coup, j'avais trouvé que sa réaction était dénuée de chaleur, mais elle dit : « Écoute, Jason, je devrai passer par cet endroit au moins quatre fois par jour pendant le reste de mon existence. J'aurai largement le temps de regarder.

— Nous n'avons pas de bagages, fis-je remarquer.

— Pas besoin. Nous allons nous marier à Las Vegas sur un coup de tête. Ha, ha, ha !

— Tu crois qu'ils avaleront ça à l'immigration ? »

Et là, Barb se mit à m'engueuler, mais je compris sa réaction. «Bon Dieu, Jason, tu me fais traverser la moitié d'un continent pour t'épouser environ deux heures après la mort de ton frère, et tu me demandes si j'aurais dû ou non emmener un sac de voyage? Et si le type des douanes va croire que nous allons nous marier?

— C'est pourtant bien ce que nous allons faire.»

Elle hurla par la fenêtre, puis alluma une cigarette qui succédait à de nombreuses autres. «C'est en rapport avec Cheryl, n'est-ce pas? C'est bien ça? Réponds-moi.

— Laisse-la en dehors de cette histoire.

— Pas question. On peut quand même parler de la petite Miss Jeanne d'Arc, non?» répliqua-t-elle en jetant sa cigarette par la fenêtre. «Excuse-moi.

— Tu as raison, il y a un rapport avec Cheryl.

— Explique-moi.»

Je ne répondis pas.

«Explique-moi.»

Je gardai le silence.

Barb est une femme intelligente. «Du coup, je me demande qui de nous deux rend service à l'autre.

— Tu as probablement raison.

— Tu es aussi cinglé que ton père. Tu ne le sais peut-être pas, mais c'est le cas.

— Et alors?

— Plus les gens tentent de s'opposer à leurs parents, plus ils leur ressemblent. C'est un fait avéré. Maintenant, occupe-toi de conduire.

— Qu'est-ce qu'on va raconter au retour?

— On va dire que j'ai perdu la tête. Je ne sais pas, que j'ai pété les plombs, que j'ai pris ma voiture, et que je suis partie vers la ferme. Tu m'as aperçue, tu m'as suivie, et je me suis délibérément perdue. Tu as donc dû me rechercher dans toute cette étendue sauvage. Voilà ce que nous allons raconter.

— Mais ta voiture est au garage.

— Je trouverai quelque chose. Emmène-nous à l'aéroport. »

Le trajet fut bien différent de la course en taxi de 1988. À l'époque, le franchissement des ponts que nous avions rencontrés le long du trajet nous avait paru un moment aussi excitant qu'un tour sur les montagnes russes. Mais pendant cette traversée avec Barb, ils étaient simplement des endroits où personne ne souhaitait se retrouver coincé pendant un tremblement de terre.

Et bien sûr, l'autre différence c'était que Kent était mort. J'avais essayé de parler de lui, mais Barb n'avait rien voulu entendre. « En ce qui me concerne, pour les douze prochaines heures, tu es Kent. Contente-toi de conduire. »

Après avoir laissé le pick-up dans le parc longue durée, nous rejoignîmes le terminal. À la douane, ce fut du gâteau. Barb braillait en montrant à la ronde la bague de fiançailles que lui avait offerte Kent, et ils nous laissèrent passer avec des sourires entendus et des haussements d'épaules à la parisienne. L'agent de l'enregistrement avait passé le mot à l'équipage, et la nouvelle s'était répandue dans tout l'avion. Nous fûmes installés en classe Affaires pendant que tout le monde sifflait et applaudissait ; Barb pleurait de plus belle. Les verres commencèrent à défiler, et elle ne cessa pas de boire.

À l'atterrissage, elle n'était plus qu'un gigantesque vacillement ; l'escorter d'une porte à l'autre à LAX fut un exercice aussi délicat que pousser un chariot de supermarché rempli de ballons par un jour de grand vent. Pendant le second vol, elle pleura la plupart du temps. L'avion arriva à minuit.

Depuis mon dernier voyage, dix ans plus tôt, Las Vegas avait été reconstruite de fond en comble. Des poches de sordide authentique perçaient encore çà et là, mais l'aura de la ville avait changé, était devenue plus professionnelle. En voyant tous les nouveaux casinos, j'imaginais bien les gens dans le péché jusqu'au cou, mais j'avais aussi des visions de réunions de direction, de postes de travail et de photocopieuses tapies dans les entrailles de ces bâtiments trop neufs.

Je demandai au chauffeur de nous emmener vers le chapelet de chapelles qui s'étire entre Fremont Street et le Caesars Palace, un endroit du Strip que le progrès avait épargné. Celle où j'avais épousé Cheryl existait encore. Pendant que Barb descendait du taxi, je réglai la course. Nous entrâmes sans rien dire, et je fus déçu de voir que le vieux bonhomme qui s'était chargé de la première cérémonie n'était plus là.

Un couple de l'Oklahoma nous précédait. Nous fûmes leurs témoins et ils nous rendirent le même service pour une cérémonie de mariage séculière qui exprimait pleinement le sens de l'expression "vite fait". En moins d'un quart d'heure, nous étions mariés, et un taxi nous déposa au Caesars Palace, qui avait lui aussi subi une rénovation depuis dix ans.

Nous nous inscrivîmes comme mari et femme, et nous traversions le hall en direction des ascenseurs quand quelqu'un nous appela par nos noms. Je ressentis la même sensation nauséeuse que lorsque j'avais été surpris à piller le carré de framboises du voisin.

Nous nous retournâmes pour découvrir Rick, un type avec qui j'avais été au lycée. Il avait vieilli plus vite que la plupart et était bien plus gros que dans mes souvenirs. Son crâne luisait.

« Rick. Salut.

— Salut, Barb. Salut, Jason. Pendant un instant j'ai cru que tu étais Kent. Vous êtes tous venus faire un tour par ici ? Ça coûte trois fois rien en basse saison, incroyable, non ? »

Je ne savais que répondre, mais Barb prit les choses en main. « J'aime bien le black-jack, mais les mecs préfèrent le craps.

— Moi aussi, je préfère le black-jack. Le craps, c'est pour les vrais flambeurs. J'aime bien étendre mes pertes sur quelques jours, histoire de profiter du séjour. Et vous êtes arrivés quand ?

— Aujourd'hui.

— Vous êtes descendus au Caesars ? »

Je confirmai.

« J'ai pris un motel en dehors du Strip. Vingt-neuf dollars la nuit, avec café et croissants à volonté le matin. Tu parles d'une affaire. Ça vous dit de venir jouer avec moi ? »

Je m'apprêtai à montrer les ascenseurs, mais Barb me prit de vitesse. « Ça marche. »

Mes yeux jaillirent hors de mes orbites. « Jason, va donc retrouver les autres là-haut. Je vous rejoins d'ici quelques minutes. J'ai l'impression que ma chance tourne.

— Ah, voilà une femme qui a l'esprit de Vegas. Viens, Barb. Je vais te montrer une table qui porte chance.

— Monte, Jason. Je ne serai pas longue. »

La situation devenait de plus en plus tordue, mais la perspective du calme qui m'attendait dans la chambre ne manquait pas de séduction, et je montai. Je restai sous la douche pendant vingt minutes, essayant de remettre de l'ordre dans tous les événements de la journée et de trouver une manière d'expliquer aux gens pourquoi Rick Kozarek nous avait rencontrés au Caesars Palace la nuit de la mort de Kent.

Je sortis de la salle de bains en frissonnant dans l'air ultra-conditionné et je me mis au lit. Tout en attendant Barb, je me demandais comment maman allait prendre la disparition de Kent. Et si elle se laissait tout simplement aller?

Une heure s'écoula. Je mis une chaîne d'infos sur le câble en fond sonore et je somnolai. Quand Barb entra et me réveilla, son visage était dépourvu d'expression.

«C'est pas trop tôt. Il est deux heures et demie, Barb.

— Je vais prendre une douche.

— Tu es allée jouer au black-jack? Tu as perdu la tête?»

Elle ne dit rien, mais passa rapidement dans la salle de bains et me rejoignit au lit. À la vérité, à cause de la tension, du chagrin, du stress, et de ce que vous voulez, cette nuit fut une répétition de mon mariage avec Cheryl. Vers 6 heures, Barb appela la réception et commanda des billets pour le vol direct vers Vancouver de 8 h 10. Nous avons échangé peu de mots sur le chemin du retour.

Nous étions dans le pick-up, non loin de chez elle, quand je lui demandai : «Au fait, Barb, tu ne m'as pas expliqué ce qui t'a décidée à aller jouer au black-jack avec Rick Kozarek. C'était vraiment bizarre.

— Qui te parle de black-jack? Je n'ai pas joué. Je l'ai tué.»

Je faillis flanquer le pick-up dans le fossé en freinant brutalement. «Tu as fait quoi?

— Il n'y avait pas d'autre solution. Il nous avait vus ensemble, il aurait bavardé. Je l'ai suivi jusqu'à sa chambre de motel et je lui ai fracassé l'arrière du crâne avec une bouteille de vodka bon marché. Affaire réglée.

— Tu l'as assassiné?

— Ne joue pas les donneurs de leçons, rebelle. Tu voulais te marier à Las Vegas, et on l'a fait. Mais quand on va se marier là-bas, un des risques est de tomber sur tous les Rick Kozarek du monde. Maintenant, vas-tu passer ce dernier pâté de maisons et me déposer chez moi ou dois-je rentrer à pied?»

Je ne savais que dire, obnubilé par une seule pensée: *Oh, mon Dieu, c'est cela qu'éprouvait mon père en 1988.*

Barb descendit du pick-up et partit à pied vers sa maison. Le talon de sa chaussure gauche menaçait de se détacher, et du duvet de pissenlit s'était accroché à son collant. Je sortis de la cabine et la rejoignis. «Et s'ils te retrouvent, Barb?»

Elle s'arrêta. «Me retrouver? Oh, Jason, reviens sur terre. Un des avantages d'un motel à vingt-neuf dollars la nuit est l'absence de surveillance ou de système de sécurité, ce qui est parfois bien commode. Par ailleurs, s'ils me retrouvent, je me ferai prendre, mais ça n'arrivera pas.»

En tournant au coin de la rue, nous découvrîmes les voitures des amis de Kent, et celle de ma mère. Nous avions l'air de deux loques humaines – ce que nous étions effectivement –, et ma détresse n'aurait pas pu être plus manifeste.

Comme elle l'avait prédit, tout le monde crut à l'histoire de Barb – d'ailleurs, d'une certaine manière, elle avait réellement perdu la tête. L'enterrement était prévu quatre jours plus tard, et toute l'histoire s'arrêta là.

Un mois plus tard, ma mère m'appela pour m'annoncer que Barb attendait des jumeaux. Environ un autre mois s'était écoulé quand je rencontrai Stacy Kozarek, la sœur de Rick, au marché de Lonsdale, où elle achetait des palourdes. Elle m'apprit qu'il avait été retrouvé assassiné dans sa chambre de motel, et que la police de Las Vegas pensait à un crime de gang.

Et vous êtes arrivés.

Je regarde Ambleside Beach, l'océan et les cargos, par la vitre du pick-up. Dans mon champ de vision, il y a aussi des mères qui s'occupent de leurs enfants couverts de sable, de sucre et de bave, le ciel bleu, les colverts et les bernaches du Canada. Joyce me sourit. Les chiens sourient, évidemment, et elle a toutes les raisons d'être contente. Le monde est beau et elle en fait partie – et pourtant…

… et pourtant ce n'est pas le cas des humains.

Regardez-nous. Nous sommes tous nés perdus, n'est-ce pas ? Nous sommes tous nés séparés de Dieu – la vie n'a de cesse de nous le rappeler – et pourtant nous sommes réels : nous avons des noms, des existences. Nous signifions quelque chose. Il le faut. Mon cœur est glacé. Je me sens si seul. Je me suis débarrassé de mon bloc de haine, mais que se passera-t-il si rien n'émerge pour venir remplir ce trou béant ? L'univers est tellement grand, et le monde magnifique, mais par cette belle matinée ensoleillée du mois d'août, une encre noire et glaciale coule dans mes veines, et j'ai l'impression d'être la chose la moins sacrée sur terre.

Maintenant, cette lettre sera déposée dans le coffre. Bon anniversaire, mes fils. Vous êtes des hommes maintenant, et c'est ainsi que va le monde.

Troisième partie

2002 : Heather

Samedi après-midi 16 heures

J'ai rencontré Jason à Toys R Us, dans une file d'attente. Il était devant moi, s'apprêtant à acheter une pile de jouets, l'air vaguement triste, légèrement abîmé, et un peu coquin. J'avais pris quelques babioles en plastique pour la fille de ma sœur, qui ne faisait jamais très attention à mes cadeaux, et je n'avais qu'une envie : quitter le magasin. Mais en voyant ce type triste – pas d'alliance, pas de tatouages, une allure plutôt hétéro –, je me rendis compte que je n'étais pas si pressée de partir.

La caissière changeait le rouleau de sa machine – pourquoi ça arrive toujours dans ma file ? Sur le comptoir, une girafe en plastique avait été abandonnée par un client précédent. Un petit génie avait affublé l'animal d'un minuscule blouson en cuir d'agneau fourré, qui sortait sans doute de la garde-robe d'un des petits amis gays de Barbie.

« Je crois que notre ami girafe a quelques problèmes d'identité sexuelle, dis-je.

— Le bomber en mouton retourné, hein ? Ça ne trompe jamais, répliqua Jason.

— Eh oui, viril, mais plus un accessoire qu'un vête-ment.

— Je vous parie n'importe quoi que notre girafe ne cesse d'acheter des pulls shetland à ses congénères plus jeunes, sans vraiment comprendre ce qui l'y pousse.

— Mais cette pulsion d'achat l'interloque plus qu'elle ne l'inquiète. »

Jason tendit ses emplettes à l'employée. « Il est vice-président chargé des opérations de Nestlé en dehors de la Suisse, mais il est complètement nul, et les moments où les administrateurs prennent toutes ces horribles décisions concernant les pays du tiers-monde lui échappent régulièrement. En fait, il passe son temps à déambuler dans la salle du conseil, et on cède à tous ses caprices…

— Il s'appelle Gérard.

— Oui, confirma Jason. Gérard L. Girafe.

— L. pour quoi ?

— Pour "Le". »

Pendant que nos achats bipaient en passant par la caisse, nous avions continué à bavarder. Je n'ai jamais su qui draguait qui, mais le fait est que nous avions fini par nous retrouver dans un Denny's voisin pour continuer à développer l'univers de Gérard. D'après Jason, il était véritablement obsédé par le fait de manifester sa virilité. « Il porte son blouson aussi souvent que possible, il a développé un véri-table culte pour George Peppard[1], dont il achète les vieilles photos noir et blanc et les revues de presse sur eBay.

---

1. Acteur américain viril, à blouson, cigare, œil clair et grand sou-rire. (N.d.T.)

— Vers 1975, il a décoré son appartement dans des tons tabac, soulignés d'ocres sombres et n'a jamais changé depuis.

— Ouais. Des couleurs viriles. Des meubles imposants en châtaignier.

— Il a choisi Hai Karaté comme after-shave.

— Exactement. Il utilise encore des mots comme "after-shave".

— Il invite ses amis à dîner, mais le menu provient d'une autre période historique. Cherries Jubilee[1].

— Omelette norvégienne, renchérit Jason.

— T-bone steaks.

— Fondue.

— Comment s'appellent ses amis ? demandai-je.

— Chester. Roy. Et Alphonse. Alphonse est exotique, on le soupçonne d'avoir appartenu autrefois à un corps de ballet. Et Francesca, la belle mais pauvre cinquième fille d'un roi déchu des aspirateurs dans la Rust Belt[2].

— Quelqu'un porte des cravates, peut-être Francesca. »

Je croyais que Jason était l'homme le plus bavard de ma connaissance, mais je découvris plus tard qu'il m'en avait plus dit au cours de ces deux heures qu'à tous les gens qui appartenaient à sa vie pendant les dix dernières années. Il était manifestement un orateur-né,

---

1. Dessert créé en 1887 par le chef français Escoffier, en l'honneur du Jubilé d'or de la reine Victoria. (N.d.T.)
2. Région du Midwest comprenant l'Illinois, l'Indiana, le Michigan, l'Ohio, la Pennsylvanie. Le terme de Rust Belt a été créé dans les années soixante-dix pour designer cette région autrefois prospère, victime du déclin industriel et en proie à un chômage endémique. Rust signifie rouille. (N.d.T.)

mais avait besoin d'une poupée de ventriloque pour s'exprimer. D'une certaine manière, ce jouet stupide avait déclenché sa machine, et nous venions juste d'inventer la première d'une série de ce que nous appelions des entités de la fusion – des personnages qui ne pouvaient exister que lorsque nous étions réunis.

« Quel genre de voiture conduit Gérard ?

— Sa voiture ? Simple. Un coupé Ford LTD avec un toit de vinyle bordeaux, un intérieur de cuir blanc et des déflecteurs.

— Parfait. »

Pour résumer, je crois que pour qu'une relation survive en ce monde, chacun des deux individus doit pouvoir terminer les phrases de l'autre. Laissez tomber le drame, le sexe torride et le choc des contraires. Donnez-moi des plaisanteries chaque jour de la semaine. Et nos personnages étaient les meilleures plaisanteries que l'on puisse partager.

Ce jour-là, quand Jason partit chercher ses neveux, il prit mon numéro, m'appela plus tard, et c'est ainsi que tout commença.

Je viens d'avoir Barb au téléphone. Elle est arrivée à Redwood City, au sud de San Francisco, où elle travaille avec Chris – le frère de Cheryl. La fameuse Cheryl. Je ne prends pas cette histoire à la légère, mais ça s'est passé il y a si longtemps. Nous continuons d'avancer, ou du moins, Jason essaie sincèrement.

Barb va s'installer plus bas sur la côte, et elle m'a demandé de m'occuper des jumeaux pendant quelques jours. Chris lui a demandé sa main la semaine dernière, et elle a accepté ; le monde évolue d'une manière mystérieuse – le frère de Cheryl Anway et la belle-sœur de Jason Klaasen.

Chris travaille pour des gouvernements et de grandes entreprises à développer des logiciels d'analyse faciale. Il peut prendre un visage, faire un relevé des distances entre les narines, la pointe des lèvres, les rétines et, à l'aide de quelques mesures supplémentaires, en établir une carte biométrique unique et immuable. Même avec la chirurgie esthétique, on ne peut réellement contrefaire un visage. Tout ça me semble un peu sinistre, il est si facile d'abuser de cette technique, et j'en ai parlé à Chris un soir qu'il dînait à la maison.

« Et si tu prenais le visage d'un acteur célèbre et que tu entres son analyse faciale dans ta base de données – on trouverait son… double ?

— Le terme consacré est "analogue".

— Tu peux expliquer ?

— Ton analogue n'est pas ton jumeau ou ton clone. Lui ou elle est la personne qui, au millimètre près, a le même visage que toi.

— Tu plaisantes.

— Pas du tout. Mais le truc bizarre c'est que l'analogue peut très bien être d'un sexe différent, sans compter la couleur des cheveux ou de la peau. Mais si on met quelqu'un dans une pièce avec son analogue, les gens vont se croire en présence de jumeaux. S'il s'agit d'un garçon et d'une fille, on prendra tout simplement la fille pour un travesti.

— Ça existe ?

— Le gouvernement a déjà les analyses faciales de tous les détenus et des personnes qui ont transité par le système judiciaire. »

Barb était particulièrement intriguée par cette idée. Il y a quelques années, pendant une soirée en mémoire de Kent, le père de Jason avait fait des commentaires plus que douteux à propos des jumeaux et, depuis, elle était partie en croisade pour en apprendre le plus possible sur la gémellité. Elle commença à parler d'utiliser la technique pour aider les jumeaux séparés dans leur petite enfance à se retrouver, dans les cas où la loi les empêche de consulter leurs dossiers. Le sujet la passionnait. Rien n'est plus sexy que l'enthousiasme, d'ailleurs Chris réagit au quart de tour. D'abord, il lui trouva du boulot dans la filiale de Vancouver de sa société, et maintenant, ils étaient fiancés.

Il y a une leçon à tirer de cette histoire.

Je tape ceci dans le bureau que Barb a installé chez elle près de la cuisine. En levant le nez, j'observe tous les petits détails qui font de sa maison un vrai foyer : des fleurs, un tableau de notes en liège régulièrement mis à jour ; des corbeilles ENTRÉE/SORTIE manifestement bien gérées, des photos de famille encadrées (comment trouve-t-elle l'énergie d'encadrer des choses, comment qui que ce soit peut trouver l'énergie d'encadrer quoi que ce soit ?), des tapis propres – la liste est longue. J'aime profondément Jason, mais aucun de nous n'a été vraiment bien doté sur le front des tâches ménagères. Nous ne sommes pas au point d'accrocher l'Union Jack ou le drapeau confédéré derrière les fenêtres en guise de rideaux, et Molly Maid nous envoie quelqu'un une fois par mois pour désinfecter avec des aspirateurs industriels et des détergents mis au point pendant la guerre du Vietnam. À la fin, c'est toujours un peu difficile de soutenir le regard dégoûté des Russes et des Honduriennes qui font le ménage. C'est si mal que ça d'être flemmard ?

J'ai conscience d'utiliser à la fois le présent et le passé pour parler de Jason et moi. Est-il mort ou vivant ? Je n'ai pas d'autre choix que d'espérer qu'il respire quelque part. Voilà quelques mois qu'il est parti. Depuis, pas un signe. Il est descendu acheter des cigarettes chez Mac Milk et n'est jamais rentré. Il s'en est allé à pied – sans voiture – et, comment dire, le truc avec les personnes disparues, c'est qu'elles ont disparu. Sans laisser le moindre indice. Mais "disparaître" est le terme qui convient ici.

C'est...

Le téléphone. Je dois répondre.

C'était Reg, qui appelait de son appartement près de Lonsdale. Il voulait simplement bavarder. Le départ de Jason l'a laissé aussi abasourdi que moi. Je dois dire qu'il est réellement difficile d'imaginer Reg sous les traits de l'ogre que son fils m'a toujours décrit.

Bon, un peu d'honnêteté, Heather. Tu sais parfaitement pour quelle raison il a changé : perdre Jason a été le déclencheur. Juste après cette histoire, il s'est aussi fait plaquer en beauté par Ruth, une femme qu'il fréquentait depuis des années. Non seulement elle l'avait jeté, mais en plus elle lui avait balancé ses quatre vérités. Le fond de son discours d'adieu (prononcé dans un grill Keg, ce qui assurait la neutralité du terrain) était que Reg était l'opposé de tout ce qu'il pensait être : cruel au lieu de bon, aveugle et non sage, la peau aussi fragile que du givre plutôt qu'aussi résistante que celle d'un crocodile. Les rares fois où nous nous étions rencontrées, je n'avais pas beaucoup apprécié Ruth qui portait le mot "jugement" inscrit en gros caractères sur le visage. Dans la vraie vie, ce sont toujours les gens les plus prompts à la critique qui se font attraper la main dans la recette de la tombola des enfants de chœur.

Je pense être l'unique amie vivante ou contact social de Reg, ce qui est étrange sachant que je ne suis pas du tout branchée église. Ce n'est pas à son boulot qu'il trouvera des amis ; le jour où Ruth l'a plaqué, en fouillant dans le tiroir des cuillères en plastique de la salle de repos de sa boîte, il a trouvé une poupée vaudou à son effigie, couverte d'épingles faites de trombones redressés. La tête avait été brûlée en plusieurs endroits.

« Heather. »

Un seul mot, une intonation suffisaient à dévoiler les meurtrissures de son âme.

« Reg. Comment vas-tu ? »

Pause. « Ça va. Mais tout juste.

— Je n'ai pas eu de nouvelles de la police aujourd'hui.

— Je doute que cela arrive un jour.

— Allez, ne sois pas si lugubre. Tiens, Chris a fait le relevé du visage de Jason d'après une vieille photo. Maintenant, il est dans le fichier, c'est déjà ça.

— Combien de personnes y figurent ?

— Je ne sais pas. Peut-être quelques centaines de milliers. Mais c'est un commencement.

— Peuh. Quelques centaines de milliers…

— Ne sois pas si pessimiste. C'est un début. Et le fichier ne peut que continuer à s'étoffer.

— Il est mort.

— Non, il ne l'est pas, Reg.

— Mais si. »

Je perdis patience. « Écoute, soit tu gardes un peu d'espoir, soit tu arrêtes de m'appeler, d'accord ?

— Désolé, répondit-il après un instant de silence.

— C'est dur pour nous tous.

— Heather ?

— Oui.

— Je peux te poser une question ?

— Vas-y, je t'écoute.

— Si tu pouvais être Dieu pour une journée, changerais-tu quelque chose à la marche du monde ?

— Reg, tu sais bien que la religion n'est pas mon fort.

— Ça ne fait rien, réponds.

— As-tu déjeuné ? Il faut manger, tu sais.

— Tu n'as pas répondu à ma question. Si tu étais Dieu, changerais-tu la manière de fonctionner du monde ? »

Le ferais-je ? « Non.

— Pourquoi pas ?

— Reg, le monde est comme il est parce que... Parce que c'est ainsi.

— Ce qui signifie ?

— Écoute, Jason et moi avons déjà discuté de ça. Parfois je pense que Dieu est comme le climat. Tu vois, on peut ne pas apprécier le temps qu'il fait, mais ça n'a aucun rapport avec soi. Il s'avère qu'on se trouve là. Et il faut faire avec. La tristesse et le chagrin font partie de l'être humain, sans doute pour toujours. Qui serais-je pour arranger ça ?

— Élémentaire, et pourtant, il m'arrive de l'oublier. Moi, entre tous. Je prends les choses trop à cœur. »

191

Il se tut quelques instants. «Comment vont les garçons?

— Ils sont en bas, gavés de sucre. Kelly, la voisine, leur a donné des Kit-Kat. J'avais envie de l'étrangler sur place.»

Je sentais bien que Reg attendait quelque chose. «Veux-tu venir manger avec nous? lui proposai-je. Il est déjà 17 heures.»

Il marqua un silence mesuré, essayant d'attribuer au hasard cet appel à l'heure du dîner. Bien sûr, il viendrait ce soir, vers 8 heures, et j'entendis un des jumeaux pleurer en bas…

Samedi après-midi 18 h 30

Parfois, je crois que le seul moyen de traiter avec des turbo-gamins est de leur donner encore plus de sucre et de les enfermer dans une chambre équipée d'un poste de télévision. Comme je n'y connais rien en gosses, c'est mon premier (mon unique) moyen de m'en sortir et ça semble fonctionner à merveille.

Pendant que je mettais la table, j'entendis un oiseau de dessin animé – et son caquetage me ramena soudain au jour de mon premier rendez-vous officiel avec Jason. Je crois que je vais le résumer brièvement ici.

Le lendemain de notre rencontre, nous étions allés voir les oiseaux dans l'animalerie de Park Royal – il envisageait de s'acheter une paire de calopsittes élégantes à huppe soufrée –, mais dans la boutique, je fus rapidement prise d'une crise de démangeaisons, allergie, et je dus aller chercher de la cortisone pour soulager mes coudes. Je suis sténographe à la cour et je suis en contact avec le public pratiquement tous les jours, ma peau doit donc rester présentable et ces derniers temps, mon eczéma était devenu un vrai problème.

Nous attendions devant le comptoir de la pharmacie quand je fondis en larmes. Jason me demanda ce qui n'allait pas et je lui dis la vérité, à savoir que c'était le début le moins romantique possible pour un rendez-vous avec le plus adorable des hommes que j'aie jamais rencontré. Il me répondit que j'étais stupide et me donna mon premier baiser, là dans la file d'attente.

Il ne prit pas d'oiseaux, mais m'offrit trois petites grenouilles de caoutchouc, anatomiquement correctes, de la taille de petits toasts, qui devinrent rapidement Froggles, Walter et Benihana, trois nouveaux personnages de notre univers imaginaire.

Je vais finir par passer pour une névrosée. Des grenouilles, des girafes et… Bon, nous créons tous nos univers personnels, n'est-ce pas ? La plupart des couples de ma connaissance ont un langage secret, un vocabulaire d'initié, ne serait-ce que des surnoms spéciaux pour la salière et la poivrière. Au bout de quelque temps, nos personnages étaient si détaillés qu'ils auraient pu avoir leurs propres parcs à thème au Japon, en Europe et dans la Sunbelt [1] des États-Unis, et des boutiques à leur enseigne dans les centres commerciaux. Après sa vie de silence, je pense que nos inventions incarnaient la libération de Jason.

Et maintenant, je pense qu'il est temps de commencer à préparer le dîner. Louées soient les casseroles à fond de cuivre de Barb et son étagère de divines épices.

---

1. Sunbelt est l'expression qui désigne les États du Sud et de l'Ouest des États-Unis. (N.d.T.)

Samedi soir 22 h 30

Bon, la femme de ménage de Barb sera là à 8 h 30 pour nettoyer le champ de bataille. J'aurais dû réfléchir avant d'asseoir les jumeaux à la même table que Reg, trop âgé et trop ancré dans ses habitudes pour se sentir à son aise auprès de jeunes enfants. Par égard pour moi, il essaya de tenir le choc, mais ce soir, les gamins auraient épuisé un entraîneur d'équipe féminine d'haltérophilie est-allemande de 1971. De véritables monstres. À la fin, je baissai les bras et je les enfermai avec la télé et du Jell-O. En rentrant, Barb va me mettre la tête sur un billot pour leur avoir donné de si mauvaises habitudes.

Le bon côté de l'affaire, c'est qu'une fois le cas des enfants réglé, Reg se détendit, s'enivra un peu et picora ses fettuccine. Jason m'avait toujours dit que son père ne buvait jamais, mais ils étaient restés si longtemps sans se voir. En tout cas, Reg buvait du vin, blanc pas rouge, puis il défia mon sens de la réalité en sortant une cigarette qu'il fuma comme s'il avait fait ça toute sa vie.

« Tu fumes, maintenant ?

— On dirait bien. Je me suis toujours demandé quel effet ça faisait.

— Et alors ?

— Forte addiction, dit-il en gloussant.

— Ça y est, c'est parti. »

Je lui tapai une cigarette et fumai pour la première fois en vingt ans. La nicotine me fit tourner la tête. Je me sentais comme une écolière. Quand on conspire avec quelqu'un comme Reg, la transgression prend tout de suite de l'importance.

Assez rapidement, la conversation se concentra sur le chagrin qu'éprouvait Reg après la perte de ses deux fils – Kent la divinité mineure, sa mort horrible et

194

absurde, et puis Jason. Mais au bout de trois mois, le terrain avait été intégralement exploré. J'avais l'impression que les phrases que nous échangions ce soir seraient presque les mêmes dans dix ans.

Reg était saisi par la morosité. «Je ne comprends pas ce monde… Les plus misérables prospèrent, alors que les innocents et les croyants ne cessent de souffrir.

— Reg, on peut passer toute la nuit, et pourquoi pas le reste de ta vie, à rechercher la petite formule qui équilibrera l'équation, mais je ne crois pas qu'elle existe. Le monde est tel qu'il est. La seule chose que tu puisses changer, c'est ta manière d'aborder ce qu'il place sur ton chemin.»

Reg fit glisser la dernière goutte de vin le long de son verre et l'avala. «Mais c'est dur.

— C'est sûr.»

Il semblait incroyablement triste. Jason ressemble à son père ; je me suis quasiment demandé s'ils étaient des analogues l'un de l'autre, mais ce soir, il avait une expression que je ne lui avais jamais vue.

«Reg… ?

— Oui, Heather ?

— As-tu jamais douté de… de tes croyances ?»

Il me regarda par-dessus le rebord de son verre. «Si tu m'avais posé cette question, il y a dix ans, je serais devenu violet et je t'aurais flanquée dehors, même si je n'étais pas chez moi. Je t'aurais considérée comme une personne nuisible. Je t'aurais méprisée. Mais maintenant, je ne peux que te répondre *oui*, sans que ça m'écorche la bouche, sans même le sentir. J'ai l'impression d'être lourd, aussi pesant que des barres d'haltères. J'ai simplement envie de m'immerger dans la planète, comme un rocher dans un marécage, et d'en finir avec tout ça.

— Reg, je vais te raconter une histoire, d'accord ?

— Bien sûr. De quoi ça parle ? »

J'avais du mal à croire mes propres paroles, mais maintenant j'étais au pied du mur.

« La semaine dernière, j'ai fait une chose insensée et stupide. Je n'en ai parlé à personne, mais si ça continue, je risque d'exploser. Tu veux bien m'écouter ?

— Tu m'as toujours prêté une oreille attentive. »

Je tripotai une nouille recouverte de parmesan froid pendant quelques secondes avant de me lancer. « La semaine dernière, j'ai téléphoné à Chris en Californie.

— C'est un brave type.

— C'est vrai.

— Et pourquoi l'as-tu appelé ?

— Je voulais… J'avais besoin qu'il me rende un service.

— Qui était ?

— De me donner les noms et les adresses des gens qui se rapprochaient le plus de Jason dans le fichier des cartes faciales.

— Et ?

— Et… il y a un type dans le sud de la Californie, Terry, qui doit avoir environ soixante-quinze ans, et puis Paul, un autre type qui vit dans l'Oregon, à Beaverton, une banlieue de Portland.

— Continue.

— Eh bien, il s'avère que ce Paul a un long casier judiciaire, mais uniquement pour des délits mineurs. Du genre voitures volées. Il a aussi été pincé en tentant de passer des puces mémoire en Californie du Nord.

— Tu es allée le voir, c'est ça ?

Oh, Heather, tu savais que c'était une erreur.

Je descendis en voiture l'I-5 jusqu'à Beaverton, un voyage de huit heures sous un soleil blanc-migraine – lunettes de soleil oubliées sur le comptoir de la cuisine. Dans l'État de Washington, mon corps se mit à me lâcher : une croûte d'eczéma commença à recouvrir mes coudes au nord de Seattle, et le temps que j'atteigne Olympia, mes bras me semblaient encroûtés dans une couche de boue séchée. Je pleurai pendant la majeure partie du trajet – je n'étais pas belle à voir. Les gens qui jetaient un coup d'œil en me dépassant devaient se dire, *Wouah, la vie est dure parfois*, en s'estimant heureux de ne pas être à ma place.

Je m'arrêtai dans un motel aux alentours de Portland, et je passai une heure dans une baignoire au fond rêche, à écouter des jeunes qui faisaient la fête dans une chambre adjacente. J'essayais de rincer la fatigue du voyage et de rassembler le courage d'aller frapper à la porte ce fameux Paul. Je l'imaginais dans un mobile home qui n'avait plus que trois roues, avec un pit-bull borgne, une petite amie armée d'une batte de base-ball et dont les incisives dissimulaient des doses de fiel – je n'étais pas bien loin de la vérité. *Qu'est-ce que j'avais imaginé ?* À 21 h 45, je traversai une pelouse jaune-mort, pour aller frapper à une porte dont la peinture rouge s'écaillait, chez un parfait inconnu. Quand le battant s'ouvrit, je fus abasourdie, parce que Jason se tenait devant moi – mais ce n'était pas vraiment lui – cheveux trop foncés, peut-être quelques années de plus, et des sourcils plus marqués, mais j'avais l'impression que son essence était là.

« Euh, je peux vous aider ? M'dame ? »

Je reniflai. Je n'avais rien planifié pour ce moment, et la ressemblance avec Jason m'avait ôté tous mes moyens, alors qu'il s'agissait de la raison même de mon expédition.

« D'accord, je vois ce que c'est. Vous êtes le nouveau petit lot d'Alex et il vous a envoyée reprendre son souffleur de feuilles. Eh bien, dites à ce pauvre minable qu'il ne reverra pas sa machine tant que je n'aurai pas récupéré ma glacière et toutes les bières qui étaient dedans. »

La ressemblance n'allait pas jusqu'à la voix ; le timbre de Paul était plus aigu que celui de Jason.

« Je…

— Hein ? Quoi ?

— Je ne connais personne du nom d'Alex.

— Très bien. Alors qui êtes-vous, ma petite dame ? Parce que moi, j'ai *Jurassic Park III* sur pause dans le scope, et si je m'y remets tout de suite, j'ai juste le temps de finir de le regarder avant que Sheila ne rentre de son cours de tae bo.

— Je m'appelle Heather. »

Paul se retourna vers la télé et l'arrêta avec sa télécommande.

« On se connaît tous les deux ? Attendez… Vous êtes la demi-sœur cinglée de Sheila ? J'avais bien besoin de ça. Mais elle m'a dit que vous étiez installée au Texas pour de bon. »

Je ne pouvais pas prononcer un mot parce que je regardais Jason qui se dissimulait pas très loin sous la surface de la structure osseuse de Paul.

« Bon, c'est pour quoi ? J'ai arrêté de dealer depuis des années, alors ce n'est même pas la peine de me demander quoi que ce soit. Et si tu es venue chercher de l'argent, tu t'es trompée d'adresse.

« — Je ne suis pas venue demander quoi que ce soit, Paul. Je vous assure.

— Bon. D'accord.

— Non... »

Je n'avais vraiment pas réfléchi au déroulement de la rencontre, ou plutôt je m'étais dit que l'instant allait être magique et qu'il était inutile de prévoir une stratégie.

« J'attends.

— Mon petit ami a disparu depuis trois mois maintenant, et je ne sais plus quoi faire. Il me manque terriblement, je suis désespérée. J'ai eu la possibilité d'accéder à une base de données du gouvernement qui recense les criminels, et j'y ai consulté votre dossier parce que vous êtes celui qui lui ressemble le plus et je suis venue ici pour... »

À cet instant, la voix m'a manqué.

« Quoi ? »

Je ne pouvais que pleurer, tête basse, je regardais l'endroit où la pelouse jaune rencontrait le béton. « Je suis venue pour voir si vous lui ressemblez.

— Est-ce que vous avez perdu les pédales, ma petite dame ?

— Je ne suis pas une petite dame. Je m'appelle Heather.

— Est-ce que vous avez perdu les pédales, Heather ? »

Je sanglotai de plus belle, de plus en plus dévastée.

« Asseyez-vous, Heather. Seigneur. »

Je m'assis. Il s'appuya sur la rambarde et alluma une cigarette de la même manière que le faisait Jason. « On peut vraiment faire ça ? Rentrer dans un ordinateur et trouver la personne qui vous ressemble ? »

Je me mouchai. «Oui. On peut. Bienvenue dans l'avenir.

— Ça alors!»

Il passa un temps à imaginer les ramifications sociales du concept des analogues. Je compris à quel point ce voyage était une erreur.

«Alors, qu'est-ce que ça donne?

— Pardon?

— Votre petit ami. Je lui ressemble?»

La tension du stress s'était évanouie et mon corps fut pris de faiblesse. Dans mon esprit, j'avais déjà pris le chemin du retour vers la côte. «Ouais, énormément. Pas tout à fait comme des jumeaux, mais avec des cheveux différents, trois mois de régime, et un peu de travail à la pince à épiler, ça pourrait passer.

— Ça alors!

— Il faut que j'y aille.

— Attendez. Je vais vous chercher une bière.

— Je conduis.

— Et alors?»

Je cédai. Paul rentra dans la maison et en ressortit presque aussitôt avec une canette de quelque chose qu'il ouvrit pour moi. Que de galanterie. Pour être honnête, j'avais envie de revoir son visage. Il avait eu de l'acné dans son adolescence, avait passé trop de temps au soleil, dix kilos de trop, une croix celtique tatouée sur l'épaule gauche, mais il était étonnamment jasonesque.

«Il vous a larguée?

— Non.

— Désolé. J'avais besoin de savoir.»

Nous échangeâmes un regard.

«Expliquez-moi donc à quel endroit il faut aller pour trouver son jumeau?

— Analogue.

— Hein ?

— C'est ce que vous êtes. Un analogue de mon petit ami.

— Alors, où je dois aller pour trouver mon analogue ?

— Vous ne pouvez pas. J'ai eu un coup de chance. L'ami d'une amie travaille à l'endroit où sont stockées les analyses faciales. »

Il s'installa à côté de moi sur les marches décaties du perron – trop près. Ensuite, il me toucha le creux des reins, et je sautai comme une carpe, au moment même où un bâton noir du genre art martial s'abattit sur son front. Sheila venait de rentrer.

« Espèce de fils puant d'une chienne…

— Sheila… Ce n'est pas ce que tu crois. »

Je courus vers ma voiture, miséricordieusement épargnée par Sheila. Paul doit encore avoir une bosse sur le front et je doute que Sheila accepte de croire à son histoire un jour. D'un autre côté, Reg a trouvé l'anecdote plutôt amusante, et ça m'a remonté le moral.

Samedi soir 23 h 45

Il est presque minuit, et les enfants ont fini par s'écrouler, gavés de sucreries. Ils sont sûrement devenus diabétiques.

Au tribunal, je passe ma vie à écouter des gens déblatérer et pour une fois, je veux être à la barre. Oubliez cette folie de voyage à Portland. Je veux parler de ce qui s'est passé hier, parce que c'est précisément ce qui m'a conduite à commencer ces écrits. J'en aurais volontiers parlé à Reg, mais j'ai l'intuition que ce n'est pas son genre de truc.

Mais d'abord, vous devez comprendre à quel point ma vie avant Jason était terne. Pas insignifiante, mais sans relief. Je suis née et j'ai grandi à North Van, sept ans avant Jason. Ai-je signalé notre différence d'âge? À l'époque du massacre de Delbrook, je vivais dans l'Ontario, et je venais juste d'obtenir les diplômes nécessaires pour devenir sténo au tribunal. Je travaillais déjà à mi-temps à Windsor[1] où une amie m'avait trouvé un poste. J'ai toujours été une bonne dactylo, mais la sténographie, c'était une autre affaire. Ça marche avec la phonétique, pas avec les lettres, et quand je maîtrise la fluidité du geste, c'est comme si les choses que se disent les gens au tribunal émergeaient de mon propre cerveau en temps réel. Comme si j'inventais le monde! D'autres sténos ont la même impression – surfer sur la vague parfaite. Le plus drôle, c'est que les qualités d'une bonne sténographe sont accompagnées d'effets secondaires, on peut reconnaître instantanément les bobards, par exemple. Croyez-moi, ça peut échapper au juge qui préside et au jury, mais sûrement pas à moi qui vous parle. Si vous me demandiez ce qui me différencie des autres, je vous répondrais que je pourrais bien être un détecteur de mensonges humain.

C'est ainsi que j'ai "rencontré" Jason la première fois. Je l'avais vu à la télé dans les années 80, il donnait une conférence de presse après avoir été blanchi de toute accusation. À Windsor, il m'arrivait d'avoir le mal du pays, et je regardais ma ville avec deux voisins qui venaient aussi de Vancouver. Nous buvions de la bière, nous sentant étrangers à l'épais tapis de feuilles d'au-

---

1. Université de l'Ontario. (N.d.T.)

tomne qui avait envahi l'extérieur. Mes voisins étaient convaincus que Jason mentait, mais j'avais soutenu le contraire, et je l'avais déjà défendu à l'époque. Imaginez un peu quelqu'un qui clame la vérité sur un sujet aussi atroce que cette tuerie, et sait que seule la moitié des gens le croit ; personnellement, je n'aurais plus jamais fait confiance à un être humain. Lorsque j'avais réellement fait sa connaissance au magasin de jouets, j'avais été frappée à la fois par sa tristesse et sa familiarité que m'évoquait son visage, sans pour autant le situer immédiatement.

Mais j'allais parler des événements de vendredi, de ce qui me vaut d'être assise devant ces feuilles. J'avais passé l'heure du déjeuner en ville, histoire de faire quelques provisions en prévision du week-end avec les jumeaux. La batterie de mon mobile était déchargée, et j'avais donc relevé mes messages d'un téléphone public. Un seul correspondant m'avait appelée, une femme, plutôt gentille – la cinquantaine environ, d'après sa voix –, me disait qu'elle avait à me parler d'un sujet à la fois inhabituel et urgent. Puis elle avait raccroché sans laisser son nom ou son numéro de téléphone. Qu'est-ce que j'étais censée faire après ça ? J'écoutai le message une seconde fois, sans déceler de malveillance dans son intonation, et croyez-moi, je m'y connais en mauvaises intentions. Avec tout ce que j'ai entendu comme horreurs dans la salle du tribunal, mon sang pourrait servir de vaccin contre le mal. Qui était cette femme, et de quoi s'agissait-il exactement, de télémarketing ?

S'il y avait un rapport avec Jason, je m'imaginais que sa voix aurait été différente. *Qu'est-ce que ça veut dire, Heather ?* Eh bien, que cette femme ne semblait pas être du genre à transmettre des instructions pour une remise de rançon ou à signaler aux flics qu'en cherchant un peu dans la Fraser, ils trouveraient un corps enroulé dans un tapis persan bon marché. Je connais ce genre de timbre, le sien n'avait rien à voir.

Je passai le reste de l'après-midi dans un état de distraction légère, à essayer d'analyser ce que j'avais entendu. Je crains bien d'avoir commis quelques boulettes dans la transcription de l'affaire en cours – mais il s'agissait d'un procès fade comme de l'eau de vaisselle autour d'une histoire de propriété, et les chances que le dossier soit consulté un jour étaient proches de zéro. C'était à la fois l'avantage et l'inconvénient de mon métier : ma fonction est importante, et en même temps, elle ne l'est guère. Pour être honnête, ils devraient se contenter de coller un micro à tout le monde, de truffer la salle de caméras, et de me virer. Sauf que l'électronique coûte cher à l'usage et à l'entretien. Pour l'instant, mon poste n'est pas menacé.

À 17 heures, je traversai le pont en vitesse, et j'arrivai juste à temps pour délivrer Barb des jumeaux et lui laisser le temps de se précipiter à l'aéroport. Les garçons mouraient de faim, le dîner passa donc en priorité. Ensuite, ils voulurent me montrer leurs jeux vidéo, ce qui faillit bien m'endormir. Je me réfugiai dans la cuisine pour savourer un verre de vin blanc et mon premier moment de calme depuis le matin.

J'interrogeai de nouveau mon répondeur. Rien. Je transférai mes appels chez Barb, avant de m'installer à la table de la cuisine pour jouir du silence tout en grignotant les hot dogs qui restaient du dîner des enfants. Le téléphone sonna. C'était la femme.

« Allô, c'est… Heather ?

— Qui est à l'appareil ? »

Je gardai un ton amical.

« Je m'appelle Allison.

— Bonsoir Allison. C'est vous qui avez des informations à me communiquer ?

— Oui et non.

— Je ne vous suis plus.

— Vous avez un moment ? »

Zut. « Bien sûr. »

Je me servis un autre verre et m'installai sur un tabouret de bar devant le comptoir de marbre noir moucheté.

« Je pense qu'il vaut mieux aller droit au but, Heather. Je suis voyante. »

Je faillis raccrocher.

« Ne coupez pas.

— Vous êtes plutôt bonne, vous avez lu dans mon esprit.

— Non, ce n'est que du bon sens. À votre place, je raccrocherais aussi si une femme inconnue m'appelait en prétendant qu'elle est voyante.

— Allison, je suis certaine que vous êtes quelqu'un de bien, mais…

— Oh, ça alors.

— Quoi ?

— OH, ÇA ALORS », répéta-t-elle.

C'était la phrase particulièrement plate que répétait constamment Gérard L. Girafe, comme ces répliques liées à certains personnages de séries télévisées, et qui sont censées être drôles, sans que ça soit vraiment le cas. Dans *Cheers*[1], par exemple, quand Norm se pointe au

---

1. Série de la Paramount, 1982-1993, avec Ted Danson. Un groupe d'habitués se retrouvent dans un bar de Boston.

bar et que tout le monde s'exclame : «Norm!» en chœur. Elle avait même pris le ton de Gérard, un baryton bredouillant.

« "OH, ÇA ALORS." Ça signifie quelque chose pour vous, Heather?»

Je ne répondis pas.

« "Oh, ça alors."

— Qui êtes-vous Allison? Que voulez-vous?

— Rien du tout. Je vous assure. Mais cette voix a résonné dans mon esprit pendant toute la journée, qu'importe ce que je faisais, elle répétait "Ça alors", et j'ai fini par prendre peur même si je suis censée être habituée à ce genre de choses.

— Et comment avez-vous fait le rapport entre cette voix et mon nom?

— Ça c'était presque le plus facile. J'ai fait le vide dans ma tête et je me suis installée dans une pièce sombre avec un stylo et du papier blanc, votre nom et votre numéro me sont arrivés. Quand on reçoit un message aussi étrange et spécifique que "Oh, ça alors", prononcé avec la voix de basse de Rex Harrison, obtenir un numéro de téléphone ne représente pas un trop gros effort.

— Pourquoi faites-vous ça?

— Heather, je suis navrée que vous le preniez de cette manière. Mais je ne suis pas en train de vous faire un numéro. Je ne veux pas d'argent. Je ne veux rien. Mais il y a ces mots sortis d'on ne sait où. Je voulais simplement m'assurer que je ne perdais pas la tête. Oh, ça alors. Oh, ça alors. Oh, ça alors.»

Je ne disais plus un mot. Dans l'autre pièce, les enfants se chamaillaient.

«Écoutez, Heather. Je vais vous confier quelque

chose que je n'ai jamais dit à personne d'autre. Je suis une fausse voyante. J'observe le visage des gens, leurs bijoux, leurs cicatrices, leurs chaussures, ce que vous voulez. Je me contente de leur dire ce qu'ils ont envie d'entendre. Il n'est même pas nécessaire d'avoir de l'intuition. Je suis surprise qu'il n'y ait pas des millions de médiums. C'est de l'escroquerie. »

Au temps pour Heather, le détecteur de mensonges humain. « Comment vous permettez-vous d'intervenir ainsi dans la vie d'autres personnes ?

— Intervenir ? Pas du tout. Je leur donne de l'espoir, et je ne place jamais leurs aspirations trop haut. La seule chose que la plupart des gens veulent est un début de preuve, même mince, que ceux qu'ils ont connus autrefois continuent à penser à eux dans l'au-delà.

— La plupart des gens ? Et que veulent les autres ?

— Ils veulent parler avec le défunt, mais je ne peux pas leur venir en aide. Parce que ce que je fais, c'est du pipeau. Et même si je le pouvais, faciliter une conversation avec quelqu'un de l'au-delà ne me semble pas être l'idée la plus intelligente.

— Mais vous dites vous-même que vous êtes bidon.

— C'est vrai, Heather. D'ailleurs, cette histoire de "Oh, ça alors" est le seul signal puissant que j'aie jamais réussi à capter, et je dois vous avouer que tout ça me fait peur.

— Qu'attendez-vous de moi ?

— Dites-moi seulement que cette phrase a une signification dans la réalité.

— Donnez-moi un instant, s'il vous plaît, Allison. »

Je posai le vin sur le comptoir. Des traces de rouge à lèvres en maculaient le bord. Qu'est-ce qui me prenait de porter du rouge à lèvres pour garder des gosses? La machine à glace arriva à la fin de son cycle, puis s'arrêta sur un grondement, le ronronnement du réfrigérateur passa en seconde.

«Bon, finis-je par dire. Ça me dit quelque chose.

— Dieu merci.

— Attendez. Une minute. Comment recevez-vous vos trucs-là… vos messages, est-ce une voix dans votre esprit? Ou plutôt comme un texte imprimé, ou sur l'écran d'un ordinateur?

— C'est un peu tout ça, et rien exactement. Ça ressemble plus à quelque chose qui me traverse l'esprit, comme quand on a quitté la maison et qu'on se souvient que le four est allumé. Ça échappe aux mots, mais en même temps, ce sont des mots.»

Sa description semblait plausible. «Voyez-vous son visage?

— Non. Mais je le sens tout près.

— Alors, vous ne pouvez pas me dire à quoi il ressemble. Je ne cherche pas de preuves, c'est juste par curiosité.

— D'accord. Je dirais qu'il est plus grand que vous. Un peu plus d'un mètre quatre-vingts – cheveux châtain foncé, drus, yeux vert-gris. Ce n'est pas grand-chose. Tout à fait le genre de détails que j'aurais pu inventer.

— Vous n'êtes pas tombée loin. Pas loin du tout.»

C'était exactement ça.

«Qu'est-ce que tout cela veut dire? demanda Allison. Ce message est bizarre.

— Je ne peux pas vous en parler.

— Bien. Bon d'accord.

— Dites-moi, Allison, n'y a-t-il que les morts qui vous envoient des mots ou des messages?

— Pas nécessairement d'après mes lectures.

— Et cette voix vous a dit autre chose ?

— Non. Pas des mots.

— Je ne comprends pas.

— C'est bien ce que j'ai dit. Une voix masculine, environ la cinquantaine, dit "Oh, ça alors" et ensuite, il y a ce rire bizarre. Mais ce n'est pas un véritable rire. C'est pour faire semblant.

— Oh, mon Dieu. »

Je posai le combiné. J'entendais Allison m'appeler à l'autre bout de la ligne. « Heather ? Heather ? Heather ?

— D'où m'appelez-vous Allison ? Quel est votre numéro ? »

Elle me le donna. Je lui demandai si nous pourrions nous rencontrer rapidement. Aujourd'hui samedi, elle n'était pas libre, ce sera donc demain – dans la matinée, à la plage.

C'est l'heure d'aller au lit. Nous verrons ce que la prochaine journée nous apporte.

Dimanche après-midi 15 h 30

Oh, Seigneur. Que vais-je faire ? Nous étions convenues de nous rencontrer près du snack entre Ambleside Beach et le terrain de football. Jason allait souvent dans ce coin, et je me suis dit que cela augmenterait les chances de recevoir ses vibrations. Je viens vraiment d'écrire le mot "vibration" ? J'espère que ça ne laisse pas présager le début d'une mésaventure. J'avais les yeux bouffis, j'étais frigorifiée, mais les jumeaux semblaient ne rien avoir remarqué ou se fichaient de la température – oh être jeune et avoir de nouveau un thermostat en bon état de marche. J'attendais cette Allison.

La baraque était fermée, et hormis quelques mouettes dépourvues d'ambition qui rôdaient autour des poubelles de métal à la recherche d'un casse-croûte, nous étions seuls. L'air salé était agréable et sentait le propre. Je fis face aux vagues un instant, observant les moutons d'écume, et quand je me retournai, Allison était là. Une soixantaine d'années, plus âgée que je ne l'avais imaginé, plus petite aussi, son corps faisait penser à un noyau de fruit, enserré dans une vaste pièce de tissu polaire vert sarcelle, traversée de fermetures éclair. Ses collants noirs achevaient de la faire ressembler à une randonneuse. Est-ce que tout ces détails avaient de l'importance ? Bien sûr. Cette femme était ma bouée de sauvetage.

« Allison ?

— Heather ?

— Je suis heureuse que vous soyez venue.

— Je n'aurais pas raté ça pour un empire. Depuis la mort de mon mari, c'est la première chose passionnante qui me soit arrivée.

— Désolée.

— Je vous en prie. À la fin, c'était vraiment horrible pour lui. Son départ a été une bénédiction.

— C'est ce qui vous a décidée à devenir médium ?

— Dans un premier temps, oui. Il me manquait comme m'auraient manqué la vue, le goût ou l'ouïe – il représentait un sens supplémentaire pour moi. J'avais l'impression d'être devenue aveugle. Je voulais qu'il revienne auprès de moi à n'importe quel prix. »

Nous avions tous commencé à marcher vers le terrain de foot. « Que s'est-il passé ?

— D'abord, je suis allée voir d'autres soi-disant extralucides. Ils ont tous deviné que je venais de perdre mon mari. Quelque chose dans mon regard, ou peut-être le fait que je n'avais pas pris la peine de m'apprêter. Maintenant, je sais aussi déchiffrer tous ces signes. Généralement, ils parvenaient à me soutirer les circonstances de la mort de Glenn. "Je crois qu'il a eu une mort rapide – non ! Une mort lente. Il voulait que vous soyez courageuse et que vous n'ayez pas d'inquiétude." Rien de tout cela ne tirait à conséquence, mais cela me permettait de me sentir mieux à un moment où rien d'autre ne fonctionnait. Inutile d'avoir des pouvoirs pour savoir ça. Mais quand le message arrive réellement du monde des esprits, l'illusion du contact est tellement puissante qu'on s'évanouit presque.

— Comment avez-vous pris la décision de vous lancer ? Vous n'aviez pas l'impression que c'est mal de tromper les gens en prétendant avoir des dons d'extralucide ?

— Mal ? Pas du tout. Comme je vous l'ai dit hier soir, c'est inoffensif, et le pire des voyants m'a bien plus aidée à améliorer mon état que tous les Wellbutrin ou les Tia Maria [1] que j'ai pu avaler. Les médiums ne sont pas très différents des vitamines de charlatan, de l'aromathérapie, ou de tous ces trucs pour lesquels il y a de la pub partout. Et laissez-moi vous dire une chose : quand les gens viennent me voir, eh bien, je les aide vraiment. Et vous seriez étonnée d'apprendre à quel point ils peuvent être assaillis de problèmes.

— Je travaille comme sténographe au tribunal. Je crois que j'ai vu défiler plus de personnes à problèmes que la plupart des gens. »

---

1. Cocktail à base de café, vanille, sucre brun et vieux rhum. (N.d.T.)

Le vent s'était levé et emportait nos voix. «Je vous en prie, ne me parlez pas de vous, Heather. Si mes dons de médium se sont vraiment manifestés ici, je ne veux pas être influencée.»

Juste à cet instant, les garçons trouvèrent un cadavre de corbeau. «Tante Heather!» crièrent-ils.

Je regardai Allison. «Eh bien, vous saurez au moins ça.»

Je suggérai de continuer la discussion au chaud. Nous allâmes dans le café qui jouxtait le parc de jeux dans la galerie marchande de Park Royal, où les jumeaux plongèrent dans la fosse pleine de balles en plastique multicolore chargées de microbes comparables à ceux de la peste noire.

«Je serai franche avec vous, commença Allison. Je ne sais pas si vous êtes mariée, célibataire, divorcée, lesbienne ou je ne sais quoi. Et je le répète, j'ignore d'où me viennent ces voix, et pourquoi je les entends.»

Elle se tut. J'essayais de dissimuler mon désir de découvrir d'autres manifestations de Jason. «Dites-moi Allison, avez-vous eu, euh, d'autres messages hier soir ou ce matin?

— Oui. Un.

— Et qu'est-ce que c'était?»

Elle soupira. «Si vous y tenez, je peux vous le répéter, mais je n'ai pas la moindre idée de ce que ça peut signifier.

— Qu'avez-vous entendu? Dites-le-moi.»

Elle renversa la tête en arrière, comme si elle allait entonner une aria, mais elle prit en fait une voix aiguë de personnage de dessin animé: «Hé! Je suis au pays des rêves et j'ai la meilleure table là-bas.»

Elle répéta la phrase, puis se détendit. «Voilà ce que j'ai entendu.»

"Hé! Je suis au pays des rêves et j'ai la meilleure table là-bas" était un gag récurrent que nous échangions le soir avant de nous endormir. Ces paroles me rendaient à la fois euphorique et dépressive, l'effet du sirop pour la toux. Mon visage semblait se métamorphoser en une figure différente, et mes émotions tentaient de s'échapper à travers mes os.

« Voulez-vous que je le dise encore une fois?
— Non! »

J'avais pratiquement hurlé. Je demandai à Allison de surveiller les enfants avant de sortir du petit café, de passer devant le parc en courant et de me précipiter dans les toilettes. À porter au crédit du genre humain, plusieurs femmes frappèrent gentiment à la porte pour me proposer de l'aide. Mais elles ne pouvaient m'être d'aucun secours. Assise sur le siège des toilettes, je comprends que Jason est sans doute mort ; continuer à espérer autre chose était illusoire. J'ai dépensé une énergie folle à tenir le coup, à ne pas craquer pour le bien de Barb, des garçons, de Reg et de la mère de Jason. Mais je suis la seule à rentrer dans un appartement où un portefeuille d'homme avec ses cartes de crédit recueille la poussière sur le comptoir près du compotier banane, où un pain de savon anglais orange a commencé à se craqueler sur le rebord de la fenêtre de la salle de bains. J'essaie de garder l'aura de Jason vivante, mais je franchis la porte chaque soir après le travail, et elle s'est évaporée un peu plus. Ses vêtements ont l'air à l'abandon, comme s'ils n'allaient plus être portés, mais je ne peux me résoudre à les donner. Je garde donc ses affaires. Je nettoie ses chaussures pour qu'elles ne paraissent pas… mortes. Je garde son portefeuille près du compotier parce que ça a l'air ordinaire ; en revenant, il pourra dire, «Ha, ha, voilà mon portefeuille!»

Écoutez-moi. Je débloque. Mais je ne deviendrai pas folle. Pas question. J'allais prendre les choses calmement, mais maintenant, ce n'est plus possible.

Finalement, Allison vint frapper à la porte de la cabine. En m'assurant qu'elle était désolée, elle m'annonça qu'il lui fallait partir. Je lui demandai d'attendre, mais elle me répondit qu'elle n'avait pas le choix. «J'ai demandé à la fille des jeux de jeter un coup d'œil sur les jumeaux jusqu'à votre retour.

— Merci.»

Je ne suis pas idiote. J'ai conscience de vivre dans un monde qui fonctionne sans faire attention à moi. Il y a des guerres, des budgets, des bombardements, des fortunes considérables, l'avidité, l'ambition et la corruption. Mais je n'appartiens pas à ce monde, et je ne saurais pas comment l'atteindre s'il me venait l'idée d'essayer de le rejoindre. Mon appartement se trouve dans la lointaine banlieue d'une ville perdue. Les pluies sont abondantes ici. Quand j'ai besoin de faire des courses, je vais au centre commercial. Parfois, ils reconstruisent une route et posent ces grosses canalisations de plastique bleu vif dans des tranchées ; on voit aussi plusieurs piles coniques de graviers de tailles différentes, et quand je pense à tous les réseaux indispensables pour faire fonctionner le monde, mon cerveau ne passe pas loin du court-circuit. D'où vient tout ce gravier ? Où fabriquent-ils les tuyaux bleus ? Qui creuse les trous ? De quelle façon tout le monde a fini par se mettre d'accord pour mettre ça en œuvre ?

En ce qui concerne les aéroports, l'activité de tous ces gens dans leur petite combinaison qui courent avec entrain pour effectuer des tâches hautement spécialisées me laisse presque sans voix. Je ne sais pas comment fonctionne le monde, mais seulement qu'il a l'air de marcher, et je le laisse faire.

Dimanche soir 19 heures

Barb ne va pas tarder à rentrer. À partir de maintenant, je vais être forcée de continuer sur mon Windows de soviet à pédales. J'ai aussi appelé Reg pour l'inviter à un dîner tardif chez moi. J'ai envie d'être entourée des miens. Ma famille est éparpillée à travers le pays, et celle de Jason fera très bien l'affaire en la circonstance. J'aimerais aussi appeler la mère de Jason à la maison de repos, mais… Quand elle va bien, elle est géniale, mais quand elle a débranché, c'est comme si je m'adressais à un arbre aux branches agitées par la tempête. Et ça arrive de plus en plus souvent, maintenant.

Je n'ai pas d'amies à qui rendre visite. Soit elles sont mariées et ont quitté la ville, ou elles sont célibataires et ont quitté la ville. Bien sûr, je pourrais les appeler, mais la disparition de Jason les effraie. Elles sont navrées de ce qui m'arrive. Par ailleurs, elles ne savent jamais comment aborder le sujet, et quand elles m'appellent, je me demande si ce n'est pas une impulsion de pitié qui les a poussées, en songeant qu'il n'était toujours pas rentré.

« Des nouvelles ?

— Nan.

— Vraiment rien ?

— Nan.

— Oh… Alors… que deviens-tu ces jours-ci ?

— Le boulot, tu sais ce que c'est.

— Oh.

— Bien…

— Eh bien, à un de ces jours.

— Au revoir. »

J'avais passé mes souvenirs au peigne fin, et je ne trouvais toujours pas le moindre signe indiquant que Jason ait pu être en contact avec la violence, ou mêlé à de vilaines affaires dans le passé – ce qui aurait pu jouer un rôle dans sa disparition. J'ai vu défiler des tueurs au tribunal, et malgré tous les c'était-un-homme-sans-histoires-et-un-parfait-voisin que vous entendez à longueur de télé, les meurtriers ont la même lueur morne dans le regard. Leurs âmes ont disparu ou ont été remplacées par quelque chose d'autre comme dans les films de zombies. Pendant le procès d'un assassin, j'étais toujours soulagée que ma fonction me rende invisible dans une salle de tribunal, mais c'était toujours les tueurs qui essayaient avec le plus d'acharnement de croiser mon regard. Les débats pouvaient durer un mois entier, mais il suffisait que je lève les yeux dans leur direction juste une fois, et ça ne manquait pas, ils soutenaient mon regard avec effronterie. Alors, je suis en mesure d'affirmer que non, Jason n'était pas un tueur. Je connaissais son regard. Il avait une belle âme.

Avait-il une vie secrète avant moi ? Non, rien d'effrayant. Il travaillait avec un entrepreneur. Il posait des panneaux sur les murs, coupait des tuiles et installait l'électricité. Il n'avait pas d'intimes, des copains de bar élevés au rang d'amis. Plus ils voulaient en savoir sur le massacre, moins Jason leur parlait. Je suis certaine que son attitude les effrayait, sans pour autant les surprendre. Son patron, Les, était un bon vivant que sa femme, Kim, soumettait à une surveillance digne de la CIA. Nous avions participé à quelques barbecues ou à des pique-niques organisés par la société. Les était à peu près aussi dangereux qu'un jouet en caoutchouc qui couine.

J'avais essayé d'interroger Jason sur son passé. Obtenir des réponses fut étonnamment difficile. Je sais que la plupart des hommes ne parlent pas volontiers d'euxmêmes, mais Jason, mon Dieu, lui faire dire ce qu'il faisait avant d'avoir été recruté par Les était aussi ardu que d'arracher une dent au mont Rushmore. En fait, il travaillait dans une usine de fabrication de portes de placards de cuisine.

« Jason, mes deux cousins travaillent dans la branche panneaux de contreplaqué de Canfor. Je ne vois pas où est le problème.

— Nulle part. »

À force de questions et de prières, je finis par comprendre qu'il avait honte de l'unique raison qui l'avait poussé à prendre ce poste dans une usine. Il savait qu'il n'aurait pas à parler à ses collègues pendant les heures de travail.

« Il n'y a rien de mal à ça, Jason.

— J'ai passé presque quatre ans sans avoir de véritable conversation avec un autre être humain.

— Je…

— C'est la vérité. Et je ne suis pas le seul dans ce cas. Tous ces types que tu croises au volant de leur camion, ou avec un casque de chantier sur la tête, tu vois ce que je veux dire ? Eh bien, ils ont fait exactement le même choix que moi. Ils veulent mourir sans avoir jamais débattu d'un sujet plus complexe que les paris sur les matchs de hockey.

— Jason, c'est un jugement à la fois cynique et inexact.

— Ah bon ? »

Bonne question.

En revanche, rien de plus facile que lancer la conversation sur Reg. Je n'avais qu'à dire que la mère de Jason avait croisé son père chez le marchand de journaux ou à Lonsdale, pour obtenir une réponse du genre : « Ce salaud bouffi de suffisance m'a vendu à son Dieu pour trois cacahuètes. Cette espèce de taré, mauvais comme la gale. Il devrait pourrir sur pied.

— Il ne peut pas être aussi mauvais, Jason.

— Mauvais ? Il est tout simplement le contraire de ce qu'il prétend. »

Vraiment ?

Non.

Dimanche soir 23 heures

Quand Reg est arrivé, le ciel avait pris la teinte orangée qui précède l'obscurité, et je rangeais les bottes de travail en caoutchouc de Jason dans le couloir. J'espérais que leur odeur me le rappellerait. Pathétique. En frappant à la porte, Reg m'avait fait sursauter, lorsque je lui ouvris, un coup d'œil à mon expression lui suffit à comprendre que j'avais fini par abandonner tout espoir.

Dans la cuisine, il mit de l'eau à chauffer pour le thé et ramassa le portefeuille de Jason près du compotier. Il enleva un à un tous les documents qui s'y trouvaient et les posa sur le comptoir.

« Et voilà, il est là. »

Le permis de conduire de Jason, sa carte de la bibliothèque de Van North, sa carte de fidélité du supermarché, quelques photos de Barb, des enfants et de moi. « Il est arrivé quelque chose aujourd'hui, Heather. Dis-moi ce qui s'est passé. »

Il enleva la bouilloire du feu avant qu'elle ne commence à siffler. Il ne voulait pas dramatiser encore plus cet instant.

Je me souvenais d'avoir lu quelque part que ceux qui éprouvaient un fervent sentiment religieux méprisaient les médiums, les "Magic 8 Balls[1]", les diseurs de bonne aventure, les gâteaux porte-bonheur, et tout ce qui était du même tonneau, considérant ces pratiques comme les cartes de visite du diable. J'étais donc tout à fait persuadée que quand je lui parlerais d'Allison, il exploserait ou passerait en mode sermon, mais ce ne fut pas le cas, même si sa désapprobation était évidente. « J'aimerais en savoir un peu plus sur ce fameux "Oh, ça alors !" »

— C'est en rapport avec un personnage que Jason et moi avons créé.

— Et ?

— C'est une girafe mâle, qui s'appelle Gérard.

— Et pourquoi dit-il "Oh, ça alors !" ?

— Disons, qu'il avait besoin d'une réplique minable qu'il répétait à chaque entrée en scène… Enfin manière de parler. »

Je me sentais mal à l'aise, ça me semblait presque

---

1. Pseudo-objet de divination, hybride électronique d'une boule de billard n° 8 et d'une boule de cristal, qui affiche des réponses aléatoires aux grandes questions de l'existence. (N.d.T.)

obscène de discuter des personnages avec un étranger. Surtout Reg, qui passait probablement les dimanches de son enfance à scruter les points d'imprimerie des BD du week-end à la loupe, dans l'espoir d'y trouver des messages secrets destinés au diable.

Je lui parlai aussi des Froggles. « Ce qu'il faut comprendre, c'est que ces personnages n'existaient qu'entre Jason et moi. Personne d'autre sur cette terre ne pouvait les connaître. »

Reg garda le silence. Ça me rendit dingue. « Tu ne dis rien, Reg ? »

Il servit le thé. « J'imagine que le plus étrange pour moi est d'apprendre que Jason avait un monde intime qui incluait tous ces personnages et leurs dialogues.

— Eh bien, c'était le cas.

— Et qu'il leur parlait tout le temps.

— Il ne leur parlait pas, il était eux. Ou plutôt ils étaient nous. Nous avions chacun notre propre personnalité, mais quand nous nous occupions de nos personnages, nous devenions quelque chose de tout à fait différent. On aurait pu aligner mille dollars sur la table devant moi, je n'aurais pas été fichue de trouver une seule réplique. Pareil pour Jason. Mais ensemble ? Pas moyen de nous arrêter.

— Aurais-tu du vin ?

— Blanc ou rouge ?

— Blanc. »

Je sortis la bouteille du réfrigérateur et lui en servis un verre. « Ah, Dieu bénisse la vitamine V », dit-il.

Je lui demandai si l'aspect psychique de ces événements l'agaçait pour des raisons religieuses.

« Les médiums ? Seigneur, non. Ce sont tous des

charlatans. Je ne crois pas que Dieu parle aux hommes par leur intermédiaire. Alors si une extralucide te communique des messages, ou ce sont des faux, ou ils sont inspirés par une entité non divine.

— Ouais, eh bien…

— Écoute, Heather. Je sais que tu m'en veux parce que je ne crois pas en ta voyante.

— Elle m'a donné des preuves, Reg… »

Il leva les mains, comme pour dire, *je n'y peux rien.*

J'avais toujours un dîner à préparer. Mais je n'avais pas la moindre idée de ce qu'il pouvait y avoir dans le réfrigérateur – du yaourt sans matière grasse ? Des branches molles de céleri ? Je me levai pour inspecter les ressources. Une pensée me traversa l'esprit : « Reg, est-ce que tout ça est censé faire de nous de meilleures personnes ? Je veux dire, est-ce pour cette raison que nous devons subir tout ça ? Pour que nos âmes s'améliorent, pour ainsi dire ? »

Je découvris un tube de sauce spaghetti congelé.

« Peut-être. »

J'éprouvai une telle bouffée de colère que j'abattis la sauce sur le comptoir avec force, faisant sauter le bouchon. « Voudrais-tu bien m'expliquer pourquoi la seule voie qui nous permet de progresser dans la vie est celle du chagrin ? Hein ? En quoi le fait d'être exposé à la souffrance devrait toujours faire de nous des gens meilleurs ?

— Allons Heather, c'est grotesque d'imaginer même un instant que la douleur en elle-même améliore les gens.

— J'écoute.

— Je suis dans un de mes bons jours. Mes doutes ne sont pas aussi forts aujourd'hui que la fois précédente. Ça fluctue. Et voilà mon avis du moment : il est tout aussi grotesque de penser qu'une absence de malheur dans la vie de quelqu'un signifie qu'elle est une bonne personne. La vie est longue. Mais le jour où on entend siffler la fin de la partie, on peut se trouver à n'importe quel endroit. Si la vie se prolongeait sur un demi-siècle, ce serait probablement suffisant pour que tout le monde puisse vivre la plupart des expériences, y compris les plus atroces. Le problème est que nous pointons plutôt à la sortie vers soixante-douze ans.

— Alors ?

— Alors, si nous admettons que Dieu est juste, ce que je crois malgré tout ce qui a pu arriver, alors il est toujours possible de rétablir la justice. Peut-être pas ici sur la terre, ou pendant notre existence, mais pour que la justice prenne sa place, il faut qu'il existe quelque chose qui dépasse ce monde. La vie sur ce plan est simplement trop courte pour qu'elle s'exerce.

— Heu…

— Certains donnent l'impression d'avoir échappé au malheur, mais je ne pense pas que qui que ce soit y parvienne. Pas vraiment.

— Tu n'y crois pas ?

— Non.

— J'étais quelqu'un de gentil, Reg.

— Je ne peux pas en dire autant de moi.

— Mais quelque chose a changé et je ne suis plus une gentille personne. Ça m'est arrivé cette après-midi, pendant que je pleurais dans les toilettes de la galerie marchande. J'ai cessé d'être gentille.

— Non, non, ce n'est pas vrai. »

De toute façon, je devais m'occuper de faire réchauffer la sauce, et je laissai tomber les médiums, le mal, les Froggles, et Jason, pour parler de ces choses qui flottent à la surface, dépourvues de racines : les événements courants, la télévision ou les films. Dès que Reg eut passé la porte, je bondis sur le téléphone pour appeler Allison, mais elle ne décrocha pas, et il n'y avait pas de répondeur.

Je renouvelai mon appel une heure plus tard. Rien.

Je l'aurais bien appelée toutes les trois minutes, mais je me rendis compte que si elle découvrait soixante-dix-huit fois mon numéro dans sa mémoire d'appels, ce ne serait certainement pas à mon avantage. Donc, je me contentai de téléphoner encore trois fois, et maintenant, je viens de prendre un des somnifères prescrits par le médecin au moment de la disparition de Jason, mais que j'avais refusé d'avaler jusqu'à présent. Je vais me coucher.

Lundi soir 19 heures

Ça a été difficile aujourd'hui au travail, et je me suis plantée plusieurs fois. Je n'ai pas partagé le déjeuner de Jayne qui travaille dans la salle d'audience voisine, et j'ai acheté un sandwich thon-salade et du chocolat au lait. Mon repas est posé à côté de moi sur les marches du palais de justice. Je n'y ai pas touché, trop occupée à composer le numéro d'Allison. Combien de fois ai-je appelé, maintenant – une dizaine ? Mais je ne peux m'en empêcher. Son numéro est la combinaison d'un coffre dans lequel je tiens absolument à entrer.

À la fin de l'heure de déjeuner, je me sentais malade, enfin plutôt paniquée que malade. Je suis partie plus tôt et je suis rentrée chez moi, comme si je pouvais y trouver un réconfort quelconque. Après deux appels sans réponse chez Allison, je décidai impromptu d'aller rendre visite à la mère de Jason dans sa maison de repos du côté de Lonsdale. Elle était réveillée et pendant un instant sembla me reconnaître, mais quelques minutes plus tard elle m'avait oubliée. Elle ne cessait de demander des nouvelles de Joyce, la chienne de Jason, mais je lui dis environ dix fois qu'à cause de mon allergie, Joyce vivait avec Chris dans la Silicon Valley.

Puis elle demanda des nouvelles de Jason. Je dis qu'il allait bien, et son expression innocente agit comme une machine à remonter le temps qui me conduisit quelques mois dans le passé, dans un monde où Jason était encore là. Une fois de plus, je fus soulagée que nous ayons décidé de lui taire la vérité.

Mardi matin 5 h 30

Allison ne répondra pas et j'ai des envies de meurtre. Pour l'amour de Dieu, combien de fois devrai-je lui téléphoner ? Abandonnant toute prudence, j'ai programmé le rappel automatique de son numéro pour toute la soirée. Et puis, je suis sortie acheter un numéro de chaque journal local et j'ai vérifié la liste des voyants qui y figuraient dans l'espoir de la trouver. J'ai cherché dans les pages jaunes et sur le Net. Toujours rien. Elle doit avoir un pseudo pour son boulot. J'ai aussi appelé tous les médiums pour leur demander des renseignements, mais personne ne la connaissait. Certains ont tenté de me récupérer, essayant de me soutirer des informations sur la nature du travail d'Allison. Racaille. Mais je n'ai même pas trouvé un début de piste. Cette femme a un culot monstre. Elle sait parfaitement ce que j'endure et elle ne me rappelle pas. Je ne peux pas dormir. Au lieu de ça, je ne cesse de penser à elle que pour songer à Jason qui s'efforce de me joindre depuis le grand au-delà, et tombe sur ALLISON, dans sa polaire vert sarcelle pleine de bouloches. En plus elle a le toupet de m'annoncer au débotté que son métier consiste à mentir. J'arpente mon appartement en parlant à haute voix, m'adressant à Jason, lui disant qu'il aurait pu venir directement à moi plutôt que de perdre du temps à passer par cette salope d'Allison qui ne sait même pas ce que communiquer veut dire. J'ai l'impression de me montrer mesquine et peu charitable. Si j'étais capable de boire vingt litres d'eau, ça rincerait peut-être le je-ne-sais-quoi qui circule dans mes veines, ou mes muscles, et empêche Jason de m'atteindre. Puis je me suis dit que j'étais peut-être trop claire, et j'ai avalé un trait de tequila.

Oh, mon Dieu, je crois que je suis toute nouée, maintenant – pourtant je n'ai pris qu'un verre et mes règles datent de la semaine dernière. Je ne sais pas pourquoi je suis aussi crispée. Le jour ne va pas tarder à se lever. Le temps s'annonce clair et agréable, comme un matin d'été, sauf que le soleil est trop bas sur l'horizon.

Les saisons m'ont toujours profondément affectée. Quand les gens se réveillent, la question qui les assaille est en général « Où suis-je ? », parfois « Quel jour sommes-nous ? » J'ouvre toujours les yeux en me demandant « Quelle est la saison ? » Même pas le jour, mais la saison. Un million d'années d'évolution résumées en une simple question entièrement fondée sur l'oscillation de la planète. Oh, comme j'aurais aimé que ce soit le printemps ! Si seulement je pouvais sentir l'air embaumé par les lauriers de l'allée devant le bâtiment! Mais d'un autre côté, en toute honnêteté, je dois me souvenir que les cadavres se décomposent plus lentement en automne et en hiver. Oh, Jason, je suis désolée, chéri, je suis navrée d'avoir pensé à toi comme à de la simple biomasse, du terreau, du fumier ou un paillis. Évidemment, c'est faux. Je ne sais pas ce qui a pu t'arriver, mais tu es toujours Jason. Tu n'es pas encore transformé en autre chose.

Et toi, Allison, tu n'es qu'une vieille sorcière malfaisante. Tu ne décrocheras pas ton téléphone. Comment oses-tu? Mais je vais te retrouver. Tu peux y compter.

Mardi matin 11 h 30

J'écris ceci directement sur le système du tribunal. Qui s'en soucie?

Il y a une demi-heure, l'impensable est arrivé: mon mobile a sonné au milieu d'un contre-interrogatoire. Pendant des années, notre présence est passée inaperçue. Notre fonction suppose la discrétion – et voilà que je me retrouvais au centre des regards avec mon téléphone qui piaillait, et tout le monde qui me prenait pour une débile. Cela dit, depuis le procès pour un double meurtre en 1997, c'était l'événement le plus palpitant qui s'était déroulé dans cette salle d'audience, mais les gens me fixaient en s'attendant à me voir rougir, essayant de me faire comprendre qu'ils savaient parfaitement à quoi s'en tenir à mon sujet. En me regardant écrire ceci, vous seriez bien incapables d'imaginer que je n'avais qu'une idée en tête: enlever Allison, l'attacher à un chevalet de torture, et l'interroger jusqu'à ce qu'elle me dise clairement le fin mot de cette histoire avec Jason.

Tout en éteignant mon mobile, j'ai consulté furtivement le signal d'appel, et bien sûr, c'était Allison. Pour l'instant, la seule chose qui m'empêche de grimper aux murs avec les dents est d'écrire.

Oh, mon Dieu. Regardez-moi ces types. De quelle arnaque discutent ces sacs à merde. Ce sont tous des escrocs. Vous ne pouvez pas imaginer le nombre d'affaires concernant les mines, l'immobilier ou les forages offshore, qui défilent devant cette chambre. Vous seriez surpris. Ils ruinent des veuves, s'en tirent avec une amende minime, et continuent à discuter de golf avec leurs avocats. Je parie qu'Allison était mariée avec un de ces types. Quel était son nom déjà ? *Glenn.* Oh, oh. Glenn avait probablement un handicap de 23, un taux de cholestérol de 280, et une poignée de sociétés-écrans plus ou moins louches. À une certaine époque, j'ai rencontré plus que ma part de Glenn. Certains passaient à la fin de la journée et essayaient de m'embarquer, d'habitude, ça ne me dérangeait pas parce que cela signifiait au moins que je n'étais pas invisible. Mais maintenant ? *Glenn.* Maintenant, je déteste Glenn, parce qu'il est lié à Allison, et qu'Allison est une sorcière.

Oh, Seigneur, verra-t-on la fin de cette session du matin ?

Et Heather, une fois qu'on aura lu cette transcription, c'est bien toi qui vas te retrouver en amont du torrent et sans pagaie, non ? Rien à foutre. Personne ne regarde jamais.

Qu'est-ce qui m'arrive ? Je suis devenue dingue. C'est sûr. Allison n'est pas le mal incarné. Elle est simplement idiote. Elle a certainement oublié de recharger son téléphone. Pourquoi l'accuser tout à coup de traîtrise, alors que son seul défaut est peut-être la stupidité ? Attends un peu – Allison est un prénom bien trop jeune pour une femme d'une soixantaine d'années. Elle devrait s'appeler Margaret ; Pam, ou Judy. *Allison* ? Il n'y a que les femmes de mon âge pour s'appeler Allison. Ou Heather. Quand d'ici quarante ans nous commencerons à mourir les unes après les autres, les gens consulteront les rubriques nécrologiques, verront nos noms et se diront, « Tiens, c'est bizarre, il y a un tas de Heather qui meurent en ce moment. »

Un peu plus tard

Bon, une fois, je me suis dit qu'il pouvait y avoir quelque chose de louche dans la vie de Jason, juste une seule fois. Ça s'est passé à Park Royal environ deux mois avant sa disparition. Nous étions venus rendre une chemise et nous traversions le grand atrium de la galerie sud quand Jason s'est figé au milieu d'une phrase. J'ai suivi la direction de son regard ; un homme mangeait une glace, installé sur un banc, en compagnie d'une femme qui ressemblait à sa mère. C'était un type costaud, qui avait l'air de venir d'Europe de l'Est. Ses vêtements auraient pu constituer la tenue d'un night-clubber de Vladivostok certain d'être à la dernière mode américaine. Quant à la mère, elle serait passée inaperçue dans le service des tuberculeux sur Ellis Island vers 1902.

« Jason ?

— Ne bouge pas.

— Hein ?

— J'ai dit, ne…

— Jason, tu me fais peur. »

Le type regarda vers nous, posa sa glace d'un geste lent, et commença à enrouler une jambe de son pantalon. Je me dis qu'il allait sortir un revolver, mais je vis qu'il avait dévoilé une prothèse de métal. Il la tapota, puis releva la tête avec un sourire sinistre.

Jason me prit la main et partit à grands pas. Nous nous arrêtâmes un peu plus loin, devant la boutique de jeans Bootlegger. Il semblait visiblement stressé, et quand il reconnut le magasin, sa tension redoubla. «Ah, non, pas là!» dit-il.

Nous avions donc pris l'escalier mécanique vers le niveau supérieur. J'avais regardé en bas, et l'unijambiste nous fixait.

Je balançais entre la curiosité et l'irritation. «Vas-tu enfin m'expliquer ce qui se passe?

— C'est un mec avec qui j'ai travaillé.

— Vous n'avez pas vraiment l'air d'être des amis.

— Nous nous sommes fâchés parce qu'il me doit de l'argent. Mais c'est un Russe cinglé. Ils sont capables de tout.

— C'est une réflexion raciste.

— Peu importe. Ce type n'apporte que des ennuis.»

Son visage se ferma. Inutile de continuer à l'interroger, l'expérience m'avait appris combien il était inutile de chercher à l'atteindre quand il se réfugiait derrière ce mur infranchissable.

«Allons au parking.

— Quoi? Nous venons à peine d'arriver. Nous n'avons même pas rendu la chemise.

— On s'en va.»

Et nous étions partis.

Durant les semaines suivantes, Jason fut nerveux et eut le sommeil agité. Cet incident n'a peut-être aucun rapport avec la disparition. Qu'est-ce que je raconte? Je n'en ai pas la moindre idée. Mais si jamais je revois cet homme, il aura pas mal de réponses à me fournir.

Mardi après-midi 13 heures

De retour dans mon petit box de sténographe, je suis l'image vivante du zèle aux yeux de monde.

J'ai écouté le message d'Allison à l'heure du déjeuner :

« Oh, salut Heather, euh, ici Allison. J'imagine que vous avez dû essayer de me joindre. Je n'ai pas pu trouver votre numéro parce qu'il était dans la mémoire de mon mobile et que le téléphone se trouvait dans ma voiture, laquelle est tombée en panne. Le démarreur. J'ai dû me débrouiller pour trouver l'argent de la réparation, et, bon, vous savez à quel point ça peut être compliqué parfois... »

Ah oui ? Vraiment ? Allison, cesse de nous fatiguer avec les futilités mollasses de ta vie et de prétendre que tes tâches sont tellement complexes que seul Dieu serait capable de les mener à bien alors qu'en réalité tu ne fais rien du tout. Occupe-toi de réparer ta saleté de bagnole et ferme-la. Eh oui, Allison, je sais à quel point les choses peuvent être compliquées, mais elles seraient diablement plus faciles si tu arrêtais de faire la crétine et de te conduire comme une petite fille sans défense devant des problèmes qui prennent dix minutes à résoudre.

« Cela dit, oui, la nuit dernière, j'ai reçu une déclaration surprenante, qui vous est destinée. Aucun doute. Voulez-vous que nous nous rencontrions en fin de journée ? Je sais que vous travaillez de 9 à 17 heures. Voilà mon numéro, téléphonez-moi... »

Espèce de vieille peau.

Comme si je ne connaissais pas son numéro. Mon appel n'obtint pas de réponse. L'heure du déjeuner sembla durer trois minutes, alors que je tapais sans cesse sur les mêmes touches, pendant un moment, je l'ai même fait aux toilettes parce que j'avais un léger vertige et qu'il me fallait m'asseoir quelques instants dans le silence. Fallait-il que je finisse, tôt ou tard, dans des toilettes publiques chaque fois qu'Allison était dans le coup ?

Alors, me voilà de nouveau dans la salle d'audience et je suis censée enregistrer les débats interminables et futiles de cette affaire de vente de terrains. Pour avoir dévasté la vie de personnes ordinaires comme ils l'ont fait, ces hommes devraient être recouverts de goudron et de plumes, puis promenés nus dans les rues pour y être flagellés.

Du coin de l'œil, j'ai remarqué que les gens me regardaient comme s'ils s'attendaient à ce que mon téléphone sonne de nouveau. Comme si ça allait arriver. Mais, même si ce n'est que temporaire, je dois admettre que c'est assez flatteur d'être la vedette, au lieu de ces outres pleines de vent qui font traîner les choses pour pouvoir facturer un maximum d'heures supplémentaires. La loi est un mensonge. C'est un mensonge. Un mensonge.

Mardi après-midi 14 h 45
Je suis toujours en train de sténographier dans mon petit box.

Mon mobile vient de sonner. En plein milieu d'un moment tragique concocté par un de ces Glennoïdes presque chauves au profil d'oiseau de proie. Le juge s'est adressé à moi sur un ton plutôt sec – trop sévère à mon avis ; après tout ce n'est qu'un téléphone portable sonnant dans un tribunal. Dans le domaine professionnel, c'est l'humiliation totale, mais vous savez ? Je m'en fiche éperdument. J'ai dit à son honneur que je venais juste de changer la programmation de mon appareil et que je n'étais pas encore familière avec le nouveau système. Et il a avalé ce bobard.

Donc, me voilà, justement réprimandée, humiliée et rabaissée par le pouvoir hiérarchique, et à me voir, on jurerait que je suis absorbée par ma tâche. Tu parles. Tout ce qui m'intéresse, c'est de quitter cette décharge psychologique.

Mardi soir 22 heures

Allison a fini par répondre au téléphone. J'ai joué les innocentes, comme si je n'avais pas composé son numéro deux mille fois pendant les dernières quarante-huit heures.

« Allison.

— Heather. Enfin, nous arrivons à nous joindre. Comment allez-vous ? »

Comme un camion Ryder chargé jusqu'à la gueule de fertilisant et de gasoil, avec un détonateur réglé à trente secondes qui fait tic-tac au milieu du mélange. « Bien. On fait aller. La routine. Et vous ?

— Oh, vous savez… Des soucis avec ma voiture. L'entretien revient tellement cher.

— Quel modèle ?

— Une Cutlass de 92. »

Et tu t'étonnes que ça soit cher à l'entretien ? Ça a plus de dix ans, qu'est-ce que tu espérais ? La révolution de la qualité n'avait pas encore eu lieu. En fait tu conduis un paquet d'ennuis motorisé. Flanque-la à la décharge.

Achète une Pontiac Firefly à 19 dollars 95 – je me fiche de ce que tu feras, mais pour l'amour de Dieu débarrasse-toi de cette épave. « De nos jours, les voitures sont de meilleure qualité, mais ça ne les empêche pas de poser des problèmes par moments.

— Je ne gagne pas lourd en prétendant être une voyante.

— Je pourrais peut-être vous aider ?

— Vraiment ?

— Bien sûr. La réparation vous coûtera sans doute moins que vous ne l'imaginez. Je peux vous mettre en relation avec Gary, mon garagiste. Il se trouve sur Pemberton Avenue.

— Ce serait vraiment gentil de votre part.

— Alors, pouvons-nous nous rencontrer ce soir ?

— Pourquoi pas ?

— Quelle heure vous conviendrait ? demandai-je.

— 19 heures ?

— Où ? Chez moi, si vous voulez ?

— Euh…

— Quelque chose ne va pas ?

— C'est simplement parce que 7 heures c'est l'heure où je dîne, d'habitude. »

Nous sommes convenues de nous retrouver dans un restaurant italien un peu chic de Marine Drive. En arrivant, il m'a paru évident qu'elle se trouvait là depuis un moment, à en juger par les quelques gouttes qui restaient au fond de ce que j'avais identifié comme la bouteille de merlot la plus chère de la carte. Elle m'a accueillie en disant que j'avais l'air détendu, un stratagème efficace, car l'autre se relâche invariablement ensuite. Je lui ai demandé si elle avait apprécié le vin. C'était le cas – elle avait intérêt –, répondit-elle avant de commander une autre bouteille. Je n'aurais jamais imaginé qu'un si petit dragon puisse tenir aussi bien la boisson.

Heather, essaie de te montrer gentille avec cette femme. Tu es tout simplement jalouse parce que Jason a choisi de s'exprimer à travers elle plutôt que s'adresser directement à toi.

Dès que j'ai été servie en vin, je l'ai interrogée sur le nouveau message, mais elle a levé la main pour me faire taire (un geste très professionnel, par ailleurs). «Il n'est pas convenable de mêler le monde des esprits à l'acte de manger.»

J'ai fait appel à toutes mes forces pour éviter de l'étrangler. Elle parlait de l'au-delà comme de Fort Lauderdale.

Étant donné qu'Allison ne souhaitait pas contaminer ses perceptions en me questionnant sur ma vie, pendant que défilaient l'entrée, le plat d'agneau et une espèce de sorbet au citron vert des Caraïbes, j'appris que Glenn avait travaillé dans le service des inspections à la capitainerie du port, et quantité de détails dont l'accumulation progressait avec mon ennui. Elle a trois filles ingrates, de vingt et quelques années, dont la principale occupation semblait être de sauter sur tout ce qui marche sur deux jambes. À entendre sa version de l'histoire, sa vie n'avait été qu'une succession de rencontres avec des gens qui ne cherchaient qu'à abuser de sa nature douce et généreuse. Bien sûr, je ne la croyais pas une seconde, mais ça ne me menait pas bien loin. Elle disposait de la seule ligne de téléphone capable de joindre Jason, et ce n'était pas une vieille bique passive-agressive et ménopausée qui allait me détourner de mon objectif. J'allais savoir ce que voulait me dire Jason.

Quand on débarrassa les assiettes, Allison se livra à un exercice que j'avais souvent pratiqué pendant mes années de lycée, et qui consistait à surveiller avec attention la caisse du restaurant pour repérer le moment où l'addition était en route vers la table et filer aux toilettes. À son retour, je refermais mon sac, mon pull à la main.

« Oh, on a eu l'addition ?

— Vous êtes mon invitée.

— Comme c'est aimable.

— Nous pourrions peut-être aller dans un café pour discuter… de ces choses que vous avez reçues, vous savez ?

— Excellente idée. »

À quelques pas de là, nous entrâmes dans un café fréquenté par la jeunesse locale. Ils se bichonnaient, se pavanaient, plastronnaient, et chacun d'eux me donnait l'impression d'être plus vieille que la poussière. Allison commanda le café le plus cher du menu, sur quoi je lui ai adressé mon regard le plus pénétrant.

« Pouvons-nous parler de Jason, maintenant ?

— Bien sûr, ma chère. Mais j'aimerais que ce que j'ai à vous révéler ne soit pas aussi stupide que ça en a l'air.

— Je vous en prie. Alors, qu'a-t-il dit ? »

Allison prit une profonde inspiration et articula le message comme s'il s'agissait d'une vérité embarrassante. « Glue.

— Quoi ?

— Glue. Glue glue glue glue glue. »

J'étais abasourdie. C'était la langue des Cailles. Les Cailles faisaient partie des personnages que Jason et moi avions créés – un mélange de Bohémiens de

Broadway et d'enfants intelligents, très doués pour les tâches répétitives et les costumes à thème. Mais les Cailles ne parlaient que leur propre langage, lequel se résumait à un mot unique : *glü*, avec un umlaut guilleret au parfum d'Ikea sur le ü.

«Après toute la gentillesse dont vous avez fait preuve, c'est le seul message que j'ai à vous transmettre. Tout compte fait, je suis peut-être bel et bien un imposteur.»

J'étais toujours tétanisée.

«Heather? Heather?

— Hein? Je...

— Si je comprends bien, ça a un sens pour vous.

— Ouais.

— Quel soulagement.»

J'imagine qu'Allison se demandait quel genre de génie avait été libéré de sa bouteille. «Il n'a rien dit d'autre? Rien du tout? demandai-je.

— Désolée, Heather. Seulement "*Glue glue glue glue.*"

— Et en règle générale, à quel moment recevez-vous les messages, si je peux m'exprimer ainsi.

— Seulement pendant la nuit.

— Alors, vous en aurez d'autres cette nuit?

— Je ne peux qu'attendre et voir ce qui se passe.

— Vous m'appellerez s'il y a du nouveau?

— Comptez sur moi. Mais, j'ai l'impression que mes problèmes d'argent et de voiture bloquent le passage. Sans ça, je suis certaine que je pourrais capter mieux.

— Je vous aiderai pour la voiture. Et naturellement, je vous donnerai vos honoraires habituels de voyante.

— Vous êtes adorable, Heather. Et j'ai vraiment apprécié le somptueux dîner.»

Oh, bon sang. J'ai tiré dix billets de vingt dollars de mon sac, et je les ai remis à Allison. « Voilà pour aujourd'hui. Et pour cette fois, je prendrai en charge la réparation de votre voiture. Qu'en dites-vous ?

— Quelle générosité ! Mais vraiment, Heather, vous… »

Après avoir entendu les Cailles me parler du royaume des morts, j'étais emportée par l'émotion. « Je vous en prie, ça me fait plaisir. Dites-moi, Allison, puis-je vous demander de garder votre téléphone avec vous demain ? Parfois, c'est frustrant de ne pas pouvoir vous joindre.

— Mais bien entendu, ma chère. »

Et je suis rentrée à la maison, où je suis assise maintenant, essayant de trouver un sens au joyeux message que Jason m'envoyait de l'au-delà. *Glü glü glü glü glü glü glü glü glü glü glü glü glü glü.*

Je me demande si je ne ferais pas mieux de sauter du Cleveland Dam et le rejoindre tout de suite, mais ce geste me disqualifierait probablement d'une manière ou d'une autre.

Alors, je pense que je n'ai plus qu'à rester là, à savourer ma satisfaction, avant de prendre deux somnifères parce que je travaille demain.

Juste avant de m'endormir.

J'ai réfléchi. Je suis plus âgée. Je suis de l'autre côté des trente-cinq ans, et j'ai une vision plus claire de l'énergie et du temps perdus que deux ans auparavant. Ces jours-ci, si quelqu'un s'avise de me faire perdre mon temps, ça me rend dingue. J'ai également sept ans de plus que Jason, mais après, disons, trente-trois ans, nous avons tous le même âge dans la tête, ce n'est donc pas aussi dramatique que ça en a l'air. Du moins pas vu de l'intérieur. Et comme Jason avait presque trente-trois ans, nous étions presque sur le même plan. Et de toute façon, quelques dizaines d'années après le premier baiser et la première cigarette, peu importe que l'on soit riche ou pauvre, la vie nous a marqués du même nombre de blessures.

La plupart des gens auraient tendance à considérer Jason comme un raté, et il n'y a rien à redire. L'échec est authentique, et son authenticité lui donne de la réalité et de la justesse, c'est la raison pour laquelle c'est un état pur de l'être. Je pense que Jason était aussi cristallin et lumineux qu'un halo, et non, je n'essaie pas de lui trouver des excuses. Dieu seul sait le nombre de matinées de travail qu'il a passé à ronfler et, une fois par semaine, il débrayait une heure plus tôt pour aller regarder des matchs dans les pubs. Mais il n'a jamais cherché à se faire bien voir des gens qu'il n'aimait pas. Il n'a jamais fait semblant d'être occupé pour se faire valoir, et il n'a jamais modifié ses opinions selon la manière dont tournait le vent.

L'échec induisait une forme une libération qui permettait à Jason d'être lui-même. Pourquoi boutonner cette chemise. Demain, le shampooing. De la bière au déjeuner ? Bien sûr.

J'aimerais pouvoir dire que le succès transforme les gens en poupées de plastique, mais à la vérité, je ne connais personne qui ait réussi. Ceux qui s'en rapprocheraient le plus sont les gens que je croise au tribunal, tous des canailles.

Au début, je m'étais demandé si je devais prendre Jason, le rendre sérieux, et en faire le personnage plein de zèle et dopé au PowerPoint d'une histoire de réussite exemplaire. Mais il n'y avait pas la moindre chance pour que ça arrive un jour. L'ayant compris très tôt, je ne l'avais donc jamais poussé. Je n'avais pas tenté de le faire changer, et c'était peut-être mon plus grand charme – à égalité avec mes *manicotti* à la florentine – et le fait que je ne l'avais jamais jugé avec dureté, ni même jugé tout court. Je l'avais tout simplement laissé être ce qu'il était, un réfugié doux et perturbé qui fuyait un passé rude, extrême, si différent du mien. Et il était tellement seul quand je l'ai rencontré – oh! le matin où il avait appris qu'on pourrait parler au petit déjeuner, il avait presque ronronné d'aise. Visiblement, c'était interdit pendant son enfance. Reg devait être absolument épouvantable à l'époque.

Jason avait aussi ce truc qu'il appelait un glorimètre. Il s'agissait d'un appareil invisible que tout le monde possédait, selon lui, un gadget du genre Palm-Pilot qui faisait *ding-ding-ding* chaque fois que nous utilisions un baume pour accentuer notre impression d'être important. Il donnait des exemples : «Je fais les meilleures tartes aux cerises aigres de tout Vancouver» ; «Mon dachshund a le poil le plus soyeux de tous les chiens du parc» ; «Mes tableurs ont les champs le plus intelligemment conçus» ; «En terminale, j'étais champion de 400 mètres.» Vous voyez le tableau. Des trucs tout simples. Jason n'avait rien contre cette manière de faire, mais lorsqu'il pointait le glorimètre vers lui, le *ding-ding-ding* s'arrêtait ; et il faisait semblant de tapoter le cadran pour décoincer l'aiguille.

«Mais Jason, tu as certainement quelque chose en toi capable d'activer cet appareil.

— Nada. Désolé, ma chérie.

— Allez…

— Que dalle. »

C'était la réplique par laquelle il me signalait qu'il était temps de lui répéter à quel point je tenais à lui, et comme une gamine, je passais les dix minutes suivantes à faire la liste de toutes les raisons farfelues qui me faisaient l'aimer, et ça lui faisait un bien fou. Alors, si c'est ça réparer une personne, alors, ouaip, j'ai réparé cet homme.

Mercredi matin 10 h 30

Il m'a fallu avaler cinq comprimés de somnifères avant de tomber, et j'ai dû faire appel à toutes mes forces pour me tirer du lit ce matin. En guise d'antidote, j'ai pris des amphés que Jason avait laissé traîner dans l'armoire à pharmacie – la tâche était ardue, mais elles ont réussi à me réveiller. Heureusement, les gens mettront mon air revêche et ma mine renfrognée sur le compte de la contrition après mes déboires téléphoniques de la veille. De toute façon, je peux à peine aligner deux idées, et encore moins transcrire les inepties fastidieuses du procès en cours, alors, je vais me contenter de rester à ma place et de faire de mon mieux, compte tenu des circonstances.

Oh, comme c'est agréable d'être là sans prêter attention à ce que disent ces abrutis devant la cour. J'aurais dû essayer depuis longtemps. Je me demande combien d'autres sténos se sont assises ici, déversant leurs pensées intimes avec un air méthodique et guindé ? Oh, j'imagine que je me flatte en disant une chose pareille, mais nous formons une bonne équipe, nous autres les sténos. Mais à la télé, nous ne prenons jamais part à l'intrigue. Une star ne jouera jamais le rôle d'une sténo ; il n'y a même pas un porno qui mette en scène des sténos.

Pour l'instant, un avocat du nom de Pete jacasse à n'en plus finir à propos d'un formulaire de cession de propriété qui n'a pas été fourni. Ça sent la suspension d'audience.

J'imagine que je pourrai appeler Allison pendant la pause. J'ai beaucoup trop pensé à elle la nuit dernière. Quelque chose me déplaît chez elle, mais quels avantages pourrait-elle tirer de cette histoire? Pour l'instant, elle a obtenu un bon repas, peut-être une réparation gratuite pour sa voiture, et deux cents dollars. Pas grand-chose.

Je me demande qui j'espère abuser? Cette femme me possède. Et elle le sait. Tout ce que je peux faire, c'est prier pour recevoir assez de messages de Jason avant qu'elle ne dévoile ses crocs et que les prix commencent à monter.

Calme-toi, Heather: cette femme est une veuve de North Vancouver – ce qui est aussi plus ou moins ton cas – une veuve qui essaie d'escroquer quelques billets pour maintenir l'illusion qu'elle appartient encore à la classe moyenne, avant que la pauvreté ne l'avale par le siphon comme un effet spécial bas de gamme.

Les actes d'Allison sont-ils criminels? Ce que j'ai compris pendant ces années au tribunal, c'est que n'importe qui peut faire n'importe quoi pour n'importe quelle raison. C'est précisément l'existence du crime qui m'a poussée à choisir mon métier. Je voulais voir le visage des gens qui pouvaient dire une chose et en faire une autre. C'est ainsi que mes parents se conduisaient l'un envers l'autre, et avec tous les membres de leur famille. Je pensais que me rapprocher des menteurs et des criminels pourrait me procurer une meilleure perspective sur les mensonges familiaux. Bien sûr ça n'a pas marché, mais au moins, j'ai eu droit à du spectacle. Il y a quelques années par exemple, nous avions eu cette femme, une institutrice, qui affirmait sous serment qu'elle participait à une fête à l'occasion d'une naissance, alors qu'il avait été prouvé qu'elle découpait joyeusement son beau-père en morceaux à ce moment. Elle avait gardé toute sa sérénité pendant que la défense martelait son mobile – l'argent, évidemment – et démontrait la préméditation – elle avait acheté une piscine pour enfant un mois plus tôt pour recueillir le sang, sans compter les factures des centaines de dollars d'eau de Javel, de désinfectant et de déodorants, achetés dans le même Drug Mart où je me procure mes tampons et mon pop-corn micro-ondable.

Y avait-il une grande leçon de morale à tirer de tout cela ? J'en doute. Mais je sais qu'en tant qu'espèce, notre câblage interne est conçu pour croire aux mensonges. Il est étonnant de constater à quel point nous sommes disposés à avaler la première histoire qu'on nous balance, simplement parce que nous avons envie d'entendre ce qui nous fait plaisir.

J'imagine que j'étais aussi persuadée qu'écouter tous ces procès finirait par me vacciner contre toute atteinte criminelle. Quelle naïveté. Mais c'est mon ancien moi de dix-sept ans qui avait pris cette décision. Imaginez que vous laissiez les choix les plus importants de votre existence aux mains d'un gamin de dix-sept ans ! Où Dieu avait-il la tête ? Si la réincarnation existe, je veux que la nature de ma prochaine incarnation soit déterminée par un quorum de douze septuagénaires.

C'est quoi ? Du pipeau, ouais – une suspension d'audience pendant que Joe Sac-à-Merde gagne du temps en cherchant une cession de propriété dont chacun sait dans la salle qu'elle n'existe pas. Les riches ont leurs propres lois ; les pauvres n'ont pas la moindre chance ; jamais.

Mardi après-midi 15 heures

Je déjeunais dans un petit restaurant près du tribunal, chipotant quelques feuilles de romaine, tout en rappelant Allison sans le moindre espoir, quand un groupe de Canadiennes francophones s'installa derrière moi, des planteuses d'arbres – des adolescentes avec une peau sans défauts et qui ne manifestaient aucune gratitude pour ce que la société leur avait donné. Elles commencèrent à discuter viande et régime végétarien. Leurs descriptions des abattoirs du Québec étaient si horribles que je faillis vomir, alors qu'en temps normal, un dialogue aussi explicite aurait seulement éveillé ma curiosité. Je rentrai tant bien que mal au tribunal et j'allai trouver Larry, qui s'occupe du planning, à qui j'expliquai qu'étant souffrante, je m'absentais pour le reste de l'après-midi – une fois de plus. Je rentrai en voiture. Arrivée chez moi, je ne fus capable que de m'enfouir sous ma couette en me demandant où pouvait se trouver le corps de Jason. Pas son âme ou son esprit, mais sa partie charnelle. Pourquoi était-ce aussi important à mes yeux ?

Avant même de le rencontrer, je savais qu'il n'était pas un prince ; comme je l'ai dit, ça faisait partie de son charme. D'un autre côté, ma fonction prépare au pire de ce qui peut arriver à un corps humain, y compris les photos du coroner, même dans la gentille petite Vancouver : immolation de mariées par le feu, femmes jetées dans des déchiqueteuses à bois ou envoyées à l'équarrissage.

Dieu sait que l'esprit de Jason renfermait des images terrifiantes. Après notre rencontre, j'avais demandé à Lori, qui travaille aux archives, de me procurer des photos contenues dans le dossier du massacre de Delbrook – celles de la cafétéria. Bien, tout ce que je peux dire c'est qu'en ne montrant pas l'histoire réelle, les médias rendent à la fois un bon et un mauvais service. J'imagine qu'on doit trouver des sites où on peut voir ce genre de choses, mais…

D'accord, la quatrième photo représentait Cheryl. En la voyant, j'ai eu le souffle coupé.

Elle.

Si *jeune*. Oh, mon Dieu, tellement jeune. Tous. Des enfants. Même si elle se trouvait au milieu d'un champ de bataille, son visage n'avait pas été touché. Sur le cliché, elle semblait sereine, comme si elle était encore en vie et prenait un bain de soleil. On ne voyait pas de signe de frayeur. Aucun.

J'avais remis les photos dans leur enveloppe sans regarder les autres.

Jason se sentirait-il mieux s'il apprenait qu'elle était morte en paix ? Mais il devait déjà le savoir. S'il revenait, fallait-il lui dire que j'avais vu la photo ? Allait-il s'éloigner de moi ou allions-nous nous rapprocher ?

Si toutefois il revenait.

Salaud.

Pourquoi ne m'a-t-il pas laissé une piste ? Un misérable petit indice. Mais non : « Je vais acheter des clopes, chérie. Tu as besoin de quelque chose ? Du lait ? Des bananes ? » Il est mort. Aucun doute. Parce qu'il ne m'aurait pas quittée de cette façon, il n'était pas comme ça.

Je continuais à me demander lequel de ses amis pourrait avoir une petite idée de ce qui se passait, mais à part moi, Jason était seul au monde. Sa famille était à un cran de la parfaite inutilité. Parfois, ils me mettaient hors de moi. Dès que l'enquête sur le massacre avait conclu à son innocence, sa mère l'avait traîné au fin fond des collines sans lui laisser le temps de faire face à ses accusateurs. D'une certaine manière, ils ont dû considérer ça comme une victoire.

Kent était mort, mais à l'époque il aurait pu défendre son petit frère avec plus de fermeté au lieu de s'abriter derrière un rempart de lieux communs tièdes et de prêchi-prêcha religieux.

Et puis Reg – pourquoi a-t-il fallu attendre que le monde s'écroule autour de toi pour que tu deviennes humain ? Vous vous seriez si bien entendus, tous les deux. Sûr.

Et ne me parlez pas des parents en plastique de Cheryl avec leur esprit mal tourné. Hypocrites.

Même Barb devient un peu tendue quand je parle trop de Jason.

Oh, *Saigneur* – je suis juste en train de me défouler. Ce n'est que du défoulement. Ce sont tous de braves gens. Quant à moi, je me défoule tout simplement.

Et je n'arrive pas non plus à m'ôter la photo de Cheryl de l'esprit. Je ne suis pas du genre jaloux, mais quand il s'agit d'elle, que faire ? Aux yeux du monde, Cheryl est une sainte. Qui d'autre sur terre a une sainte pour rivale – les bonnes sœurs ?

Mais je ne partage pas l'avis général – ce n'était pas une sainte si on en juge par ce que m'a raconté Jason. C'était juste une fille normale qui manquait peut-être de sens du drame. Depuis la disparition de Jason, j'ai eu l'occasion de dîner quelquefois chez Barb avec Chris et ses parents ; ils ne parlent que d'avoir des remises sur les caisses de maïs en boîte chez Costco, du meilleur prix qu'ils ont obtenu d'Alaska Airlines pour se rendre à Scottsdale, et de leurs nouveaux voisins dont l'anglais n'était pas la première langue. Je ne les ai jamais entendus émettre une idée, et encore moins se demander où pouvait se trouver Jason. Ils étaient peut-être décontenancés par ma présence. Jason disait qu'ils étaient vils, qu'ils le prenaient toujours pour l'auteur de la vidéocassette sur laquelle figuraient les tireurs, et pensaient qu'il avait envoyé les bandes à la presse. Mais je n'ai rien perçu de soupçonneux dans leur attitude. S'ils manifestaient quelque chose, c'était le regret de ne pas l'avoir réellement connu.

Quant à Cheryl, j'ai rapidement appris qu'elle pouvait surgir à n'importe quel moment. Nous regardions la télé et *bing*, elle était là, sa photo de promo apparaissait sur l'écran, pendant qu'une voix off parlait du crime et de la jeunesse, ou de la spirale du taux de criminalité, ou du crime et des femmes. Pour moi, c'était toujours un choc, mais jamais pour Jason. Il souriait légèrement. «Ne t'inquiète pas», disait-il. Mais vous savez, je regardais son visage. Il l'aimait toujours. Ça crevait les yeux.

Ce qui était bizarre était que moi (vivante), j'avais l'avantage sur elle (morte). Mais d'un autre côté, elle (morte) avait l'avantage sur moi (vivante, mais vieillissant rapidement et pas très bien).

Et puis, il y avait la religion. Même si Jason prétendait l'avoir rejetée, j'avais le sentiment que sa position dans l'existence était un attentisme choisi, qu'il était persuadé qu'en continuant ainsi le restant de sa vie, il finirait par retrouver Cheryl. Comment j'avais su que son dédain pour la religion n'était pas à court terme ? Parceque quand j'essayais de lui parler de Cheryl, ses réponses étaient dignes d'un politiciens retors : « C'est quelqu'un qui a été dans ma vie, il y a tellement longtemps. Je n'étais qu'un gamin. » Mais elle est morte dans ses bras au milieu d'une mare de sang !

Cependant, au cours des années, à entendre certaines remarques de Jason, je finissais par me demander si de nouvelles pousses ne surgissaient pas de l'arbre coupé au ras du sol. Par exemple, nous avions croisé Craig, un de ses amis d'enfance, sur l'autoroute, au volant d'une Ferrari ou d'une voiture du même genre. « On peut accumuler toute sorte de choses au cours de son existence, ce n'est pas ça qui vous rendra heureux. Craig se sent obligé de montrer qu'il est un homme comblé. Soit.

— Tu es jaloux, voilà tout.

— Pas du tout. »

Et c'était la vérité.

Durant les derniers mois, Reg n'avait pas tenté de me convertir et n'avait rien suggéré en ce sens. Il était bien trop préoccupé par l'état de sa propre âme. Ironiquement, l'honnêteté dont il faisait preuve en admettant ses doutes le conduisait vers plus de spiritualité et me rendait plus sensible à ses idées que dans d'autres circonstances. Je ne pense pas qu'il l'ait compris. En sa compagnie, je me surprends à réexaminer les motivations de tous mes actes. Je me considère comme une personne dotée d'une morale, bien que je me demande tout le temps si le fantôme de Cheryl ne me surveille pas de quelque part en répétant : « Écoute, Heather, ne confonds pas ta morale et les exigences divines. »

Ainsi tout me ramenait à Cheryl et à ma jalousie – soyons lucides. Voilà ce que je pense : les cinq traits les moins attirants du genre humain sont la bassesse, l'entêtement, l'indigence, l'immobilisme et la jalousie. C'est le pire, et de loin, le plus difficile à dissimuler. Avec Jason, je m'y obligeais. Que pouvais-je faire d'autre ? Mais je ne sais pas comment tuer la jalousie. Je m'attends constamment à la voir dévoiler ses petits crocs d'acier prêts à se refermer sur moi comme les mâchoires d'un piège, au moment où je dois manifester le plus de tendresse ou d'indulgence. La jalousie est une émotion qui *se tapit et guette*.

Jeudi matin 6 heures
Pas de somnifères la nuit dernière. Allison a découvert ses longues canines. J'ai d'abord reçu un appel de mon garagiste à Pemberton. « Salut, Heather. C'est Gary.

— Salut.

— Écoute, j'ai là une petite dame, une vieille aussi énervée qu'une bibliothécaire qui aurait chopé la chtouille. Elle a une Cutlass qui est une vraie ruine. Il y a un bon paquet de réparations à faire dessus, et elle m'assure que c'est toi qui régleras la note. Pour l'instant, je suis dans le bureau, tu comprends, j'ai préféré t'appeler pour confirmer.

— Ça va faire combien ?

— Ben, plus de deux mille billets, TTC.

— Nom de…

— C'est bien ce qu'il me semblait. »

J'ai marqué un temps d'arrêt avant de continuer. « C'est bon, Gary. Je paierai.

— T'en es vraiment sûre ?

— Certaine. »

Après avoir raccroché, j'ai tenté de considérer ma nouvelle situation avec calme. J'étais son esclave. Voir ma paranoïa confirmée générait une sensation lénifiante, presque sédative, faites-moi confiance.

Tout d'abord, j'ai cessé de l'appeler. Je savais qu'elle prendrait son téléphone quand elle estimerait que le temps était venu de frapper. Cette décision m'a libérée, et j'ai pu me consacrer à des tâches jusque-là négligées. J'ai nettoyé l'appartement comme si je procédais à la fouille d'une scène de crime pour le FBI : tout ce qui appartenait à Jason et avait gardé son odeur a fini dans de grands sacs à congélation Ziploc. Toutes ses affaires de toilette, rasoirs, brosses : EMBALLÉES. Son portefeuille posé près du compotier : EMBALLÉ. Ses sous-vêtements sales, ses tee-shirts et ses chaussures. Et aussi tous les vêtements qui se trouvaient dans sa panière à linge. Une fois que tous ses effets personnels ont été isolés, j'ai ouvert chaque sac, l'ai tenu contre mon visage et j'ai inspiré de toutes mes forces. Je me suis demandé combien de temps son odeur durerait. Le parfum de son déodorant bas de gamme m'a fait monter les larmes aux yeux. J'ai bu la plus grande partie d'une bouteille de Bailey's avant de m'écrouler – beaucoup mieux que les somnifères. J'ai été réveillée le matin suivant autour de 9 heures par un coup de fil de Larry, qui venait aux nouvelles. Je lui ai dit que j'étais malade. Je SUIS malade.

Je regarde la pile des affaires de Jason. Je dois recommencer ma vie de zéro. Bien sûr, je pourrais aller au travail, mais je ne serais qu'une coquille vide. Maintenant, il n'est plus question que je rencontre quelqu'un d'autre, et dans la vie réelle, je suis devenue la personne neutre et effacée que je prétends être au tribunal.

Alors par quoi commence-t-on lorsqu'il s'agit de prendre un nouveau départ dans la vie? Au moins quand on est jeune, on est aussi stupide. Mais moi? *Tic-tac-tic-tac.*

Après avoir fait du café, je m'apprêtais à appeler Barb quand le téléphone sonna.

«Allô?

— Allô, Heather. Ici, Allison.

— Salut, Allison.»

Ma voix est dépourvue de toute vivacité, comme celle d'un prisonnier.

«J'ai pensé que je devais vous appeler et prendre de vos nouvelles. J'ai eu un nouveau message.

— Ah oui? Vraiment?

— Oui. Et celui-là est assez long.

— Bonne nouvelle.

— Nous devrions nous voir, non?

— Oui, Allison, nous devrions nous voir. Et si je passais à votre bureau ou à l'endroit où vous travaillez?

— Je travaille chez moi.

— Je pourrais vous y rejoindre.

— Oh, non. Je ne laisse jamais les clients venir ici.

— Dites-moi, Allison, à combien vont se monter vos tarifs pour la séance à venir?»

C'était la question cruciale.

«Allison?

— Cinq mille dollars.

— C'est ce que j'avais imaginé.

— Où pensez-vous que nous pourrions nous retrouver?»

Puisque je savais que l'option petit endroit privé où je pourrais lui faire cracher la vérité à coups de poing était exclue, j'ai proposé un restaurant de Park Royal dont la clientèle était essentiellement composée de vieux habitués qui se régalaient de cuisine européenne au beurre. Elle sembla apprécier le choix.

« Au fait, Heather…

— Oui ?

— En liquide, s'il vous plaît. »

Nous nous retrouvâmes à 13 heures. C'était bizarre de se montrer courtoise en sachant qu'elle était au beau milieu d'une vile extorsion. « Tout ce beurre et cette huile. On pourrait croire que les retraités se montrent plus soucieux de l'état de leur cœur, fit-elle remarquer.

— Ça n'a pas d'importance. Ils n'ont rien d'autre à faire que d'attendre la mort. »

On nous servit des escalopes panées, mais je ne touchai pas à ma portion ; celle d'Allison disparut en un clin d'œil comme si un loup de dessin animé était passé par là. Elle avala la dernière bouchée et dit : « Voilà. Si nous passions aux affaires ?

— Bien, Allison.

— Vous avez le paiement ? »

Je lui montrai l'argent, en coupures de vingt, prélevées sur le compte joint où Jason et moi économisions pour le premier versement de l'achat d'une petite maison. J'avais déposé les billets dans un des sacs Ziploc restants. « Voilà. »

Elle évalua rapidement la somme. « Bien. J'ai reçu un message la nuit dernière. Je ne sais pas ce que ça peut bien vouloir dire, mais voilà… »

Elle se mit à déclamer ce qu'elle avait recueilli. C'était un de nos numéros préférés, qui mettait en scène Henry Chickadee, "Héritier de la fortune de la Graineterie Chickadee." L'histoire d'Henry, c'est qu'il passait son existence dans l'allée 17 du Wal-Mart local à répéter "Salut! Bienvenue dans l'allée 17. Je suis Henry Chickadee, puis-je vous tenter en vous proposant des échantillons de notre vaste gamme de produits de la Graineterie Chickadee?" Parfois, Henry se tenait sur son perchoir près d'un petit miroir, et quand il lui arrivait d'utiliser sa balançoire, il disait, "Salut!" chaque fois qu'il voyait son reflet. Henry ne comprenait ni la nature, ni l'effet des miroirs, et si d'autres personnages tentaient de le lui expliquer, il se contentait de les fixer, bouche bée. Complètement idiot.

Et Allison se tenait en face de moi, en plein milieu de ce restaurant gériatrique qui puait le beurre cuit en répétant : « *Salut! Salut! Salut!* »

Même si cette femme était malfaisante, elle assurait les livraisons.

« À part ça, il y a autre chose?

— Eh bien…

— Oui? »

Pigeonnée ou pas, j'en redemandais.

« Il dit que vous lui manquez. Il dit qu'il se sent perdu sans vous. Il dit qu'il essaie de vous parler, mais qu'il n'y parvient pas. Il vous demande pardon de s'exprimer à travers moi. »

J'avais les yeux humides. J'avais obtenu ce que je désirais. « Je suis navrée d'avoir été difficile à joindre, ajouta Allison. Mais je dois faire mon possible pour protéger mon lien avec l'au-delà.

— Ouais. Bien sûr. Ce n'est pas grave.

— Je vous appelle très bientôt.

— Je sais que vous n'y manquerez pas. »

Je ne la remerciai pas, et elle ne semblait pas s'y

attendre. Elle et sa polaire à bouloches vert sarcelle déprimante quittèrent le restaurant. Je jetai quelques billets sur la table et je la suivis dans la galerie marchande jusqu'au parking, où elle remonta dans sa Cutlass déglinguée. J'ai relevé son numéro de plaque, je suis rentrée à la maison, et j'ai appelé Lori, ma taupe. Elle m'a donné le nom et l'adresse d'une certaine Cecilia Bateman, qui résidait à Lynn Valley, un lotissement des années soixante qui, jusque-là, avait été épargné par le fléau du réaménagement. J'attendis la tombée de la nuit. Ma voiture était garée à quelques maisons de celle d'Allison, en contrebas d'une des rues pentues et sinueuses du quartier. Les silhouettes des arbres sombres formaient une masse qui semblait aussi profonde qu'un lac. À un moment de son passé, ce secteur était propre et ensoleillé, mais maintenant, c'était un endroit où l'on pourrait torturer impunément des autostoppeurs, le plus puissant des cris n'arrivant jamais à traverser les haies de rhododendrons. J'avais l'impression d'avoir retrouvé mes quinze ans et ma vieille copine Kathy, à l'époque où nous espionnions les Farrell qui, selon nos chroniques adolescentes, poussaient leur activité sexuelle intense jusqu'à l'organisation d'orgies. Ce que nous avions vu de plus excitant était le séduisant M. Farrell buvant une bière devant un match de hockey en slip kangourou, jusqu'à présent ce genre de sous-vêtements me fait instantanément de l'effet.

Mais revenons à Allison…

Ou plutôt à *Cecilia.*

Je remontai l'allée, un raidillon si escarpé qu'on se serait cru dans un rêve. Aux yeux d'un agent immobilier, chez Cecilia n'était qu'un taudis promis à la démolition, mais c'était le cas de presque tout North et West Vancouver. Ce genre de maisons de 1963 m'était si familière que je ne me suis même pas arrêtée pour reconnaître sa grotesque existence. Sur les hautes pentes d'une montagne où personne ne devrait habiter, à un hurlement des vierges étendues sauvages, sa présence n'était due qu'au pétrole et à cette sorte de besoin qu'éprouvent les humains de s'isoler tout en restant relativement proches des autres. Même dans l'obscurité, je pouvais voir que la façade était parsemée de grandes taches d'un bleu décoloré par le soleil, qui lui donnaient l'allure d'une miche de pain moisie, la même couleur que la voiture de cette Allison/Cecilia.

Ouais, sa voiture était dans le garage – à une place. Quelques lumières brillaient dans la maison et je pouvais entendre le glouglou sourd de la télé en arrière-plan. Après avoir traversé l'abri à voitures, je fis le tour pour passer derrière la maison. Ça n'avait pas été entretenu depuis des années, et mes vêtements se comportèrent comme des aimants pour les feuilles mortes, les débris de cèdre, les toiles d'araignées.

Qu'étais-je venue faire ici ? Je ne voulais pas l'assassiner, même si ça aurait été plutôt facile. Je ne cherchais pas à la confondre, car je ne voulais pas perdre mon seul lien avec Jason. Cecilia, le seul jeu en ville qui vaille la peine.

Je me rapprochai des fenêtres et j'observai l'intérieur en toute impunité, elle était là, elle fouillait dans le congélateur, en sortait une boîte en carton contenant un plat cuisiné. Elle la posa sur une grande planche à découper et enleva l'emballage. Elle lut le mode d'emploi rédigé en français, puis retourna le carton côté anglais, ensuite, à gestes timides, elle perça un, deux, trois trous dans le film plastique qui scellait le plat. Elle ouvrit le four à micro-ondes, y posa le repas, pressa quelques boutons – et puis, elle resta immobile, bras croisés sur la poitrine à contempler son existence. C'est à cet instant que je frissonnai. Je venais de comprendre que cette Allison/Cecilia et moi ne faisions qu'une – elle représentait une version plus âgée de moi-même, une femme, sans homme et sans perspectives, isolée géographiquement, contemplant une existence faite d'une activité douteuse, de quelques milliers de repas à passer au micro-ondes, et au bout, le cercueil.

Elle venait juste d'ôter le plat du four lorsque je perçus un bruit qui venait de l'abri à voitures, Allison aussi l'avait entendu. Je vis des phares à travers les branches de diverses espèces de résineux ; Allison lâcha (plutôt que posa) la barquette sur le comptoir, ouvrit un tiroir, y plongea la main, en tira un flacon de couleur ambre foncé, dont elle sortit un ou plusieurs comprimés qu'elle avala sans eau. Les phares s'éteignirent ; j'entendis un claquement de portière, puis je regardai Allison. Elle se tenait au milieu de la cuisine, sans même avoir pris la peine d'enlever la membrane en plastique du plat cuisiné.

Une femme plus jeune entra. Vingt-cinq ans, peut-être ? Je ne pus saisir ce qu'elles disaient, mais d'après ma relation désastreuse avec ma propre mère, la zombie du bingo, je devinai que cette jeune femme était la fille de Cecilia, et que des répliques sanglantes fusaient de part et d'autre. Dieu, que c'était agréable de regarder ça des coulisses sans être une de celles qui hurlent.

Pendant un instant, je pris le parti d'Allison, puis je me souvins de son intention de mettre mon compte en banque à sec, tout en réglant mes émotions sur la zone rouge.

De toute façon, elles passèrent au salon, situé au premier étage, sur le devant, et hors de vue des endroits où je pouvais me poster. Après avoir fait deux fois le tour de la maison, je décidai de mettre un terme à ma séance d'espionnage et je redescendis furtivement l'allée. J'avais oublié de débarrasser mes vêtements des feuilles mortes, des insectes, des divers débris que j'avais récoltés, et je découvris une araignée qui se déplaçait sur ma poitrine. Prise de panique, je la balayai frénétiquement. En arrivant à la voiture, je soufflais comme un mineur agonisant. Là-dessus, l'alarme se déclencha. *Ding-ding-ding-ding-ding.*

Je partis directement chez Reg. Manifestement surpris quand je sonnai à l'interphone, il m'invita à monter. Le hall de l'immeuble sentait le désinfectant, le graillon et la poussière. L'ascenseur me déposa au dix-huitième étage, sur un petit palier sans air, l'atmosphère étouffante. Une fois, Jason m'avait raconté que l'appartement de son père était si sombre qu'il engendrait une claustrophobie instantanée. Difficile d'imaginer que ça puisse être aussi grave. Reg se tenait sur le seuil de la porte ouverte. « Heather ? »

Bien entendu, je fondis en larmes, et il me fit signe d'entrer. Malgré mes larmes et mon trouble, je remarquai que l'intérieur ne correspondait pas du tout à la description de Jason. Je pense que ça devait être un style scandinave moderne quelconque, je ne prête pas beaucoup d'attention à la décoration d'intérieur. Par-dessus (et au-delà de) ce qui se lisait déjà sur mon visage, Reg perçut ma surprise : « Ça fait des années que Ruth m'a obligé à tout vendre. Jason a dû te dire que c'était un mausolée ici, n'est-ce pas ? »

Je hochai la tête.

« Eh bien, c'était vrai. Je crois que la plupart de ces trucs viennent de chez Dirndl, si c'est vraiment le nom de cet endroit. J'aime bien. Pouvoir débarrasser nos existences des choses en excès est toujours une bénédiction. Je vais te chercher un verre.

— De l'eau.

— Va pour l'eau. »

Il rapporta de l'eau, une bouteille de vin blanc et deux verres. « Raconte-moi ce qui s'est passé.

— C'est *elle*.

— Je m'en doute. Continue.

— Elle me dépouille jusqu'à l'os.

— Comment ?

— Maintenant, elle me prend cinq mille dollars le message. »

Reg ne commenta pas.

« Et moi, je paie ! Elle sait des choses qui ne sont jamais allées plus loin que notre oreiller. De petits détails, des choses impossibles à deviner même pour quelqu'un qui nous connaîtrait tous les deux depuis notre naissance.

— Continue.

— Je suis allée chez elle. »

Reg se tendit brusquement. « Tu n'as rien fait d'irréfléchi, n'est-ce pas ?

— Non. Je n'ai rien fait du tout. C'est une veuve de North Van, qui vit dans une baraque pourrie de Lynn Valley… et je lui appartiens.

— Prends un peu de vin. Calme-toi. »

Il avait raison, j'avais besoin de reprendre mes esprits, de revenir à mon comportement normal de sténographe de la cour, je pourrais au moins y trouver une sorte de détachement. Il changea de sujet, et la discussion porta sur de petites choses, mais avec mes vêtements couverts de débris ramassés dans la cour, et mon mascara qui avait coulé, je devais ressembler à une poupée troll. Peu de temps après, Reg me ramena un gant de toilette imbibé d'eau tiède et une brosse à habits ; je me suis nettoyé le visage et j'ai enlevé les toiles d'araignées de mon pull. Il déclencha alors les réflexions qui m'ont conduite devant mon clavier aux petites heures du matin.

« Écoute, Heather, as-tu considéré la situation sous tous ses angles ?

— Évidemment.

— Réfléchis bien à la question.

— Reg, tu essaies de me faire comprendre quelque chose, mais je ne sais pas quoi.

— Tu es la seule personne avec laquelle je puisse encore discuter. Tous les autres ont disparu ou m'ont rayé de leur vie.

— Ce n'est pas vrai. Barb continue à te parler…

— Je ne dis pas le contraire, mais seulement parce qu'elle a le sens du devoir, et aussi par loyauté envers toi, me semble-t-il.

— Qu'est-ce que tu racontes ?

— Je dis que je ne crois pas en l'existence des voyantes. Que je ne pense pas que les morts puissent nous parler. Une fois que tu es là-bas, tu y restes. J'écarte l'hypothèse que Jason ait été enlevé et soit retenu comme otage, mais ça ne m'empêche pas de chercher une explication valable à toute cette histoire.

— Mais comment Allison a-t-elle pu apprendre des détails aussi intimes… ?

— Heather, le premier point à retenir c'est qu'Allison ou Cecilia, quel que soit son nom, ne peut pas parler avec les morts. Elle est liée à Jason d'une manière ou d'une autre. »

J'étais sans voix.

« Attention, je ne dis pas qu'ils ont eu une aventure. Rien de tel.

— La fille.

— Quoi ?

— La fille. Celle qui est arrivée par le garage.

— Comment sais-tu que c'est sa fille ? »

Tout se mettait en place. *Heather, espèce de pauvre cinglée.* « Allison n'a jamais reçu le moindre message de sa vie. C'est sa fille… Jason s'est servi de nos personnages avec quelqu'un d'autre. Avec elle.

— Tu sautes trop rapidement aux conclusions.

— Vraiment ?

— Oui. Jason t'aimait. Il n'aurait jamais fait… »

Je me levai d'un bond et j'ai dit à Reg qu'il me fallait partir. « Reste ici, Heather. Ne pars pas tout de suite. Pour l'instant, tu n'es pas dans ton état normal. Oh, mon Dieu, ne bouge pas. »

Mais il n'est pas parvenu à me faire changer d'avis. Légèrement ivre, je suis partie chez Allison. Et c'est là que je me trouve maintenant, je suis dans ma voiture, et je tape ceci sur mon portable. J'attends, j'attends, j'attends de voir de la lumière à l'intérieur, je surveille les deux voitures. Je peux attendre ici toute la nuit. Je peux attendre pour toujours.

Il devient si difficile de me souvenir de qui était Jason, de me rappeler qu'il avait une voix propre, une manière singulière de s'exprimer et de voir la vie. Comme le personnage d'un roman, il essayait de comprendre le fonctionnement du monde qui se constituait sous ses yeux. Mon propre roman est perdu au milieu du tas. Comment parlait-il ? Comment souriait-il ? Il me reste des photos, des vidéos de barbecues chez Barb, et quelques films sexy de nous deux que j'ai eu la présence d'esprit de ne pas jeter. Mais j'ai trop peur pour les regarder, parce qu'ils représentent la dernière étape. Après, il n'y aura plus rien. Ses odeurs dans les petits sacs commencent déjà à se dissiper. Que vais-je faire ? Jason était un accident. Non – Jason était Dieu descendu sur Terre pour manipuler les lois de la nature et créer un miracle dans ma vie. Les gens se raccrochent aux miracles, mais si ces événements s'appellent ainsi c'est parce qu'ils ne se produisent quasiment jamais. Alors, QUI a posé cette stupide petite girafe, avec son blouson de mouton retourné, à la virilité suspecte sur le comptoir de Toys R Us cette fameuse après-midi ? J'étais son témoin. Je le rendais réel, et il faisait la même chose pour moi. J'ai été célibataire très longtemps – je me souviens d'avoir fait mentalement la liste des compromis auxquels j'étais prête à me plier pour arriver jusqu'à mes soixante-seize ans et demi sans craquer. *Si je me contente d'aller voir deux films par semaine, un seule, l'autre avec une amie, ça fera deux soirées passées sans trembler de peur. Ne pas appeler trop souvent les amies qui sont en couple ou je donnerai l'impression d'être désespérée. Ne pas devenir la marraine de trop d'enfants de mon entourage, ou je finirai par avoir l'image de la tante encore demoiselle. Ne pas prendre plus de trois verres par soir parce que j'aime bien boire, que ça pourrait me permettre de replâtrer toutes mes fêlures.*

À l'âge de onze ans, je m'étais cassé le bras en visitant une maison en construction dans le lotissement où vivait ma famille. J'avais passé l'été dans le plâtre avec l'impression de porter un ver brûlant et urticant d'où irradiaient des filaments de fibre de verre rose, et que les semaines s'étiraient en longueur – mais le temps finit par passer, et je me souviens d'avoir complètement oublié la gêne qu'il occasionnait, moins de six heures après en avoir été débarrassée (oh, la fraîcheur de l'air !). Il en est allé de même avec Jason.

Dès qu'il était entré dans ma vie, je m'étais empressée d'oublier toutes ces années où j'avais affiché une expression de courage en hantant les librairies jusqu'à l'heure de la fermeture, où je buvais, une, deux, trois bières en regardant les séries policières et CNN. La détestable sensation de solitude avait disparu de ma mémoire, cette pression sur l'estomac, comme si j'avais faim et soif en même temps.

Parfois, mes vieilles amies célibataires venaient dîner avec nous dans notre petit appartement miteux mais heureux, et je me rendais compte qu'elles s'apprêtaient à se retirer de ma vie avec discrétion. Toutes ces femmes formidables qui m'avaient accompagnée aux films de Mel Gibson ou à la soirée deux-Caesar-pour-le-prix-d'une au Keg, je les chassais de mon existence. Et je voyais la peur s'installer dans leur regard lorsqu'elles comprenaient que chacune d'entre elles allait encore perdre un des liens qui les rattachaient au monde. Parfois, mes amies célibataires solitaires attendaient que Jason soit sorti pour venir me rendre visite, et passaient des heures à divaguer en racontant comme elles étaient fantastiques, mais le monde les abîmait, et le cœur de leur être se desséchait. J'étais fière, heureuse de ne pas être seule. Je voulais me détacher des gens solitaires et, pour être honnête, de bien d'autres formes de souffrance humaine.

Heather, espèce de salope, tu as trahi tes amies pour un homme.

Jason! Tu n'es pas un type comme les autres. Tu étais l'homme de ma vie, mais tu t'estompes, comme un croissant de lune décroissante descendant derrière Bowen Island au lever du soleil. Demain tu seras peut-être toujours là, mais je ne te verrai pas.

Lundi (quatre jours plus tard)

Et me voilà à mon poste au tribunal. Je démissionne cette après-midi. J'ai dit à Larry que je finissais mon service aujourd'hui et que je ne revenais plus. Dieu seul sait qui lira ces mots. Voilà ce qui s'est passé :

Je somnolais dans la voiture devant chez Allison, quand la fille est sortie de l'allée vers huit heures et demie, dans une Ford Escort rouge qui ressemblait à n'importe quelle automobile normale. Dans un spasme d'efficacité, je fis démarrer ma voiture, et je la suivis vers Mountain Highway, puis sur le Second Narrows Bridge, où elle tourna sur Commissioner Street, qui longeait les conserveries et les quais en approchant du centre-ville : des trains de la CN aux wagons couverts de graffitis et chargés de blé jusqu'à la gueule, environnés d'un halo de pigeons ; des bassines sanguinolentes au plastique éraflé, pleines d'abats de poissons ; des chariots élévateurs à fourche, des bétonnières. Sur l'horizon du sud, vers les États-Unis, le mont Baker ressemblait au logo de la Paramount, les mouettes et les oies semblaient danser dans le bleu immaculé du ciel pour mon seul plaisir. C'était une journée d'octobre claire et froide. Je ne me souviens pas d'avoir jamais eu les sens aussi aiguisés qu'au cours de ces instants où je filais la fille d'Allison.

Le port était aussi plat qu'une plaque à biscuits, et depuis plus d'une demi-heure, j'éprouvais une impression de déjà-vu. Comme le bonheur, cette sorte de sensations s'évanouit généralement dès qu'on l'a identifiée, mais pas pendant cette drôle de balade. Et je ne me sentais pas seule. Quelqu'un se trouvait dans la voiture – un fantôme ? Qui sait ? Bizarre, mais qui que ce soit, ce n'était pas Jason. C'était… Hop là ! Je ne vais pas repartir dans ce genre de délires. Pas après ce qui est arrivé.

Bon, d'accord. Et qu'est-ce qui est donc arrivé ?

Je suivis la voiture de la fille dans le petit parking derrière un bâtiment en parpaings des années soixante-dix où l'on vendait de l'équipement de marine – l'établissement d'un shipchandler, pour employer le terme exact. Le magasin se trouvait dans une partie de la ville peu industrialisée, condamnée à devenir à la mode dans quelques années ; les artistes commençaient déjà à s'installer. La jeune femme coupa le contact, sortit, se redressa et m'observa de derrière sa voiture. J'étais dans la ruelle, et je coupai également mon moteur, puis la fixai à mon tour, sans bouger, soutenant son regard à travers l'asphalte et le métal et le verre. Un jour, Jason m'avait dit que le contact le plus intime qui puisse unir deux personnes était celui des regards – oubliez le sexe – parce que, techniquement, le nerf optique est une extension du cerveau, et quand deux personnes se regardent dans les yeux, la relation se fait de cerveau à cerveau. Cela dit, si j'avais eu une arme, je ne sais pas… j'aurais peut-être été capable de lui tirer dessus.

Alors, le moment était venu. Elle continua à me regarder, puis elle ferma la portière et avança de quelques pas. «Elle vous ment.»

Je ne savais que dire.

«Elle vous raconte des bobards.»

Que pouvais-je répondre?

«Je m'appelle Jessica. Je sais pourquoi vous êtes là. Je peux tout vous expliquer.»

À son intonation, je compris que ce qu'elle avait à m'apprendre n'était ni ce à quoi je m'attendais, ni ce que je voulais entendre. J'étais vaincue, et elle le savait. Elle tendit la main vers moi, et je me mis en marche comme j'aurais pu aller vers cette fameuse lumière qu'on est supposé voir en mourant.

«Asseyez-vous. Ici. Près de la jardinière.»

Elle m'indiquait une jardinière dont le béton avait été coulé depuis des dizaines d'années et s'effritait comme un vilain sucre gris. Je me suis assise et elle a tiré un paquet de cigarettes de son sac. «Vous en voulez une?»

Lorsqu'on craint d'apprendre une information déplaisante, un mécanisme vous ramène à une époque de la vie où tout était choquant ; pour ma part, c'était aux alentours de mes treize ans, quand je n'avais pas d'amis et que ma mère me répétait que j'allais m'épanouir. Je me souviens d'avoir désiré par-dessus tout des pairs ; d'avoir voulu partager ma vie avec des individus susceptibles de m'aider à faire un tas de bêtises marrantes. Le crime? C'est peut-être pour ça que je suis sténo au tribunal? J'ai hésité avant de dire que oui, j'en prendrais bien une.

«Vous ne fumez pas, n'est-ce pas?

— C'est la seconde fois cette semaine que j'ai une conversation similaire. Oui, je veux une cigarette.

Et j'imagine que oui, je suis une fumeuse, maintenant. »

Elle m'en donna une, me présenta son briquet, puis alluma la sienne. « Maman a dû vous raconter des trucs pas possibles, hein ?

— En effet. »

La première bouffée me fit tourner la tête, mais ce n'était pas un problème. Je voulais que cette expérience intègre une composante physique destinée à l'intensifier.

« Ce n'est pas ce que vous croyez.

— C'est ce que j'ai commencé à me dire hier soir.

— Vous croyez que j'ai couché avec votre petit ami, n'est-ce pas ? »

Je posai la cigarette sur le rebord en béton. « Je le pensais.

— Et quand avez-vous changé d'avis ?

— Il y a une minute. Quand vous êtes descendue de votre voiture et que vous m'avez regardée à travers l'allée. Vous aviez la conscience claire.

— Je suis navrée d'avoir à vous apprendre ça. Je peux me taire, si vous préférez.

— Non. Peu importe ce que c'est, je mérite ce que vous avez à me dire. »

Deux corbeaux se sont posés sur le trottoir, de l'autre côté de la rue, et se sont mis à échanger des croassements furieux. Le revêtement de l'allée était jonché d'aiguilles et de préservatifs : tard le soir, c'était le marché au sexe de la ville. Jessica a posé la main sur mon avant-bras. « Personne ne mérite ça, Heather. Je vais vous raconter toute l'histoire. Votre petit ami est venu voir ma mère, il y a environ un an. Il a apporté des papiers et lui a remis cinq cents dollars. Si jamais il disparaissait, elle devait vous joindre et vous dire ces choses, comme s'il vous parlait d'entre les morts… ou de l'endroit où il serait parti. Il voulait que vous soyez heureuse. »

J'avalai une goulée d'air comme si je venais de recevoir un coup. C'est la seule manière de décrire la sensation.

« Voilà ce qui s'est passé… Elle a vu l'histoire dans le *North Shore News*, ça disait qu'il avait disparu…

— Jason. Il s'appelle Jason.

— Désolée. Que Jason avait disparu. Elle m'a appelée au boulot hier et m'a expliqué ce qu'elle était en train de fabriquer. Alors, hier soir, je suis passée chez elle et je lui ai dit ses quatre vérités. »

J'avais assisté à la dispute. Je lui faisais confiance.

« Ma mère m'a raconté qu'elle ne répondait pas à vos coups de fil. Les numéros s'affichent, et elle a pu compter tous vos appels. Vous n'imaginez pas à quel point elle est sournoise. Elle savait exactement comment manœuvrer. En fait, son intention était de vous pomper, de vous saigner à blanc. Elle avait projeté de vous soutirer encore dix mille billets. »

Je fixai le sol. « Finissez votre cigarette », dit-elle.

Nous sommes restées là tranquillement. Ses collègues sont arrivés les uns après les autres, elle leur a fait signe de la main. Il n'y avait rien de plus ordinaire que ces deux femmes fumant ensemble à l'extérieur d'un lieu de travail, par un jour clair de l'octobre canadien de l'année 2002.

« Vous croyez que Jason pouvait être impliqué dans une affaire qui lui fasse penser qu'il doive disparaître un jour ?

— Je ne sais pas. »

Il y a cinq ans, avant de rencontrer Jason, j'avais eu une sorte de dépression, appelez ça comme vous voulez. Un matin, je m'étais réveillée avec l'impression d'être morte, et j'avais appelé Larry en lui disant que je venais d'attraper la peste bubonique. Il avait déjà remarqué les nuages qui s'accumulaient en moi et m'avait conseillé d'appeler un médecin ; Dieu le bénisse, j'avais obéi. D'abord, ils avaient essayé les derniers antidépresseurs à la mode. Si les comprimés ne me donnaient pas la nausée, ils m'engourdissaient, et j'avais dû en refuser peut-être six. Un des médicaments, le sixième – dont j'ai oublié le nom –, avait un étrange effet. Je le prenais le matin, et vers l'heure du déjeuner, j'éprouvais une impulsion de suicide sortie du néant. Je ne cherche pas à choquer qui que ce soit : les gens parlent tout le temps de se tuer, et certains passent à l'acte, je l'ai toujours su. Mais cette pilule ouvrait une porte en moi. Pour la première fois, je comprenais réellement ce qu'on ressentait en ayant envie de se supprimer.

Ces effets s'étaient rapidement dissipés, et la prescription suivante donna de bons résultats. Au bout de trois mois, j'étais de nouveau moi-même, et je cessai tout traitement.

Ce qu'il faut retenir de cette histoire, c'est qu'on peut toujours discuter de certains comportements humains, mais à moins d'avoir expérimenté directement l'impulsion qui les sous-tend, leur connaissance reste théorique. Et la plupart du temps, c'est une bonne chose. Après mon flirt avec les tendances suicidaires, j'ai écouté ceux qui abordaient le sujet avec de nouvelles oreilles. Certaines personnes sont nées en ayant cette porte ouverte en eux, et ils doivent avancer dans l'existence en sachant qu'ils pourraient la traverser d'un instant à l'autre.

Dans une veine similaire, je crois à l'existence de l'impulsion de violence. Quand Jason et moi nous disputions, je pouvais être si en colère que mes globes oculaires se rétractaient, imprimant des motifs géométriques en noir et blanc à l'intérieur de ma tête, mais jamais, au grand jamais, je n'aurais envisagé de le frapper ; et Jason réagissait de la même manière. Nous avions abordé le sujet une fois – la colère et la violence –, pendant un déjeuner au bord de l'océan. Il avait dit que peu importait à quel point il pouvait être furieux contre moi, la violence ne représentait pas une option à ses yeux, ça ne lui venait même pas à l'esprit. Il m'avait confié que, dans d'autres circonstances, il ne s'était pas comporté de la même façon – c'était manifestement une allusion au massacre de Delbrook, mais peut-être pensait-il à autre chose ? J'imagine que je me poserai la question jusqu'à la tombe – mais lever la main sur moi ? Jamais.

Pourquoi je parlais de ça ? Parce que Jason était tout simplement dépourvu de l'impulsion de suicide, et je ne pense pas qu'il soit violent. Aussi, y a-t-il peu de risque qu'il se soit jeté du haut d'un pont, ou qu'il ait été tué dans une rixe.

Je devrais ajouter que, pendant nos disputes, les personnages disparaissaient. Les impliquer dans nos différends n'était pas au menu, pas plus que le suicide ou une bagarre. Ils étaient immunisés contre le mal, ce qui les rendait légèrement sacrés. Nous n'avions pas d'enfants, ils l'étaient donc devenus. Je m'inquiétais pour eux de la même manière que pour les jumeaux de Barb. Par exemple, je me promenais tranquillement autour de la promenade des chiens à Ambleside, quand tout à coup : *pan !* mon estomac se transformait en une pile de briques, et je m'effondrais presque de douleur anticipée en songeant que les garçons pouvaient se brûler, se faire enlever ou prendre dans un accident de voiture. Il m'arrivait aussi parfois d'être au bord des larmes en pensant à Froggles tout seul dans un appartement avec personne à qui parler, un frigo vide, en train de boire un fond de Canadian Club, en se demandant si vivre valait vraiment la peine. Ou de m'inquiéter de Bonnie T. l'Agnelle, qui venait d'être tondue, avait perdu le troupeau, et se trouvait coincée, malade et tremblant de froid, du mauvais côté d'une rivière aux eaux déchaînées. Je n'ai sans doute pas grand-chose à dire de plus sur ce sujet.

Et enfin me voilà, triste petite moi, vivant dans un rêve, regardant par la fenêtre, condamnée à ne plus jamais retrouver l'amour. Avec Jason, je croyais avoir enfin correctement joué mes cartes, mais maintenant, j'ai rejoint ces gens tristes et cassés qui réfléchissent un an à l'avance à l'endroit où ils pourront passer Pâques et Noël, sans avoir l'impression que leur présence soit un fardeau ou qu'on les invite par devoir, maudissent la qualité du cinéma moderne qui fait des soirées tellement difficiles à occuper quand il ne sort que des navets, et attendent, se contentent d'attendre, que ces trois verres par soir deviennent quatre… Et puis, bon, je me maquillerai le matin, me coifferai, laverai mes vêtements, mais ce ne sera pour personne en particulier. Je suis en vie, soit. Et alors ?

Après ma cigarette avec Jessica, je repartis chez Allison, à Lynn Valley. Je sais que son vrai nom est Cecilia, mais pour moi elle reste Allison.

Sa Cutlass était sous l'abri. Les journaux étaient encore sur le paillasson, je les ramassai avant de sonner. À travers la porte construite n'importe comment par l'entrepreneur des années soixante, j'entendis des pas traînants dans l'escalier, venant de l'endroit où se trouvait la cuisine. Trois fentes de verre perçaient le panneau, et en regardant à travers, je vis Allison qui s'arrêta net sur la troisième marche en m'apercevant, figée sur place. Il lui fallut au moins trente secondes pour se décongeler, elle s'approcha de la porte et ouvrit le battant retenu par une petite chaîne de sécurité en cuivre.

« Heather, il est affreusement tôt.

— Je le sais bien. »

Pour ne pas remarquer un certain niveau de folie dans mon regard, il aurait fallu être idiot, mais je voyais bien qu'elle se méprenait et pensait que j'aspirais désespérément à recevoir un nouveau message de Jason. « J'imagine que je peux tout de même vous faire entrer.

— Bonne idée. »

Elle dégagea la chaînette et m'invita à la suivre dans la cuisine pour y prendre un café. « Vous avez une mine terrible, comme si vous n'aviez pas dormi de la nuit, dit-elle.

— C'est le cas. »

La cuisine était typique de North Van – un lino aux motifs jaune citron qui montraient leurs quarante ans d'usure, des magnets SPCA sur le frigo, des vitamines sur le rebord de la fenêtre, et de l'autre côté de la vitre, les résineux primitifs et voraces qui allaient de Lynn

Valley jusqu'au bout du monde. « Je sais à quel point attendre des messages venus de ses proches peut devenir perturbant.

— Je ne vais même pas faire l'aumône d'une réponse à cette remarque. »

Elle se retourna vers moi et ma petite rébellion. « Écoutez, Heather ; je fais de mon mieux. »

Elle me tendit un café, je m'installai. Elle devait être complètement abrutie pour ne pas voir les problèmes qui s'apprêtaient à lui tomber dessus. « La nuit dernière a été incroyablement active sur le plan psychique, et je crois que j'ai reçu quelque chose qui pourrait vous intéresser. »

Je souris.

« Une fois de plus, ça n'a aucune signification pour moi, mais ces mots semblent avoir un sens pour vous.

— Combien ça va me coûter ?

— Heather ! Inutile d'être aussi grossière.

— Je n'ai plus d'argent. Je vous ai tout donné hier. »

Allison n'apprécia guère. « Ah, oui ?

— Je ne sais plus quoi faire.

— Je suis une femme d'affaires, Heather. Je ne peux tout de même pas faire ce genre de choses gratuitement.

— Je le vois bien. »

Je pris une gorgée de café. Trop chaud et trop léger. Je posai la tasse sur la table avant de baisser les yeux sur mes mains. Allison m'observait. J'ai commencé à manipuler la bague ornée d'un diamant que je porte à l'annulaire gauche, la pierre est grosse comme une coccinelle. Avec Jason, il valait mieux parfois ne pas approfondir certains sujets. J'avais toujours imaginé que le bijou était tombé d'un camion, mais Barb m'a dit qu'elle avait accompagné Jason chez Zales pour l'aider dans son choix. « J'ai bien cette bague. »

Allison se rapprocha avec le regard terne d'un brocanteur soviétique et l'estima d'un coup d'œil. « J'imagine que ça fera l'affaire. »

J'enlevai la bague et la lui tendis. Au moment où elle avançait la main, je la saisis, la tirai en avant et l'immobilisai d'une clé de tête avec mon bras droit. « Écoutez bien, espèce de vieille vache retorse. Votre fille m'a raconté votre petite plaisanterie, et si vous voulez voir l'heure du déjeuner, emmenez-moi là où vous gardez les papiers que Jason vous a donnés et remettez-les moi. C'est compris ?

— Laissez-moi tranquille. »

Je la fis pivoter et lui enfonçai mon genou dans le dos. Je n'avais jamais frappé un être humain avant, mais j'avais l'avantage de la taille. « N'essayez pas de faire la maligne. Je suis ceinture marron de tae bo. J'ai été formée en Oregon. Alors où est-ce ?

— Je ne peux pas… respirer. »

Je relâchai légèrement ma prise. « Vous me fendez le cœur. Allez. C'est par où ?

— En bas.

— Alors, en avant. »

On aurait pu croire qu'une pilule avait ouvert en moi une double porte de chêne de cent kilos, que je n'avais pas remarquée jusque-là. Pour être plus claire, j'avais l'impression d'être un homme. La facilité avec laquelle j'avais pris le contrôle du corps d'Allison continuait à me surprendre, mais je ne pensais pas en arriver à la tuer. Quelle que soit la nature de cette nouvelle porte, ce n'était pas celle du meurtre.

L'escalier se révéla périlleux, mais praticable. Nous

pénétrâmes dans une pièce qui avait dû être autrefois le bureau de Glenn, mais qui s'était transformée au cours des années en zone de stockage temporaire pour des boîtes d'archives remplies de vieux livres et de papiers. Une litho délavée représentant un vol de colverts avait été décrochée du mur et posée par terre, laissant à sa place un rectangle fantomatique au-dessus du bureau. Chevauchant le fantôme, un poster encadré de cuivre – des fleurs photographiées en flou artistique – était flanqué d'une absurdité poétique dans cette police ordinaire imitant une écriture manuscrite que les gens emploient pour les faire-part de leur deuxième et troisième mariages. La touche féminine d'Allison. Une aura de déroute et de faillite émanait de l'endroit.

« Où est-ce ?

— Dans le tiroir du milieu.

— Alors, si nous allions voir ? »

Notre traversée de la pièce fut caractérisée par l'absence de grâce de cette étreinte entre geôlière et captive. Je lui laissai juste assez de mobilité pour ouvrir le tiroir, et à peine s'était-elle exécutée que je lui tirai le bras en arrière. « Laissez-moi faire une inspection rapide pour vérifier qu'il n'y a ni couteau ni arme à feu. »

Je fourrageai à l'intérieur et j'aperçus l'écriture de Jason sur quelques feuilles froissées, les factures roses de l'entreprise de bâtiment de son patron. En les voyant, je lâchai Allison en poussant un petit cri, puis je les pris et les serrai contre ma poitrine. Elle tomba à terre, fit mine de se relever, mais se contenta de s'appuyer contre une bibliothèque. « J'imagine que vous…

— Oh, fermez-la ! »

Je ne pouvais pas détacher les yeux des feuilles et des lettres de petit garçon de Jason. Grâce à sa petite écriture efficace, il parvenait à en mettre beaucoup sur une page. Il avait détaillé des dizaines de nos personnages et leurs plus fameux exploits, accompagnés d'indications de mise en scène :

Froggles est le plus IMPORTANT et le plus aimé des personnages. Il parle d'une voix haut perchée, mais si on lui dit qu'il a une voix perçante, il hurle d'indignation "Je n'ai *pas* une voix perçante !" Il conduit une Dodge Scamp, achetée dans un vide-grenier. Gagner les concours d'orthographe, les packs de douze de mouches croustillantes, et les rediffusions de *New York, Unité spéciale*[1] sont ses principaux plaisirs.

Bonnie T. l'Agnelle est le personnage le plus grincheux et le plus politiquement correct. Elle porte une calotte africaine et des lunettes à monture d'écaille, elle a une intonation bêlante et se laisse facilement influencer par Cloverines, sa kryptonite personnelle. Ses autres faiblesses sont un manque de talent total en artisanat et son métier de figurante dans les films de série B. Sa partenaire de vie, Cherish, répare des motos.

Ainsi de suite. Installée dans le fauteuil de capitaine de Glenn, je humais la lettre de Jason comme un bouquet de fleurs de cerisier. Allison ne représentait aucune menace. Je venais d'entendre des messages de l'au-delà.

« Il est parti. Vous le savez, n'est-ce pas ?

---

1. *Law and Order,* série de Dick Wolfe, produite à partir de 1990, quelques épisodes diffusés en France sous le titre *New York, Unité spéciale.* On suit d'abord l'enquête policière, puis le procès de l'affaire, côté procureur. (N.d.T.)

— Je sais.

— Je ne vous dis pas ça pour être méchante. Mais il est parti. Glenn aussi. Il est parti et m'a laissée. Cette grande maison stupide, moi, et rien d'autre. Toutes nos économies perdues dans je ne sais quelles actions technologiques. »

Je me tournai vers elle avec plus d'attention.

« La seule raison qui m'a poussée à devenir médium était d'essayer de rentrer en contact avec Glenn. Je pensais que si je faisais semblant, je finirais par le devenir vraiment. Si vous saviez tout ce que j'ai fait pour réussir. Les régimes, les purges, les jeûnes, les séminaires, les week-ends de formation. Tout ça pour rien.

— Vous avez essayé de me dépouiller.

— C'est vrai. Mais vous voulez vraiment savoir ? À voir votre visage quand je vous disais certains de ces mots, eh bien, vous avez obtenu tout ce que j'ai jamais rêvé d'avoir. »

J'étais estomaquée. « Comment avez-vous pu mélanger l'extorsion de fonds à un acte aussi… sacré ? »

Allison me fixa un instant, amusée que je n'aie pas encore saisi sa situation : « Eh bien, ma chère, je suis fauchée. Quand vous aurez mon âge, vous comprendrez. »

Quand je me levai pour partir, elle était toujours à terre. La première chose que je fis en arrivant chez moi fut de déposer la liste d'instructions de Jason dans un sac à congélation, modèle géant, pour préserver ses écrits d'une disparition complète. Ensuite, j'enlevai mes chaussures, ma ceinture, et je me laissai tomber sur le lit, un bout du sac en contact avec mon visage. Le sommeil est venu aisément.

Quatrième partie

2003 : Reg

Jason, mon fils, contrairement à toi, j'ai grandi loin de la ville, parmi les feuilles pourrissantes des aulnes d'Agassiz. En été, j'étais capable de donner la date tout simplement en tenant la chronique du nombre d'enfants noyés dans la Fraser ou empoisonnés par les gousses des faux ébéniers qui ressemblent tant à des haricots d'Espagne. Je passais ces jours d'été sur les barres de gravier de la rivière, à observer les grands arbres aux branches brisées où se perchaient les aigles pour scruter l'eau à la recherche de saumons. Mais je n'étais pas seulement là pour admirer le paysage, je venais aussi en ces lieux par piété. Je croyais à la maxime qui voulait que, si je perdais l'équilibre sur ces pierres, Dieu descendrait pour me transporter sur les hauts-fonds de la rivière. L'eau me donnait la sensation d'une purification continue, et je ne me suis jamais senti aussi pur qu'à ces moments. Cela fait si longtemps… maintenant, la Fraser est probablement remplie de poissons aveuglés par toute la vase des carrières de gravier, et des cadavres qui ont réussi, on ne sait comment, à se dégager de leur kimono en ciment crèvent régulièrement sa surface.

L'automne ? C'était le temps de trier les bulbes de jonquilles dans l'odeur de pesticide du mathalion, de séparer de leur enveloppe de papier pelure les pulls trop épais tricotés par deux grands-mères qui refusaient de parler anglais en cardant la laine. Les hivers se passaient dans les champs, sous la pluie – j'avais appris que le contraire du travail n'était pas le divertissement, mais le vol. Je me souviens du bruit de succion de mes bottes s'enfonçant dans la boue qui tentait de voler mes genoux. Puis le printemps arrivait – le retour du printemps – quand tout le travail pénible du reste de l'année, dans la puanteur et l'ordure, était racheté par l'éclosion des fleurs. J'étais alors fier d'elles – fier de moi… Reginald Klaasen – parce qu'elles prêtaient de l'innocence et de la beauté à une terre qui n'avait jamais vraiment été domestiquée. J'étais fier de traverser les champs, dans le jaune aux odeurs de renouveau et de mansuétude. Mais je regardais souvent vers le nord, la tentation constante, la forêt qui cherchait à m'attirer sous ses bosquets vert sombre, loin du soleil. Quelque chose s'y cachait – mais quoi ?

Peut-être le Sasquatch. La légende du Sasquatch avait toujours eu un effet puissant sur mon imagination – l'homme-bête qui était censé vivre au cœur des forêts aux arbres enchevêtrés. Je m'étais toujours identifié à lui, et tu comprends peut-être pourquoi : une créature perdue dans les espaces sauvages, obligée de se cacher perpétuellement, en quête de camaraderie et d'amitié, mais vivant seule, sans les paroles ou la gentillesse des autres. Tu ne peux pas imaginer comme je souhaitais trouver le Sasquatch, j'espérais l'amener à sortir de la forêt et le faire entrer dans le monde ! J'avais prévu de lui apprendre à parler, de l'habiller, et de le sauver par tous les moyens dont je disposais. Ma mère m'encourageait dans cette voie, me poussait à sauver l'âme de cette bête damnée, à lui apporter le témoignage et faire de lui l'un d'entre nous, à le forcer à gagner un monde en échange de l'abandon de son mystère. Parfois, je me demandais si l'échange était un marché aussi équitable qu'il y paraissait, puis j'étais honteux de cette pensée. Le monde était un bon endroit, pluie, boue et forêts mangeuses d'hommes comprises. Dieu a créé le monde, j'en suis convaincu. Aucune théorie de la création ne me satisfait, et j'ai cette certitude dans mon cœur.

Je me souviens d'avoir découvert à l'école, au CE1, que le monde n'était qu'une planète. Je m'étais mis à haïr l'instituteur, M. Rowan, car il discutait du système solaire comme d'une collection de cailloux. Il était terriblement difficile d'intégrer à notre pensée que "le monde" n'est qu'une quelconque "planète". Le premier terme a une signification sacrée, alors que le second évoque un simple projet de science. J'avais quitté la salle de classe avec indignation, et j'avais passé une semaine à la maison pendant que mon père et l'école tentaient de négocier un moyen terme entre cette théorie de la création de la terre où il était question de collection minéralogique et la notion de "monde", plus décente et spirituelle. Aucune solution ne fut trouvée. Je fus transféré dans une autre classe.

Mon père était un être de colère, tu l'as compris, mais il était également un homme de peu de foi, constamment irrité à cause de – à cause de quoi ? Parce qu'il avait repris la production de jonquilles de son père et avait été privé d'une existence qu'il aurait pu se créer. Mon père était féroce, et je l'ai été avec toi,

Jason, et chaque fois que cela m'arrivait, j'étais horrifié mais incapable de m'arrêter.

Ma violence envers toi ne venait pas d'une quelconque envie de copier mon père, mais plutôt d'un désir d'être son opposé, d'être vertueux et fort là où il était faible. Ma piété l'exaspérait, et quand il était furieux, il me chassait de la maison et des champs sous la menace de la bande de cuir qui lui servait à aiguiser son rasoir. Je restais dans la forêt pendant des heures, parfois des jours (oui, j'ai fugué). Et je passais ce temps à méditer sur un Dieu qui pouvait créer un animal tel que mon père, un homme religieux sans foi. Un faux homme – une enveloppe d'humain vidée de son contenu.

Je ne t'ai pas parlé de mon enfance. Comment aurais-je pu ? J'ai raconté des choses à Kent, mais jamais à toi. J'imagine que je craignais que tu ne déformes mes propos pour les retourner contre moi. Tu ne parlais guère à la maison, mais tu étais un adversaire formidable. Tu n'avais qu'un an lorsque je l'avais lu dans ton regard, tu étais l'esprit de compétition incarné. Par leur talent à détecter immédiatement la tromperie, les enfants sont cruels, et chez toi, cette aptitude était à la fois un don et une malédiction. J'avais si peu confiance en mes croyances que j'avais peur d'être démasqué par mon propre enfant. Je me sentais misérable.

Ton enfance : bébé, tu pleurais beaucoup, tu te mettais soudain à hurler comme si tu étais brutalement pris de coliques. Tes cris nous affolaient ta mère et moi, jusqu'à ce que nous allions voir un médecin qui nous posa des questions précises. Il s'avéra que tu ne pleurais que juste avant ou juste après le sommeil –

techniquement, tu étais encore endormi, somnambule, et nous avions un aperçu de ta vie intérieure – en réalité, tu hurlais dans tes rêves! Oh, Seigneur! Les années passaient, et nous pensions que tu étais muet, ou peut-être autiste ; tu n'as commencé à parler qu'à l'âge de quatre ans. Tes premiers mots n'ont pas été «Maman» ou «Papa», mais plutôt «Laisse-moi tranquille.» C'est une légende familiale. Là où je n'avais entendu qu'un défi à mon autorité, ta mère était effondrée.

Mais écoute-moi, un peu… Ça ressemble vraiment à ce que pourrait dire un homme solitaire et brisé, perché dans son petit appartement quelque part au bord du Nouveau Monde. Je vais changer de tactique. Je me verrai peut-être mieux de cette façon…

Voilà :

Reg a toujours été convaincu que Dieu avait une révélation saisissante à lui communiquer, ou lui réservait une mission divine. Il était l'élu : voilà pourquoi il avait toujours semblé si distant et si arrogant, se tenant à l'écart des gens et des événements autour de lui. Évidemment, Reg ne s'était jamais vu confier de mission. Au lieu de cela, une après-midi, il se trouvait dans la salle à manger, déjeunant d'un sandwich à la salade et à l'œuf, quand sa secrétaire avait fait irruption pour lui annoncer qu'une fusillade avait eu lieu dans le lycée de son fils. Ce père de deux enfants traversa la ville au volant de sa voiture, à l'écoute des nouvelles de la radio sur la bande AM. La situation s'aggravait, le monde devenait de plus en plus irréel, comme un rêve. Il n'avait pas encore traversé Lions Gate Bridge que les journalistes comptaient déjà les morts. Et c'est à cet instant que commença le grand crime de Reg : il était jaloux que Dieu ait confié la mission à son fils, et non pas à lui.

À ce fils, devrais-je ajouter, qui, selon plusieurs membres de l'Inquisition espagnole qui faisaient partie de son groupe de jeunes, entretenait des rapports intimes avec une jeune femme de sa classe. Dans l'esprit plein de suffisance d'un homme à la fausse vertu, les relations de Jason avec Cheryl faisaient un peu l'effet d'un jus de citron sur une brûlure de poêle. Naturellement, le crime de son fils n'était pas aussi clairement défini dans l'entendement de Reg. Cette sorte de clarté de vision ne vient qu'au bout de dizaines d'années. Non, il était simplement furieux contre le paradis et Dieu, sans savoir pourquoi. Donc une fois à la maison, en un éclair, il assimila l'acte de courage de son fils au comportement d'un lâche, inspiré par le diable. Il organisa une cour de justice d'opérette sous son crâne qui rendit un verdict en deux secondes, et il rejeta son fils.

Quand son épouse entendit cela et lui fracassa le genou à l'aide d'une lampe qu'elle mania avec une violence étonnante, Reg fut plongé dans la confusion, et ne comprit pas pourquoi le monde s'était soudain retourné contre lui. Bien sûr, la situation était exactement l'inverse – c'était Reg qui planait. Il fut expulsé de sa maison, sachant qu'il n'en était plus le maître. À l'hôpital, personne, hormis son fils aîné, ne vint le voir – pourquoi qui que ce soit aurait eu envie de rendre visite au mécréant qu'il était ? La seule exception était la créature plaintive et hostile qu'était devenue sa sœur qui faisait le voyage en voiture d'Agassiz, une fois par semaine. Elle exigeait le remboursement du carburant, et humiliait Reg en faisant remarquer qu'il n'était pas très gâté en fleurs – seuls des glaïeuls flétris languissant dans une eau jaunâtre, envoyés par son bureau, remplissaient cet office.

Quand Reg quitta l'hôpital, il occupa un appartement dans un immeuble neuf appartenant au beau-frère de son patron. Il reprit son travail, mais on ne lui adressait guère la parole – certains exprimèrent leur compassion, puis leur joie quand Jason fut innocenté, mais ses collègues savaient qu'il avait été abandonné par sa famille, qu'il vivait seul, et que tout cela était connecté d'une manière ou d'une autre à son orgueil et sa vanité.

La vanité.

Quand Reg faisait la cour à sa future épouse, il s'était dit qu'il devrait paraître un peu à son avantage, aussi, parcimonieux mais optimiste, il se rendit à Value Village, une ancienne épicerie, remplie à l'époque d'ustensiles de cuisine en plastique, de chaussettes et de chemisiers moisis. Pour un dollar quarante-neuf, il trouva une paire de chaussures noires à sa taille, état neuf – JAMAIS PORTÉES ! *Youpi !* Il était si fier de ces chaussures qu'il les enfila directement dans le magasin et sortit sous la pluie. Il allait retrouver sa petite amie, à la fin de son service chez Nuffy's Donuts, et entra dans la boutique, où même les horribles tubes fluo jaunâtres ne parvenaient pas à ternir le teint éclatant de la jeune fille. Elle enfilait une veste par-dessus son uniforme. Elle baissa les yeux et dit « Au nom du ciel, qu'est-il arrivé à tes pieds ? » Deux paquets de papier détrempés avaient remplacé ses chaussures. En fait, il avait acheté des souliers mortuaires, destinés à être portés dans les cercueils, certainement pas par les vivants. Ladrerie et vanité.

Ta mère.

Techniquement, elle est en vie, mais elle n'est plus vraiment là, perdue dans sa démence alcoolique ; son foie pousse ses derniers hoquets de poivrot. J'en porte la responsabilité – j'aimais la voir saoule, parce qu'elle était une ivrogne plutôt calme et aimable. Quand elle était ivre, son regard perdait cette lueur accusatrice. Quand elle avait bu, on pouvait croire qu'elle traverserait la vie jusqu'à son terme, immuable, que son existence spirituelle était adéquate, qu'elle portait une couronne d'étoiles. Cet air aviné m'absolvait de toute la culpabilité que je ressentais en assistant à la lente désintégration de cette jolie fille qui me réservait toujours deux beignets à la crème Boston, qui aimait sans façons la télé couleur, et qui (c'était le plus dur à supporter) semblait être spirituelle d'une manière qui ne me donnait pas envie de prêcher. Elle aurait pu épouser tous les hommes qu'elle voulait, mais avait choisi Reg Klaasen… Pourquoi ? Parce qu'elle pensait que moi aussi j'avais une vie spirituelle. Je ne sais pas à quel moment elle a compris que ce n'était pas le cas. Après tout, je n'étais qu'un type au vocabulaire légèrement démodé qui semblait avoir pêché l'essentiel de ses idées chez des gens déjà morts. J'imagine qu'elle a dû commencer à boire juste après ta naissance, quand elle a subi une hystérectomie. Se rendre compte qu'elle avait convolé en justes noces avec un imposteur religieux a dû lui porter un coup terrible. Et je l'ai menée en bateau – j'ai façonné mon propre déshonneur. Maintenant, l'existence de ta mère touche à sa fin. Je lui rends visite deux fois par mois dans l'établissement où elle est installée, près de Mount Seymour Parkway. La première fois, je n'étais pas certain d'avoir raison d'aller là-bas. J'étais convaincu qu'elle allait me balancer une potence à perfusion, ou piquer une crise d'hystérie comme Elizabeth Taylor dans *Soudain, l'été dernier*[1], mais elle m'a souri et m'a dit qu'elle avait mis des beignets de côté pour moi, et elle a continué à répéter la même phrase, sans interruption, je n'ai jamais reçu un blâme plus sévère.

Kent.

Quand Kent est mort, je me suis dit que quitter physiquement la terre était une notion enviable. Au moment où j'ai appris son décès, je me trouvais au bureau, devant la réception, où je bataillais avec un rouleau de papier fax. J'étais agacé et j'ai demandé à la réceptionniste de me mettre sur haut-parleur, et c'est à cet endroit que la mère de Barb m'a annoncé la nouvelle. Je suis tombé à genoux et j'ai vu une nappe de lumière, puis le métal étincelant d'une flotte de vaisseaux spatiaux, comme des balles fonçant vers le soleil, j'avais envie d'avancer vers eux, d'embarquer et de tout laisser derrière moi. Ensuite, le monde de tous les jours a réapparu. J'avais eu une vision, la seule de toute ma vie, mais elle ne m'avait communiqué aucun message, ni apporté le moindre réconfort. Alors, à quoi bon ? Et que me restait-il ? À l'enterrement, toi et ta mère m'avez ignoré. Difficile de vous blâmer. Ma famille dans la Valley ? Pour ce qu'il en reste, ils sont agressifs et hargneux. Et puis l'année dernière, tu as disparu, et tout ce qui reste, ce sont les jumeaux – ton portrait craché, dois-je ajouter. Et aussi Barb, qui continue à me voir de mauvaise grâce, et seulement pour obéir à Heather (je ne suis pas stupide). Heather est une femme très bien, tu as eu de la chance de l'avoir dans ta vie : un

---

1. *Suddendly, Last Summer,* film de 1959 de J. L. Mankiewic avec E. Taylor, K. Hepburn et M. Clift. (N.d.T.)

cœur aussi gros que le Hoover Dam, et une âme aussi claire que des cristaux de glace.

Je commence à devenir larmoyant. Ce n'est pas ce que je veux. Je ne cherche pas les effets de manche, et je ne suis pas ivre. Mais s'exprimer de cette façon, en faisant une liste, a quelque chose d'humiliant. Les listes ne regroupent que ce qui peut nous être enlevé par les mites, la rouille et les voleurs. Si quelque chose a de la valeur, ne le mets pas sur une liste. Ne prononce même pas les mots.

Ruth.

Voilà. Elle aussi est partie. Elle était la trompette qui m'avait fait me dresser d'entre les morts. Je sais que tu as dû voir sa photo le jour où tu es passé prendre des affaires à mon appartement – tu ne rates jamais une de mes combines. Tu sais donc à quoi elle ressemble, imposante, mais pas grosse – personne n'aurait l'idée de dire qu'elle est grasse – ses cheveux ont la couleur d'une terre fertile et… Peste! Écoute-moi discuter de cette femme comme d'une truie de concours agricole.

À l'époque où tu as vu sa photo, nous sortions ensemble – quelle expression idiote – depuis des années. Nous nous étions rencontrés au cours d'un séminaire professionnel, où elle avait prononcé une brève intervention sur l'assurance des seniors; je l'avais appréciée car elle avait fait preuve d'humour face aux fadaises techniques au programme de la journée. Elle m'avait aussi fait découvrir que j'avais moi-même un soupçon de sens de l'humour. Oui, je vois d'ici ton visage se plisser d'incrédulité. Soit.

J'ai perdu Ruth pour deux raisons, la première portant la seconde en germe : d'abord, je n'ai pas voulu l'emmener à l'enterrement de Kent – pour quelle raison, je n'en sais rien. Je pourrais mettre ça sur le compte du chagrin, mais tout de même. Elle avait affirmé que j'avais honte parce que j'étais encore marié à ta mère. À l'entendre, une timidité d'écolier me faisait craindre que les gens nous observent et nous soupçonnent de faire l'amour en dehors des liens du mariage. Comme c'était pathétique. Mais elle avait raison. Ruth avait toujours raison. Mais sa foi était profonde, et elle était prête à endurer mes péchés de grincheux.

Tu ne le croiras sans doute pas, mais quand tu as disparu, je me suis effondré. Deux fils perdus – qu'est-ce qu'un homme est censé ressentir dans de pareilles circonstances ? D'abord, Ruth m'a soutenu, mais ensuite, quand elle a appris que je continuais à rendre visite à ta mère deux fois par mois, elle a décrété qu'il était temps que je divorce pour l'épouser. J'aurais dû louer un avion pour écrire OUI dans le ciel. Penses-tu ! J'ai répondu que le mariage était censé durer jusqu'à la mort – et ça, de la part d'un homme qui est resté dix ans sans communiquer avec son épouse. Quelle hypocrisie !

Nous étions au Keg, au pied de Lonsdale, quand elle a précisé sa position, et je lui ai expliqué mon contre-argument. Pour la première fois depuis que nous avions fait connaissance, elle m'a tourné le dos. À l'occasion des funérailles de Kent, elle avait fait preuve d'indulgence, mais ce soir-là, au restaurant ? Tout en gardant une expression très calme, elle a pété les plombs, de manière tout à fait justifiée, d'ailleurs. Mais alors que nous avions partagé tant de choses, elle puisait dans notre banque de souvenirs et les retournait contre moi. Ruth ne savait pas que tout en clignant des yeux devant mes zucchini et mon bol de sauce, je me savais déjà mort, j'étais debout devant les portes du paradis, comme j'avais toujours imaginé la première partie du trépas et je voyais défiler un clip de ma vie – vision naïve, mais courante chez les hommes de mon âge. Même après tout ce que j'avais traversé, je restais convaincu que je traverserais ces portes en voguant ; une telle présomption est un péché en soi. Mais en entendant Ruth énumérer les petites raisons qu'elle avait de me quitter, je compris que j'étais bien plus éloigné de mon but que je ne l'avais jamais redouté. Immunisé contre toute forme de doute, je pensais avoir mené une vie empreinte de probité, mais parmi d'autres choses, elle me dit que je raisonnais comme un enfant, que je confondais ce que je pensais juste et ce qui l'était aux yeux de Dieu, que j'étais plus difficile à contenter que Dieu lui-même, et pour qui je me prenais, à la fin ? Ensuite, elle m'a dit qu'elle partait, qu'une fois qu'elle aurait franchi cette porte, plus personne ne m'aimerait, et que j'en portais l'unique responsabilité.

As-tu jamais su ce que cela signifiait de n'être aimé de personne ? Peut-être, mais non, ce n'est pas possible parce que ta mère ne t'a jamais laissé tomber. Moi ? Je ne savais que faire – j'étais en miettes, et dans un moment de faiblesse, j'ai téléphoné à ton Heather. Avec arrogance, j'ai imaginé que parce que sa famille vivait au loin, elle se sentait aussi peu aimée que moi – et en la matière, je n'avais pas tort –, mais elle a dit que je n'avais pas à me sentir coupable de l'appeler.

C'est étrange, mais une fois que l'on a commencé à avouer ses faiblesses, une confession mène à une autre, et l'effet est étonnamment libérateur. À mon âge, c'était un peu comme souffrir d'une intoxication alimentaire – toute la bile et le poison fusaient de mon organisme dans toutes les directions – le processus prit quelques semaines. En même temps, Heather et moi étions à ta recherche. Et c'est seulement lorsque je me suis senti débarrassé des mensonges et de la faiblesse que j'ai recommencé à cicatriser, comme après un empoisonnement.

Heather.

J'aimerais te parler de cette fausse voyante que tu as payée pour transmettre à Heather des messages de l'au-delà. C'était une idée pleine de prévenance, mais elle a eu un effet boomerang, qui heureusement a fait long feu, et elle a fini par atteindre son objectif initial. Heather en a tiré bien plus d'espoir que tu ne pouvais imaginer. Mais Dieu Tout-Puissant, cette extralucide lui a vraiment servi un sacré numéro ! Dès le début, elle s'est mise à lui extorquer de l'argent – par milliers de dollars. Les gens comme cette femme ne font que souligner la stupidité de l'idée que les humains jouiraient d'une sorte de bonté universelle intégrée. De nos jours, j'ai plutôt l'impression que tout un chacun n'est qu'à un jet de salive de se transformer en terroriste de galerie marchande. Ils passent leur temps à prononcer des paroles mielleuses, mais n'en crois pas un mot. Regarde leur stock d'armes ; inspecte leur cache à munitions ; consulte leur casier judiciaire ; saoule-les et fais-les parler de Dieu ; alors, tu sauras vraiment de quoi tu devras te protéger. Oublie les intentions – apprends de quels actes ils sont capables.

Bon, à la fin, Heather a fini par piger la stratégie de la voyante. En cours de route, elle m'a parlé de vos personnages ; je ne soupçonnais pas l'existence de cet autre monde dans ta tête, et si jamais tu lis ces mots, j'imagine que tu rougiras, comme tu en as l'habitude, mais non. Froggles! Bonnie! Gérard! Ces personnages sont un pur ravissement – du sorbet au citron vert et des cerises au marasquin! –, ils sont presque sacrés. Voilà le genre de choses que j'aurais dû te raconter au moment de te border, au lieu de t'extirper la liste de tes péchés de la journée. Dieu, quel effroyable vieil imbécile! Juste pour information, Heather a démissionné de son boulot au tribunal, et maintenant, elle travaille à plein-temps à écrire des livres pour enfants dont les héros sont vos personnages. Ce sont de bonnes petites histoires, et un recueil pourrait être bientôt publié par une maison d'édition locale. Heather et Barb m'autorisent à les lire aux jumeaux quand je les vois, ce qui me permet d'être gagnant en fin de compte. Une fois de plus, je dois dire à quel point les garçons te ressemblent. Je me demande ce que Kent en aurait pensé? Il s'efface de ma mémoire, tu sais. Parfois, je dois faire un effort pour évoquer son visage ou sa voix. Je ne devrais pas te le dire, car ça signifie qu'un jour ou l'autre, j'oublierai ton visage et ta voix. (Mais ne le prends pas ainsi.)

J'écris ceci dans un Kinko's[1]. Je ne l'avais pas encore précisé. La boutique est au centre-ville et c'est ouvert vingt-quatre heures sur vingt-quatre. Il est environ une heure du matin, et je suis le seul client de ce côté du magasin. Deux autres personnes – des touristes allemands atteints du mal du pays, j'imagine – tentent d'envoyer un fax.

---

1. Chaîne nationale de boutiques proposant des services de photocopie, d'impression, d'expédition, physiquement et en ligne. (N.d.T.)

Je pense que le paradis doit être un peu comme cet endroit – tout le monde avec sa tâche à accomplir, dans un environnement beau et propre. Ils ont même ces merveilleuses lampes à spectre total qui vous donnent l'air de rentrer d'une balade dans les brumes d'Irlande.

Pourquoi suis-je ici? Parce que je n'ai toujours pas d'ordinateur, et si j'écris ceci, c'est parce que j'ai reçu aujourd'hui un coup de fil de la gendarmerie de Chilliwack. Ils ont appelé pour dire qu'ils ont découvert ta chemise de flanelle "très détériorée par les intempéries", avec dans la poche ta carte de paiement de la Scotiabank. Elle était accrochée dans des joncs dans un marais près d'une forêt du coin, ce sont des gosses venus tirer à la carabine à air comprimé qui l'ont trouvée. Quand je leur ai demandé s'ils comptaient organiser des recherches, ils n'ont pas vraiment éclaté de rire, mais m'ont bien fait comprendre que ce n'était pas au programme. Comment ont-ils osé? Tout ce qu'ils m'ont donné, c'est une carte.

Je tape donc cette missive. Je vais ensuite l'imprimer, et en tirer un millier de copies. Au lever du soleil, je partirai dans ce marécage et la forêt alentour, pour épingler ces lettres sur les arbres avec un paquet de ces punaises multicolores que j'ai repérées à la réception quand je me suis inscrit pour utiliser cette machine.

Je connais bien ce genre de forêt, même à cette époque de l'année : toiles d'araignées désertées par leurs bâtisseuses enfouies dans leur cocon ; le sumac et les érables circinés, qui ont viré au jaune et au rouge, sentent le bonbon givré. Les sapins-ciguë, les épicéas et les cèdres, toujours verts et toujours sombres. Je sais la manière dont le son se propage dans la pénombre, et comme il est facile de se cacher pour toujours, si c'est ce qu'on souhaite. Maintenant, tu es le Sasquatch, en quête de quelqu'un pour soulager ta solitude, tué à petit feu par l'absence de communion avec les autres. Tu te caches, mais tu es là, Jason. Et je me souviens clairement de l'endroit où j'ai grandi, le Sasquatch ne désespérait jamais, même si tous ses espoirs se réduisaient à l'éventualité de me croiser un jour ou l'autre. Mais c'est déjà quelque chose, n'est-ce pas ?

Tu auras peut-être envie de savoir si je crois encore en Dieu ; j'y crois – et peut-être pas dans le meilleur sens du terme. À la fin, cela pourrait se réduire à une sorte de calcul d'assureur, d'après le principe qui veut que croire soit plus facile que ne pas croire. Est-ce un raisonnement cynique ? J'espère que non. Je vends peut-être des polices d'assurances, mais je souffre, j'accepte. Je me rebelle. Je me soumets. Puis je répète le cycle. Je doute de croire un jour avec la pureté de cœur de ta Cheryl.

Cheryl.

Nous n'avons jamais parlé d'elle. En fait, nous n'avons jamais parlé, point final. Je ne t'ai jamais dit que sa mère m'a appelé, il y a environ huit ans – je suis dans l'annuaire. Elle m'a avoué que jusqu'à ce moment, elle avait toujours cru que tu étais impliqué dans la fusillade. « C'est vraiment bizarre. Je faisais le café, ce matin, et j'ai voulu glisser une pomme supplémentaire dans l'attaché-case de Lloyd, parce que les pommes sont si bonnes à cette époque de l'année. À l'intérieur, entre deux dossiers, j'ai aperçu un livre de poche qui parlait du massacre, il était ouvert sur une photo de Jason – je n'avais pas vu cette image depuis des années. Et je ne sais pas pourquoi, mais j'ai fini par me rendre compte qu'il était innocent. » Femme stupide s'il en est, mais elle a perdu sa fille dans les pires circonstances. N'ayant jamais été père, tu ne peux imaginer ce que l'on peut vivre quand on perd son enfant. Il ne s'agit pas d'un défi – comme ce serait grotesque. C'est une simple constatation.

Mais je ne t'ai pas perdu, mon fils. Non non non. Et tu TROUVERAS une de ces lettres. Je sais que ce sera le cas. Tu n'as jamais raté une de mes combines, pourquoi cesserais-tu maintenant ? Et quand tu auras trouvé cette lettre, tu sais quoi ? Quelque chose d'extraordinaire va se produire. Ce sera comme une éclipse de soleil à rebours – il se mettra à briller au milieu de la nuit, imagine un peu ! – et quand je verrai cette lumière, ce sera pour moi le signal de partir en courant dans les rues, et je crierai sans cesse, « Debout ! Réveillez-vous ! Mon fils qui autrefois a été perdu est maintenant retrouvé ! » Je frapperai à chaque porte de la ville, et mon cri sonnera vrai : « Debout ! Que tout le monde m'écoute, il y a eu un miracle – mon fils qui était mort est maintenant vivant. Réjouissez-vous ! Tous ! Réjouissez-vous ! Vous le devez ! Mon fils rentre à la maison ! »

Table

Douglas Coupland

Toutes les familles sont psychotiques

Oubliez tout ce que vous croyez savoir sur le roman familial : Douglas Coupland, auteur-culte de *Génération X* et de *Microserfs*, décape le genre au Kärcher. Les Drummond, une sympathique tribu de cinglés, déboule en Floride et va dévaster son décor de carte postale. Entre *soap* déjanté et *comic* visionnaire, voici une réflexion hilarante et incisive sur les liens familiaux dans une société malade de son progrès.

Douglas Coupland Toutes les familles sont psychotiques
domaine étranger

10/18

n° 3651 – 8,50 €

Douglas Coupland
Girlfriend dans le coma

Une adolescente américaine extralucide tombe dans le coma à la fin des seventies pour se réveiller dix-sept ans plus tard. Et que découvre t-elle ? Que l'ère est aux portables, au clonage et au velcro ; que l'amour est devenu mortel et que tous ses amis de lycée font partie de cette génération désenchantée qui ne survit que grâce à l'alcool, aux drogues et au travail. A travers cette fable moderne, Douglas Coupland traite avec humour des cultures générationnelles, et ose un roman sensible et grave à la fois.

n° 3828 – 9,30 €

Impression réalisée sur Presse Offset par

C P I
Brodard & Taupin

La Flèche (Sarthe), 43639
N° d'édition : 3992
Dépôt légal : octobre 2007

Imprimé en France